한암

浮石 한암

민족사

일러두기

– 본서는 한암 선사의 생애를 바탕으로 소설적 요소를 가미하여 쓴 평전소설이다.
– 본서의 본문 중간중간에 작가의 말을 삽입할 때에는 본문 내용과 구분하기 위해
  작가의 말은 오른쪽 정렬로 편집하였다.

차례

제1장

오대산의 학(鶴)

'내 차라리 천고에 자취를 감춘 학이 될지언정
춘삼월에 말 잘하는 앵무새의 재주는 배우지 않겠다.'

나는 걷고 있다.

한 발은 부처를 향해

다른 한 발은 조선불교를 지키기 위해.

부처를 향한 길은 영원한 길이며 세세생생 몸을 받을 때마다 걸어야 하는 길이다.

그러나 조선불교를 지키는 길은 시절인연의 길이며, 내가 조선의 승려로 살기 때문에 걷게 되는 길이다.

늦가을 찬바람이 소매 속으로 파고든다. 등에 멘 걸망에도 바람에 휘날린 낙엽이 얹혀 있다. 한암 스님은 걸음을 옮기며 깊은 생각에 잠겼다. 지금까지 걸어왔던 50년의 생애, 그 생애를 돌이켜보면 부처를 향한 길과 조선불교를 지키기 위한 길을 걷는 데 바쳐졌다고 할 수 있다. 부처를 향한 길은 오고감에 흔적이 남지 않는 자유의 길이다. 그러나 조선불교를 지키는 길은 시절인연의 길이기 때문에 말이 따라야 하고 행동이 따라야 한다. 스님은 말과 행동이 따라야 하는 그 길을 침묵 속에서 걸어왔다. 하지만 어느 한순간도 그 길을 포기하거나 외면하지 않았다.

겨울산은 평지보다 해가 짧다. 그래서 해질녘에 산길을 오르는 스님들의 발길은 더욱 바빠진다. 한암 스님은 나뭇가지 사이로 비치는 해를 보며 걸음을 옮겼다. 지금까지 그래 왔던 것처럼 이 깊은 산속에서도 두 길을 향해 걸어가게 될 것이다. 부처를 향한 길과 조선불교를 지키는 길을. 석양을 받으며 전나무 숲 속으로 멀어지는 스님의 뒷모습이 고고하고 강건하다.

1925년 초가을, 근대 불교계의 최고 고승인 한암 선사는 '내 차라리 천고에 자취를 감춘 학이 될지언정 춘삼월에 말 잘하는 앵무새의 재주는 배우지 않겠다.'는 말을 남기고 서울을 떠났다. 그리고 오대산 상원사로 들어가기 전에 개성에 들렀다. 고려 말의 충신 정몽주 선생의 비를 참배하고 시 한 수를 지었다.

포은 선생의 비 앞에서 조문하다(弔 圃隱 碑)

석양에 주장자 멈추고 충신의 비에 조문하니

절개 높은 대장부, 죽음으로써 절개를 지킬 때였소.
군주도 나라도 없는 우리들이
인간으로서 살고 있다는 것이 슬프지 아니한가.

斜陽停杖弔忠碑
高節男兒死節時
無君無國如吾輩
生長人間可不悲

이 시를 읽고 있으면 석양에 주장자를 짚고 비감한 심정으로
선죽교 다리 위에 서 계신 한암 스님의 모습이 그려진다. '절개
높은 대장부, 죽음으로써 절개를 지킬 때였소.'는 바로 당신 자신
이 봉은사 조실 자리를 내놓고 서울을 떠날 때의 심정이 아니었
을까?

조선 백성이면 누구나 가슴속에 품고 있었을 쓰린 감정을 스
님도 똑같이 느끼고 계셨던 1925년의 시대 상황, 그중에서 불교
계의 상황을 알아보도록 하자.

1910년, 조선을 강제 병합한 일본은 조선인의 얼을 말살하기
위한 방법의 하나로 사찰령(寺刹令)을 제정하였다. 사찰령이란 조

선의 모든 사찰을 마음대로 통제·관리하기 위한 것이었다.

사찰령 제1조를 보면, 사찰을 병합, 이전, 폐지하려면 조선총독부의 허가를 받도록 규정하였다. 그러면서 사찰을 새로 건립하는 조항은 명기하지 않아 사실상 사찰을 새로 건립하는 일은 법적으로 봉쇄시켰다. 뿐만 아니라 사찰의 임야 등 재산은 총독의 허가 없이는 매매할 수 없었다. 그리고 사찰령 시행규칙에서는 전 조선의 사찰을 30개의 본사 체제로 규정하였다가 1924년 선암사의 말사였던 화엄사를 본사로 승격시켜 31개의 본사 체제로 구축했다. 나머지 사찰은 본사에 귀속시켰는데 본사 주지 임명권은 총독의 인가를 받도록 했고, 말사 주지 임명권은 도지사의 인가를 받도록 했다. 이 법령은 자신들에게 협조하는 친일 승려가 주지가 될 수밖에 없는 구조였다.

일제강점기 때 31본사 주지의 지위는 막강했다. 그들은 총독부로부터 조선 승려의 대표로 인정되어 일본의 고급 관료인 주임관 예우를 받았고, 총독부에서 열리는 신년 하례식에도 귀빈으로 초청되었다. 말하자면 일본의 주류 세력으로 편입되었던 것이다.

이렇게 막강한 지위를 얻게 된 본사 주지는 임명된 날로부터 5일 이내에 본 말사에 소속된 토지, 산림, 건물, 불상, 석물, 고문서, 고서화, 범종, 불경(佛經), 불기(佛器), 불구(佛具) 등 귀중품 목록을 작성하여 총독부에 제출했고, 만약 이들 중 이동 사항이 있으면 그 내용도 5일 이내에 총독부에 제출해야만 했다.

총독부는 권리와 의무를 절묘하게 조화시켜 조선 승려들 손에 쥐어주고 그들 머리 위에 올가미를 씌었다. 그러다 보니 자연히 친일 세력이 등장하게 되었고, 친일 세력들 간에서도 좀 더 총독부에 가까이 하기 위한 암투가 벌어졌다. 총독의 인가를 받아야 했던 그들은 총독부의 사찰령이 죽음의 구렁텅이에 빠져 있던 조선불교를 다시 회생시켜 준 보은이라고 역설했다. 그리고 그들 주위에 모여 있던 친일 지식인들도 이에 합세하여 총독부의 불교 정책을 찬양했다.

친일 세력이 불교계를 장악하게 되자 조선불교를 지탱했던 전통, 특히 계율이 무너졌다. 그러면서 승려들은 앞다투어 취처(娶妻, 결혼)를 했기 때문에 사찰 주변에는 승려들 가족이 살림을 사는 사하촌(寺下村)이 생기게 되었다. 한암 스님이 '천고에 자취를 감춘 학이 될지언정 춘삼월에 말 잘하는 앵무새의 재주는 배우지 않겠다.'는 말을 남기고 봉은사를 떠난 것은 이런 불교계의 현실과 무관하지 않을 것이다.

산길을 오른 한암 스님은 월정사, 상원사를 지나서 곧바로 적멸보궁으로 올라갔다. 오대산으로 들어온 한암 스님의 심정은 그만큼 비감했다. 스님이 보궁에 도착했을 때는 이미 주위가 깜깜한 어둠 속에 잠겨 있었다. 보궁은 석가모니 부처님의 정골사리가 모셔져 있는 성소(聖所)이다. 정골사리란 부처님의 머리에서 나온 사리이므로 진신사리 가운데에서도 가장 성스럽다. 그러므로 아득한 과거에서부터 수없이 많은 불자들은 이 보궁에서 기도를 드렸다.

한암 스님은 비바람만 겨우 피할 수 있게 얽어 놓은 토굴에서 하룻밤을 보냈다. 정좌한 채 미동도 하지 않고 12시간을 꼿꼿이 앉아 계신 동안 주위의 어둠은 스러지고 높고 낮은 산세가 어렴풋이 윤곽을 드러내기 시작했다. 새벽이 된 것이다.

스님은 부처님과 맞대면하고 하룻밤을 보냈다.
스님은 당신 자신과 맞대면하고 하룻밤을 보냈다.
스님은 직면한 현실과 맞대면하고 하룻밤을 보냈다.

보궁에서의 하룻밤은 칼날 위에 선 것 같은, 털끝만큼의 흐트러짐도 용납하지 않은 그런 시간이었다. 결가부좌를 풀고 토굴 밖으로 나온 한암 스님은 편안한 자세로 포행을 했다. 한 발, 한 발, 보궁 앞을 걷던 한암 스님은 높고 낮은 산세가 완전히 모습을 드러냈을 때 보궁에서 내려왔다.

한암 스님 평상시 모습 │ 한암 스님은 일제에 의해 피폐해진 한국불교의 청정한 수행전통을 진작하기 위해 노력했다.

조금 산길을 내려오자 용정(龍井)이 나타났다. 산세로 봐서 정골사리를 모신 장소는 용의 머리에 해당하고, 그 아래의 샘은 용의 눈에 해당한다. 그래서 용정, 또는 용안수(龍眼水)라 부르고 있다. 한암 스님은 용정에서 물 한 모금을 마신 후 다시 잡목이 우거진 언덕길을 내려왔다. 가파른 언덕길을 내려와 중대에 이른 한암 스님은 들고 있던 지팡이(錫杖)를 힘껏 마당에 꽂았다. 그리고 잠시 먼 산을 바라보다가 산길을 내려가기 시작했다.

"대사님, 대사님."

한암 스님이 산길을 내려가고 있을 때 뒷마당에 있던 청년이 쫓아오며 한암 스님을 불렀다. 그러자 한암 스님은 걸음을 멈추고 뒤를 돌아다보았다.

"석장을 두고 가셔서요. 가만히 계십시오. 제가 얼른 가져다 드리겠습니다."

청년이 이렇게 말하며 석장을 뽑으려 하자,

"가만 두게. 그 석장이 살면 조선불교도 살아날 걸세."

한암 스님은 이렇게 말하고 몸을 휙 돌렸다. 스님의 뒷모습에서 새벽 능선 같은 맑은 정기가 확 뿜어져 나왔다.

"……?"

한암 스님의 뒷모습을 바라보던 청년은 얼른 두 손을 가슴에 모으며 합장을 했다. 그러던 그는 무언가 느껴지는 게 있는 듯 급히 뒷마당으로 가서 막대기 네 개를 가져다가 석장 주위에 박았다. 그리고 네 개의 막대에 새끼줄을 둘러 금줄을 쳤다.

"이렇게 해 놓으면 사람들이 함부로 석장을 뽑지 않겠지."

청년은 의미 있는 미소를 지으며 혼자 흐뭇해했다. 중대에 머물면서 보궁기도를 드리고 있던 청년은 한암 스님과 나눈 한마디 대화를 통해서 스님의 뜻을 후대에 전하는 증언자가 되었다. 참으로 묘한 인연이 아닐 수 없다.

소나무와 잡목이 우거진 산길을 내려온 한암 스님은 상원사

오대산 상원사 | 한암 스님은 "내 차라리 천고(千古)에 자취를 감춘 학이 될지언정 춘삼월(春三月)에 말 잘하는 앵무새의 재주는 배우지 않겠노라."라고 선언한 후 이곳에서 납자 지도에 전념했다.

마당으로 들어섰다. 그러자 마당에서 서성이던 스님들이 급히 한암 스님 쪽으로 다가오며 합장을 했다.

"어서 오십시오. 조실스님이 오셨다는 소식을 듣고 아까부터 기다리고 있었습니다."

젊은 비구가 한암 스님 등에 멘 걸망을 내리며 말했다.

"고맙네."

한암 스님은 젊은 스님들의 부축을 받으며 조실 방으로 들어갔다. 깨끗하게 치운 방은 미리 때놓은 군불로 따뜻했다.

"인사 올리겠습니다."

한암 스님이 아랫목에 좌정하고 앉자 스님들이 3배를 했다.

"한 번만 하게."

한암 스님은 허리를 굽혀서 인사를 받으며 말했다. 그러자 수좌들이 한 번 절을 하고 한암 스님 앞에 앉았다.

"같이 살게 돼서 반갑네."

한암 스님이 앞에 앉아 있는 수좌들을 보며 미소를 지었다.

"저희들도 조실스님을 모시고 살 수 있게 돼서 기쁩니다."

수좌들도 미소를 지으며 스님을 쳐다봤다.

"여긴 지금 수좌들이 몇이나 되는가?"

"방부는 이십여 명 들였습니다만 절 사정이 어려워서 많이들 가고 지금은 여덟 명이 살고 있습니다."

한 스님이 그간의 사정을 설명했다.

"……."

한암 스님은 알겠다는 표정을 지으며 말없이 고개를 끄덕였다. 한암 스님은 봉은사 조실로 있으면서 월정사 소식을 들었기 때문에 월정사가 어떤 어려움에 처해 있는지 잘 알고 있었다.

1920년대를 전후해서 총독부는 일본불교 시찰단이라는 명목으로 본사 주지들을 일본으로 데려갔다. 그들은 선진화된 자신들의 문물을 보여줌으로써 조선이 일본의 지배를 받을 수밖에 없

다는 당위성을 확산시키려 했던 것이다. 그리고 발달된 일본불교의 현황을 보여줌으로써 조선의 승려들로 하여금 그들의 체제를 답습하게 하여 조선불교를 예속시키려 했던 것이다. 이런 그들의 의도는 어느 정도 성공을 거두어 일본에 다녀온 승려들은 한결같이 그들의 발달된 문물에 놀라움을 금하지 못했다. 그리고 사찰에서 운영하고 있는 대학과 중·고등학교, 유치원, 자선사업기관을 둘러보고 일본불교의 막강한 힘에 큰 감동을 받고 돌아왔다.

5백여 년에 걸친 숭유억불 정책으로 조선불교는 피폐해질 대로 피폐해져 스님들의 지위는 8대 천민에 속했다. 그리고 도성 출입이 금지되어 스님들은 서울로 들어올 수조차 없었다. 이런 참

담한 현실에서 막 벗어난 그 당시 스님들로서는 일본불교가 행사하고 있는 막강한 힘에 놀라움을 금치 못했을 것이다.

일본을 다녀온 스님들은 자신들도 뭔가 새로운 바람을 일으켜야 된다는 생각에 너도 나도 앞다투어 상좌들을 일본에 유학을 보냈다. 그런 사회적 기운은 오대산 월정사에도 불어왔다. 일본을 다녀온 홍포룡(洪蒲龍) 주지스님이 말사 스님들을 규합하여 강릉에 포교당을 짓기로 결의했다. 포교당을 짓는 데 드는 비용 3만 원은 사찰림을 담보로 식산은행에서 빌렸다. 그런데 빌린 돈을 갚는 조건이 참으로 묘해서, 산에 있는 나무를 베어 수레바퀴를 만들어서 판 대금으로 갚는다는 것이었다. 산에 나무를 베어서 수레바퀴를 만드는 일도 여의치 않았지만, 만든 수레바퀴를 파는 일도 여의치 않았을 것이다. 그러다 보니 빌린 돈을 제때 갚지 못해서 이자가 눈덩이처럼 불어나 마침내 갚아야 할 원금이 30만 원이라는 천문학적인 숫자가 되고 말았다. 고리대금업체인 식산은행의 마수에 걸려든 것이다.

돈을 빌려준 측에선 연일 스님들을 압박하며 월정사 재산을 차압하겠다는 공문을 보내왔다. 1600여 년을 지켜 온 우리나라 최고의 고찰 중 하나인 월정사가 존폐 위기에 놓이게 된 것이다. 이 일은 한암 스님이 오대산 상원사로 들어가기 5년 전에 생긴 일로 스님이 상원사로 들어갔을 때는 그 어려움이 최고조에 달해 있었다. 그래서 방부를 드렸던 스님들이 걸망을 메고 도로 하산할 수밖에 없었다는 얘기는 충분히 이해가 되었다.

한암 스님이 상원사로 들어오신 지 얼마 되지 않아 동지가 되었다. 동지는 긴긴 어둠을 밀어내고 밝음이 마침내 첫 힘을 얻는 날이다. 그래서 불교 신자들은 동짓날 절에 와서 자신의 삶도 밝은 행복으로 채워지기를 빌며 불공을 드린다.

동지 전날 상원사에 뜻밖의 손님이 찾아왔다. 서울에서 대원성 보살이 다른 불자 두 명을 데리고 한암 스님을 찾아온 것이다. 대원성 보살은 한암 스님이 봉은사 조실로 계실 때 불교에 귀의하여 스님을 부처님처럼 모시는 보살이었다.

"이 험한 데를 어떻게 오시었소?"

손님들이 인사를 하고 앉자 한암 스님이 앞의 손님들을 보며 미소를 지었다. 스님의 미소 속엔 고마워하는 마음이 역력했다.

"스님이 계시는 곳이면 가시밭으로 된 길이라도 걸어서 와야지요."

대원성 보살이 밝게 웃으며 답례했다. 회색 세루치마저고리를 단정하게 입은 대원성 보살은 지적인 면모를 보여주었다. 그도 그럴 것이 대원성 보살은 그 시대 여성으로는 드물게 이화여전을 나온 재원이었다. 그녀는 구한말 청나라를 드나들던 역관의 딸이었다. 그 당시 중인 계급으로 부와 권력을 한 손에 쥘 수 있는 유일한 길은 최고의 역관이 되는 것이었다. 역관은 지금으로 말하면 통역관인데 모든 외교 절차에서 역관의 역할은 막강했다. 그래서 세도를 잡고 있는 대감들이나 왕족들도 역관을 함부로 대하지 못했다.

국가는 역관에게 녹을 주지 않는 대신 무역권을 주었다. 그러므로 유능한 역관은 양국 간을 오가며 무역을 해 막강한 부를 축적했다. 대원성 보살의 아버지도 청나라를 드나들던 당대 최고의 역관이었기 때문에 그가 누리는 부와 권력은 막강했다. 그리고 역관은 외국을 드나들기 때문에 국제정세에 밝아 세상의 흐름을 빨리 꿰뚫어 알고 있었다. 그래서 그는 자신의 자녀들에게 신식 교육을 시킴은 물론 중국어도 가르쳐서 아들딸과 불편 없이 중국어로 대화를 나누곤 했다.

대원성 보살은 일제강점기 때 교육을 받았기 때문에 일본어는 자연스럽게 익혔고, 이화여전에서 영문학을 전공하여 영어도 어느 정도 할 수 있었다. 그리고 러시아 어도 초보적인 대화는 나눌 수 있을 정도였다. 이런 그녀였지만 아버지가 돌아가시고 세브란스 의전을 나온 남편마저 행방불명이 되자 심한 좌절감에 빠져 고통스러운 나날을 보내고 있었다. 자신이 지니고 있는 재능을 펼쳐보지도 못한 채 허무감에 빠져 있던 그녀는 한암 스님으로부터 대원성(大圓性)이라는 법명을 받고 비로소 원력이라는 말을 이해하게 되었다.

원력(願力)이라는 말을 이해하자 그녀는 지금까지 보지 못했던 새로운 세상이 보였다. '원력'이라는 두 단어는 어둠 속에 갇혀 있던 그녀를 밝음 쪽으로 끌어내 주었다. 그 모든 일은 한암 스님이 계셨기 때문에 가능했다. 대원성 보살로서는 한암 스님이 계신 곳이면 그 길이 가시밭으로 된 길이라도 걸어왔을 것이다.

"같이 오신 분들은?"

한암 스님이 대원성 보살과 같이 온 보살들을 바라보며 물었다.

"이쪽은 제 사촌형님이고 이쪽은……."

대원성 보살은 오른쪽에 앉은 보살을 자신의 사촌형님이라고 소개한 후, 왼쪽으로 고개를 돌리며 망설이다가

"이 사람은 궁녀인데 지금은 사가에 나와 있습니다."

"그렇습니까?"

한암 스님이 시선을 돌리며 쳐다보자 궁녀라고 소개받은 여인이 말없이 고개를 숙이며 합장을 했다.

"……."

까만 모본단 치마에 자주색 모본단 저고리를 입고 단정하게 쪽을 찌고 앉은 40세 정도의 여인, 수풀 속에 피어 있는 보라색 난초처럼 청아했다.

"순종황제의 궁녀로 입궐했다가 지금은 퇴궐해서 혼자 지내고 있습니다. 성품이 곱고 총명해서 스님을 뵈면 좋을 것 같아 같이 왔습니다."

대원성 보살이 같이 온 경위를 설명했다.

"잘 오셨습니다. 며칠 쉬었다 가십시오."

한암 스님이 미소를 지으며 말했다.

"고맙습니다."

궁녀라고 소개받은 여인이 다시 고개를 숙이며 합장을 했다.

"부처님께 쌀 공양을 올리고 싶어서 백미 열 가마를 준비해 왔습니다. 그리고 약식을 좀 쪄 왔는데 드십시오."

대원성 보살이 비단 보자기에 싼 돈과 약식이 담긴 나무 합을 내놓으며 말했다.

"고맙습니다. 절 살림에 큰 보탬이 되겠습니다."

한암 스님이 진심에서 고마워하며 돈을 받았다. 쌀 열 가마면 스님 말씀대로 절 살림에 큰 보탬이 될 것이다. 한암 스님이 상원사에 오신 이후로 아침에는 죽, 점심은 밥, 저녁은 오후 불식으로 정했다. 하지만 실제로 오후 불식을 실천에 옮긴 분은 한암 스님 한 분이었고 나머지 대중들은 오후 4시쯤 밥을 해서 저녁 공양을 들었다. 하지만 식량난이 극심하던 때라 밥은 항상 감자 강냉이, 팥, 콩 혹은 귀리가 거의 차지했고 쌀은 겨우 시늉으로만 들어 있었다. 그러므로 쌀 열 가마는 엄청나게 큰 공양물이었다.

"그럼 저희들은……?"

대원성 보살이 어디서 묵으면 좋으냐는 뜻으로 스님을 쳐다봤다.

"아래채 객실에서 묵으십시오. 방은 하나만 드리겠습니다. 그리고 3일간 기도를 올리겠습니다. 계시는 동안 기도에 참석하십시오."

한암 스님이 공양물을 받은 고마움을 간접적으로 전했다.

"감사합니다."

서울에서 온 보살들이 자리에서 일어섰다.

"자네가 손님들 방을 안내해 드리게."

한암 스님이 시자스님을 돌아보며 말했다.

"알겠습니다."

시자스님이 자리에서 일어서며 합수를 했다.

"먼 길 오시느라고 힘드셨을 텐데 얼른 가서 쉬십시오."

한암 스님이 손님들을 보며 미소를 짓자 보살들이 절을 하고 자리에서 일어섰다.

"네."

한암 스님은 신자들이 공양물을 올리면 꼭 3일간 기도를 드려 주었다. 고마움에 대한 답례였다. 서울에서 온 보살들도 3일간 한암 스님을 모시고 기도를 드린 후 서울로 올라갔다. 보시를 하는 사람의 마음과 보시를 받는 사람의 마음이 청정하면 그 공양물을 정재(淨財)라고 한다. 쌀 10가마는 한암 스님이 상원사에 오셔서 처음 받은 정재이고, 그 정재는 상원사에서 공부하는 수좌들을 위해 소중하게 쓰였다.

밤새도록 사륵사륵 내린 눈이 상원사 앞뜰을 하얗게 덮고 있다. 좌복에 앉아서 용맹 정진하던 스님들은 죽비소리를 듣고 저마다의 방법으로 몸을 풀었다(좌선 후에 일어서서 걷는 것, 몸을 푸는 것을 경행(經行), 보행(步行)이라고 한다). 두 손을 비벼서 얼굴을 문지르기도 하고, 두 팔을 깍지 껴서 좌우로 몸을 돌리기도 하고, 다리를 펴서 무릎을 주무르기도 하면서. 가볍게 몸을 푼 스님들은 자리에서 일어나 밖으로 나왔다. 온 천지가 순백으로 변해 있었다. 시야에 들어오는 세상은 먼지 한 톨 내려앉지 않은 청정무구 그 자체였다.

"와! 서설이 내렸군."

한 스님이 앞산을 바라보며 감탄했다.

"설날 아침에 이렇게 눈이 많이 내린 걸 보니 좋은 일이 있으려나."

다른 스님도 앞산을 바라보며 감격했다. 크고 작은 나무들이, 활엽수는 활엽수대로 침엽수는 침엽수대로 하얀 은백색의 나무로 변해 있었다. 열반도 이렇게 찾아오는가?

"얼른 예불 준비를 하십시다."

한 스님이 큰 소리로 말하며 몸을 돌리자 다른 스님들도 부지런히 요사채 쪽으로 걸어갔다.

불기 2953년(1926년) 병인년 새해가 서설과 함께 찾아왔다. 해가 바뀌는 날이라 스님들은 용맹정진으로 밤을 새웠다. 그래서 참선을 끝내고 예불을 드리게 된 것이다. 스님들은 새벽예불을 드리고 곧바로 조실로 갔다. 한암 스님께 세배를 드리기 위해서였다. 가사장삼을 수한 8명의 스님들이 자리를 잡고 서자 한암 스님도 가사와 장삼을 수하고 세배 받을 차비를 하였다.

"조실스님, 세배 올리겠습니다. 올해도 법체 강령하십시오."

선임수좌가 이렇게 말하며 세배를 하자 다른 스님들도 같은 말을 하며 세배를 했다.

"우리가 중으로 살고 있는 것은 부처님 지혜에 다가가기 위함일 테니, 공부가 익어가도록 노력하기 바라네."

한암 스님은 합장으로 세배를 받으며 간곡하게 당부했다.

"명심하겠습니다."

스님들은 두 손을 모아 합장하며 고개를 숙였다.

"대중들이 모이면 내가 소참법문을 하려고 하니 그렇게 준비해 주기 바라네."

한암 스님이 앞에 앉아 있는 입승을 보며 부탁하자 입승이 합장을 하며 고개를 숙였다.

"그렇게 하겠습니다."

입승은 학교의 반장과 같은 역할을 하는 스님으로 선방에서는 기강을 맡고 있다. 세배를 마치고 나온 스님들은 서로 얼굴을 보며 무언의 대화를 나누고 있었다. 눈은 멎었지만 워낙 많은 눈이 내렸기 때문에 눈을 치우지 않으면 산내에 있는 스님들이 오기가 어렵다는 생각들을 서로 하고 있었다.

"아침 공양을 하고 나면 스님들이 모두 세배하러 올 텐데 눈부터 치웁시다."

입승스님이 안을 내자 다른 스님들도 찬성했다.

"그렇게 합시다."

원래 절에서는 새벽예불이 끝나면 선원에서는 좌선을, 강원에서는 경을 읽는다. 그 밖의 사찰에서는 본인이 하고 싶은 대로 참선을 하거나 경을 읽는다. 그리고 아침공양을 하고 나면 각자 맡은 소임대로 법당 청소를 하기도 하고 마당을 쓸기도 한다. 하지만 오늘은 사정이 다르다.

"그럼 얼른 가서 울력복으로 갈아입고 나옵시다."

울력복은 일할 때 입는 옷이니 작업복이다. 산내에 있는 스님들은 특수한 것을 빼고는 대개 자급자족한다. 그러므로 농사를 지을 때나 사중의 일을 할 때 입는 옷이 따로 있다. 스님들이 울력복으로 갈아입고 나와 보니 일꾼들이 이미 산길을 치우고 있었다. 앞의 사람 둘이 나무삽으로 눈을 치우며 내려가면, 뒤에 선

사람들이 대빗자루로 바닥에 남은 눈을 쓸면서 뒤따르고 있었다.

"길은 일꾼들이 치우니 우리는 경내를 치웁시다."

입승스님이 안을 내자 다른 스님들이 찬성을 했다.

"좋습니다. 그렇게 하죠."

여덟 명의 스님들은 일꾼들이 하는 것처럼 나무삽과 대빗자루를 들고 경내의 눈을 치우기 시작했다. 법당 앞, 조실채, 요사채의 댓돌과 마당을 쓸고, 공양간 주위를 치우고 나자 목탁소리가 들렸다. 아침공양을 알리는 소리였다. 절은 공간이 넓기 때문에 소리가 가장 멀리 퍼지는 종과 목탁으로 의사를 전달한다. 종과 목탁은 예불 때 쓰는 성물(聖物)이지만 때로는 신호도구로도 쓰인다.

설날 아침에는 모든 사람들이 떡국을 먹는다. 절도 마찬가지여서 아침공양은 떡국으로 준비되어 있었다. 큰방으로 들어온 스님들은 선반에 얹어 놓은 발우를 들고 자리에 가 앉았다. 조실스님인 한암 스님이 어간(御間)에 앉고, 그 주위로 선원 수좌들이 순서대로 둘러앉았다. 절은 위계질서가 분명해서 모든 것이 서열대로 이루어진다. 자리에 앉은 스님들이 발우를 펴 놓자 사미승 둘이 떡국이 담긴 양푼과 고명그릇을 들고 와서 조실스님 앞에 놓았다. 한 사미승이 국자로 떡국을 떠서 발우에 담으면 다른 사미승이 그 위에 볶은 버섯과 구운 김, 깨소금을 고명으로 얹었다.

사미승들은 똑같은 방법으로 스님들께 떡국을 떠 드렸다. 스님들의 식사량을 잘 알고 있는 사미승은 많이 드실 스님과 적게 드실 스님을 가늠하면서 떡국을 떠서 발우에 담았다. 떡국양푼을 든 사미승 뒤를 이어 동치미와 갓김치, 나물을 담은 그릇을 든 사미승들이 차례로 돌면서 반찬그릇에 반찬을 담았다. 공양 준비가 다 되자 스님들은 다 함께 공양게(偈)를 하고 공양을 들었다.

이 음식을 도업을 이루는 약으로 알고 공양을 들겠습니다.

아침공양이 끝나자 스님들은 각자 자신이 맡은 소임대로 경내 청소를 했다. 그리고 일꾼들은 식전에 치우다 만 눈길을 다시 치우기 시작했다. 상원사와 월정사 간의 거리는 8㎞ 정도. 양쪽 절에서 같이 치운다 해도 20리나 되는 산길에 덮인 눈을 삽과 빗자루로 다 치운다는 것은 여간 어려운 일이 아니었다. 하지만 다른 날과 달리 오늘은 설이다. 아침공양이 끝나면 월정사를 위시해 산내 암자에 있는 스님들이 조실스님께 세배를 드리기 위해 상원사로 모여 올 것이다. 그러므로 어떻게 하든 길을 덮고 있는 눈을 치워야 한다. 일꾼들은 맡은 바 소임을 다하기 위해 분주히 몸을 움직였다.

사시를 전후해서 산중의 스님들이 상원사로 모여들었다. 만난

(萬難)을 뚫고 왔음을 증명하듯 스님들이 입고 있는 바지 자락이 뻣뻣하게 얼어 있었다. 상원사로 온 스님들은 먼저 문수보살님께 참배를 하고 조실로 가서 한암 스님께 세배를 드렸다. 오대산이라는 같은 산중에 있지만 각자 거처하는 처소가 다르므로 만나기가 쉽지 않다. 그래서 오래간만에 조실 방에서 만난 스님들은 서로 반갑게 인사를 하며 근황을 물었다.

대중들이 거의 다 모였을 때 한암 스님은 가사장삼을 수하고 법당으로 나아가셨다. 아침에 말씀하신 대로 소참법문을 하기 위해서였다. 말은 소참법문이지만 스님이 말씀하시려는 내용은 피를 토하는 것 같은 간곡한 당부였다. 조선의 승려로 당당하게 살아남기 위해선 반드시 승려로서의 위의를 갖추어야 한다. 스님이 말씀하시고자 하는 '승가 5칙(僧伽五則)'은 조선의 승려로 당당하게 살아남기 위한 위의계(威儀戒)라고 할 수 있었다.

출가사문은 모름지기 밖으로 흩어지는 의식을 반조하여 내외의 경계를 몰록 뛰어넘어야 하고, 여기서 다시 보살의 대원력을 발하여 광도중생의 원행을 닦는 것을 본분사로 삼아야 하오. 고로 출가사문이라면 반드시 지켜야 할 5대 강목이 있으니 이것을 일러 승가 5칙이라 하오. 부디 이 산중에 있는 스님들은 이 강목 하나하나를 지켜 조선불교의 자존을 지켜 주기 바라오.

오대강목의 첫째는 참선이오.

참선은 수행인이라면 반드시 지켜야 할 본분사라 할 수 있소. 왜냐하면 부처님께서도 마지막 보리수 아래에서 선정에 들어 대각을 얻으셨고, 달마대사 역시 소림사에서 면벽참선하여 선지(禪智/旨)를 연마하셨고, 제불조사 또한 이 길에서 무량무변의 지혜를 얻었기 때문이오. 따라서 불도를 이루고자 염원하는 출가사문이라면 반드시 이 문으로 들어와야 하므로 참선을 승가의 제1칙으로 삼은 것이오.

둘째는 염불이오.

염불은 부처님을 염(念)한다는 뜻이니, 일념으로 아미타불을 염송하여 무념의 경지에 이르면 이것이 곧 염불삼매요. 염불을 의타수행이라 하여 도외시하는 경우가 왕왕 있으나 이는 염불을 제대로 알지 못하기 때문이오. 구경지(究竟地)에 이른 역대 대승보살들도 염불을 숭상하고 권장하였으니 염불삼매가 곧 선정이기 때문이오.

나옹 화상이 누이동생에게 지어준 시에 '착득심두절막망(着得心頭切莫忘)'이라는 말이 있는데, 이는 화두를 드는 법과 다르지 않소. 그러므로 염불을 승가의 제2칙으로 삼은 것이오.

셋째는 간경(看經)이오.

출가사문인 우리들은 인천(人天)의 스승이라는 자부심을 가지고 있어야 하오. 그러기 위해서는 밝은 지혜와 중생을 교화할 수 있는 식견을 가져야 하는데, 그런 식견을 기르기 위해서는 불조의 말씀인 경전을 공부하여야만 하오.

일찍이 보조 스님께서는 정혜쌍수를 제창하시어 선(禪), 교(敎)를 같이 닦지 않으면 바른 공부 길에 들어설 수 없다고 하시었소. 이 말은 참으로 혜명을 드러낸 말로, 우리 수행자들이 꼭 명심해야 할 가르침이라고 생각하오. 그러므로 출가사문인 우리들은 반드시 간경(看經)에도 심혈을 기울여야 하므로 간경을 승가의 제3칙으로 삼았소.

넷째는 의식(儀式)이오.

의식은 교의(敎義)를 표현하는 행위로 모든 종교에는 반드시 의식이 따르게 되어 있소. 따라서 의식이 없는 종교는 생각할 수가 없소. 그만큼 의식은 중요한 것이며, 위의를 갖추고 집행하는 종교의식은 그 자체로 훌륭한 전교가 될 수 있소. 그러므로 불문에 귀의하여 부처님 도량에 사는 스님들은 반드시 불교의식을 집행할 수 있어야 하오. 그러므로 의식을 승가의 제4칙으로 삼았소.

다섯 번째는 가람수호(伽藍守護)이오.

가람수호는 사원의 설립, 보수, 중창뿐 아니라 사원의 재산을 지키는 일, 사원을 깨끗이 가꾸는 일, 수행자를 외호하는 일 등 모든 것이 망라된 것을 말하오. 부처님의 가르침을 펴는 도량을 장엄시킨다는 것은 곧 세상을 불국토로 장엄시킨다는 상징적인 의미를 담고 있는 것이오. 가람은 여래를 이루는 도량이며, 승가의 안주처로서 불일광명의 종자가 발아(發芽)되는 곳이오. 따라서 출가사문인 스님들은 반드시 자신이 몸담고 있는 가람을 수호하겠다는 의지를 가져야만 하오.

출가수행자는 참선, 염불, 간경, 의식, 가람수호의 다섯 가지를 병행 실천하여야 함이 마땅하지만, 만약 그와 같은 선근이 없거나 부득이한 사정으로 위의 네 가지를 실천할 수 없다면 가람만이라도 수호하여 복을 증진하기 바라오. 그러면 필경에는 선근이 익어 바른 수행자의 길에 들어설 수 있게 될 것이오. 그러하므로 가람수호를 승가의 제5칙으로 삼았소.

지금 내가 말한 승가 5칙 하나하나는 사문이라면 반드시 목숨을 걸고 지켜 나가야 할 덕목이오. 오대산 도량에서 살고 있는 우리들만이라도 이 승가 5칙을 지키며 당당하게 산다면 누가 감히 우리를 폄하고 유린할 수 있겠소? 1500년 동안 내려온 불교의 전통을 지키며 살 수 있느냐, 그렇지 않느냐는 우리 자신들 손에 달려 있음을 꼭 명심해 주기 바라오.

법문을 마친 한암 스님은 입을 굳게 다문 채 미동도 하지 않고 앉아 있었다. 대중스님들도 입을 굳게 다문 채 숨을 죽이며 한암 스님을 바라보고 있었다. 침묵 속에서 교류되고 있는 비감, 스님들은 그 비감 속에서 '승가 5칙'을 지키는 것은 조선불교의 자존

(自尊)을 지키는 길임을 가슴으로 받아들이고 있었다.

입을 굳게 다물고 눈을 감고 있던 한암 스님은 허리를 쭉 펴고 자세를 바로 했다.

"오늘은 새해 첫날이니 다 같이《금강경》을 읽어서 부처님의 혜명을 밝힙시다."

그러자 자리에 앉아 있던 스님들도 따라서 허리를 쭉 펴며 자세를 바로하고 앉았다.

金剛般若波羅密經
如是我聞 一時 佛 在 舍衛國 祇樹給孤獨園 …

한암 스님의《금강경》독송은 장엄하게 이어졌다. 허리를 쭉 편 자세로 눈을 지그시 감고《금강경》을 독송해 가자 대중들은 놀라움을 금치 못하며 한암 스님을 바라봤다. 책 없이《금강경》을 독송하다니… 어떻게 저런 일이 가능할 수 있을까?

30분여에 걸쳐《금강경》독송이 끝나자 한암 스님은 부처님께 공양을 올리듯 공손하게 합장하며 허리를 굽혔다. 그리곤 대중들을 바라보았다.

"《금강경》은 부처님이 21년간 설하신 반야 600부 중에서 대표 경전이오. 부처님 제자라면 반드시《금강경》을 책 없이 독송할 수 있어야 하오. 오대산 산내에 있는 우리들만이라도 《금강경》을 암송하도록 합시다. 모두 그렇게 정진해 주기 바라오."

한암 스님은 대중을 쏘아보듯 강한 시선으로 바라보더니 들고 있던 주장자를 꽝 쳤다.

"할!"

대중들은 뭔지 모를 강한 힘에 압도되어 두 손을 모아 가슴에 얹고 지극한 공경의 의미를 담아 합장했다.

한암 스님과 오대산 대중의 첫 만남은 그렇게 이루어졌다.

> 방한암 스님을 그리면서, 지금까지 살아오신 스님의 행적을 살펴보는 일은 매우 중요하다고 생각한다. 그런 의미에서 한암 스님께서 직접 쓰신 자전적 구도기인 〈일생패궐(一生敗闕)〉의 전문을 여기에 옮겨 싣는다. 이 글을 읽으면 오대산으로 들어오시기 이전의 스님을 이해할 수 있기 때문이다. 〈일생패궐〉은 '패착한 일생' 정도의 뜻인데, 겸사(謙辭)의 의미가 담겨 있다고 할 수 있다.

내가 스물네 살 되던 기해년(1899) 7월 어느 날이었다. 금강산 신계사 보운강회(보운강원)에서 공부를 하고 있던 중, 우연히 보조 국사가 지으신 《수심결(修心訣)》을 읽게 되었다. 그런데 그 가운데 '만약 마음 밖에 따로 부처가 있고, 성품 밖에 법이 있다는 생각에 굳게

· 금강산 신계사 | 한암 스님은 여기서 보조 법어를 읽다가 선(禪)으로 발심하였다.

집착하여 불도를 구하고자 한다면, 비록 티끌과 같은 한량없는 세월 동안 몸과 팔을 태우며, 그리고 모든 경론을 줄줄 읽고 갖가지 고행을 닦는다고 하더라도, 그것은 마치 모래로써 밥을 짓는 것과 같아서, 한갓 수고로움만 더할 뿐이다.' 라는 대목에 이르러 눈이 번쩍 뜨였다. 나는 이 대목에서 나 자신도 모르게 온몸이 부르르 떨리면서 마치 죽음과 맞닥뜨린 느낌이었다. 게다가 장안사 해은암이 하룻밤 사이에 전소되었다는 소식을 듣고는 더욱 더 무상한 것이 마치 타오르는 불과 같았다. 그리하여 모든 계획이 다 헛된 일임을 절감하였다.

신계사 강원에서 하안거를 마친 뒤 나는 도반 함해 선사와 함께 걸망을 지고 행각 길에 올랐다. 남쪽으로 하행(下行)하여 성주 청암 사 수도암에 도착하였다. 거기에는 경허 화상이 계셨다. 다음 날 경 허 화상께서 《금강경》을 강설하셨는데, '무릇 모습을 갖고 있는 모 든 것은 다 허망한 것이다. 만일 모든 형상이 상(相)이 아님을 직시한 다면, 곧바로 여래를 볼 수 있을 것이다.'라는 법문을 듣는 순간 갑자기 안광(眼光)이 확 열리면서 삼천대천세계가 모두 눈 속으로 들 어오니, 사물마다 다 나(我) 아님이 없었다(사물과 내가 하나가 된 것이다).

수도암에서 하룻밤을 묵고 나서 다음 날 경허 화상과 함께 합천 해인사로 향했다. 도중에 화상께서 나에게 물으셨다.

"고인(古人, 傳大士偈頌)이 이르기를 '사람이 다리 위를 지나가네.

· 합천 해인사 | 한암 스님은 해인사에 서 경허 선사로부터 인가를 받았다.

다리는 흐르고 물은 흐르지 않네.' 라고 했는데 이것이 무슨 뜻인가?"

내가 대답했다.

"물은 진(眞)이요, 다리는 망(妄)입니다. 망은 흘러도 진은 흐르지 않습니다."

경허 화상께서 말씀하셨다.

"이치로 보면 참으로 그렇지만 그러나 물은 밤낮으로 흘러도 흐르지 않는 이치가 있고 다리는 밤낮으로 서 있어도 서 있지 않는 이치가 있는 것이네."

내가 다시 여쭈었다.

"일체 만물은 다 시작과 끝(本末)이 있습니다. 그러나 우리의 이 본래 마음은 탁 트여서 시종과 본말이 없습니다. 그 이치가 결국 어떠한 것입니까?"

경허 화상께서 답하였다.

"그것이 바로 원각경계(圓覺境界)이네. 경(원각경)에 이르기를 사유심(思惟心, 분별심)으로 여래의 원각경계를 헤아리고자 한다면 그것은 마치 반딧불로써 수미산을 태우려고 하는 것과 같아서 끝내는 태울 수 없다고 하였네."

내가 또 여쭈었다.

"그렇다면 어떻게 해야만 여래의 원각경계를 깨달을 수 있습니까?"

"화두를 들어서 계속 참구해 가면 끝내는 깨달을 수 있게 되네."

"만약 화두도 망(妄)이라는 사실을 알았다면 어떻게 해야 합니까?"

"화두도 망이라는 사실을 알았다면 문득 그것은 잘못된 것이네. 그러므로 그 자리에서 그대로 무(無)자 화두를 참구하게."

해인사 선원에서 동안거를 보내고 있던 중 하루는 게송을 하나 지었다.

다리 아래는 푸른 하늘, 머리 위에는 산

쾌활한 남아가 여기에 이른다면

절름발이도 걷고 눈먼 자도 보게 되리

북산은 말없이 남산을 마주하고 있네.

경허 화상께서 이 게송을 보시고는 웃으면서 말씀하셨다.

"각하청천(脚下靑天)과 북산무어(北山無語), 이 두 구는 맞지만 쾌활남아(快活男兒)와 파자능행(跛者能行) 구는 틀렸네."

해인사에서 동안거를 지낸 뒤 화상께서는 통도사와 범어사로 떠나셨다. 그러나 나는 그대로 남아 있다가 우연히 병에 걸려 거의 사경(死境)을 헤매다가 살아났다. 해인사에서 하안거를 마치고 곧바로 만행길에 올라 통도사 백운암에 이르러 몇 달 있던 중 하루는 입선을 알리는 죽비소리를 듣고 다시 한 번 깨달았다.

그 뒤 동행하는 스님에게 이끌려 범어사 안양암에서 겨울을 지내고 다음 해 봄에 다시 백운암으로 돌아와 하안거를 보내고 있었다.

당시 경허 화상께서는 청암사 조실로 계셨는데 급히 편지를 보내 나를 부르셨다. 나는 행장을 꾸려 가지고 청암사로 가서 화상을 뵈었다. 청암사에서 하안거를 보낸 다음 가을에 다시 해인사 선원으로 왔다.

계묘년(1903) 여름에 사중(해인사)에서 화상을 조실로 모시고자 하였다. 그때 화상께서는 범어사에 계시다가 해인사 선원으로 오시어

· 통도사 | 한암 스님은 6년간(29세~35세) 통도사에서 조실로 주석을 하였다.

선원 대중 20여 명과 함께 하안거 결제를 하셨다.

하루는 대중과 함께 차를 마시던 중 어떤 수좌가 선요(禪要)에 있는 구절을 가지고 경허 화상에게 여쭈었다.

"고봉 화상의 《선요》에 보면 어떤 것이 진정으로 참구하는 것이며 진정으로 깨닫는 소식인고?"답하기를, " '남산에서 구름이 일어나니 북산에서 비가 내리도다.' 라는 말이 있는데, 이것이 무슨 뜻입니까?"

경허 화상께서 말씀하셨다.

"비유한다면, 그것은 마치 자벌레가 한 자를 갈 때 한 바퀴 굴러야 하는 것과 같은 것이다."라고 하시고는 대중들에게 물으셨다.

"이것이 무슨 도리인고?"

내가 대답했다.

"창문을 활짝 열고 있으니 담장이 눈앞에 있습니다."

화상께서 다음 날 하안거 해제일에 법상에 올라 대중들을 돌아보시면서 말씀하셨다.

"원선화(遠禪和, 한암 스님을 가리킴)의 공부가 개심(開心)의 경지를 넘었도다. 그러나 아직은 무엇이 체(體)고 무엇이 용(用)인지 잘 모르고 있도다."

이어 동산 화상의 법어를 인용하여 설하시기를

"늦여름 초가을 사형사제들이 각자 흩어져 떠남에 일만 리 풀 한

포기 없는 곳으로 가라고 했지만 나는 그렇게 말하지 않겠노라. 나라면 늦여름 초가을 사형사제들이 각각 흩어져 떠나되 길 위의 잡초를 낱낱이 밟고 가야만 비로소 옳다고 말하리니, 나의 이 말이 동산 화상의 말과 같은가 다른가?"

대중들이 아무 말이 없자 화상께서 말씀하셨다.

"아무도 대답하는 사람이 없으니 내 스스로 답하겠다."

하시고는 아무런 말씀도 없이 법상에서 내려오시어 방장실로 돌아가셨다.

해인사에서 하안거를 지낸 뒤 화상께서는 범어사로 떠나셨다. 대중들도 모두 흩어졌으나 나는 병에 걸려 그곳으로 갈 수가 없었다. 그런데 하루는 《전등록》을 보다가 약산 화상과 석두 화상의 대화 가운데 '한 물건도 작위하지 않는다(一物不爲).'고 하는 대목에 이르러 문득 심로(心路, 망상 분별심)가 뚝 끊어지는 것이 마치 물통 밑이 확 빠지는 것과 같았다. 그해 겨울 경허 화상께서는 북쪽 갑산으로 잠적하셨는데 그 뒤로는 더 이상 뵐 수가 없었다.

갑진년(1904)에 다시 통도사로 가서 용돈이 좀 생겨 병을 치료했지만 고치지도 못한 채 인연을 따라 6년 세월을 보냈다. 경술년(1910) 봄, 묘향산 내원암에서 하안거를 보내고 가을엔 금선대로 가서 겨울과 여름 두 철을 지냈다. 이듬해 가을(1911)엔 맹산 우두암으로 가서 겨울을 지냈다. 다음 해(1912) 봄 어느 날, 함께 지내던 도반이 식량을 구하러 밖으로 나간 사이에 혼자 부엌에서 아궁이에 불을 붙이다가 홀연히 깨달았으니 한 줄기 활로가 부딪치는 곳마다 분명했다(한암 선사의 최종적 깨달음). 그리하여 '아!' 하고는 다음과 같은 연구(聯句)의 게송을 읊었다.

하지만 말세를 당하여 불법이 매우 쇠미하여 명안종사(明眼宗師)의 인증을 받기가 어려웠다. 그리고 화상(경허)께서도 머리를 기르고 유생의 옷을 입고서 갑산 강계 등지를 왔다 갔다 하다가 이 해(1912)에 입적하셨으니 어찌 여한을 다 말할 수 있으리오.

그래서 이 한 편의 글을 써서 스스로 꾸짖고 스스로 맹서하노니, 한 소식 명백히 하기를 기약하노라.

돌(咄, 쯧쯧)!
부엌에서 불붙이다 홀연히 눈이 밝았네.
이로부터 옛 길(古路)은 인연 따라 청정했네.
만약 누가 나에게 조사서래의를 묻는다면
바위 아래 물소리 젖는 일 없다 하리.

삽살개는 나그네를 보고 어지럽게 짖네.
산새는 사람을 조롱하듯 지저귀네.
만고에 빛나는 마음 달(心月)이여,

하루아침에 세상 바람을 모두 쓸어 버렸네.

한암 스님이 우두암에서 정진하실 때의 이야기가 전해져 내려오고 있다. 그 당시 스님의 정진 모습을 눈으로 보는 것 같아 여기에 싣는다. 한일합방 직후인 1911년경, 스님이 36세 때로 추정된다.

평안도 맹산은 춥고 눈이 많이 온다. 온산이 꽁꽁 얼어붙은 어느 겨울 날 저녁, 걸망을 멘 객승이 우두암을 찾았다. 부산 범어사에서 정진할 때, 우두암에 가면 무섭게 공부하는 수좌가 있다는 소문을 듣고 꼭 한번 만나보리라는 결심을 하고 찾아 온 스님이었다.

허름한 방 한 칸의 집, 댓돌 위에 떨어진 짚신 한 켤레가 놓여 있을 뿐 사람이 살고 있는 흔적은 어디에서도 느껴지지 않았다.

"스님, 객승 인사드립니다."

밖에서 말도 해 보고 헛기침도 몇 번 해 보았지만 아무 기척이 없기는 마찬가지였다. 그래서 살며시 문을 열고 안을 들여다보았다. 방안에는 작은 부처님이 모셔져 있고, 그 부처님 앞에 깡마른 스님이 앉아 선정에 들어 있었다. 객승은 어떻게 할까 궁리하다가 방으로 들어갔다. 딱히 다른 데 들어갈 데도 없어서였다.

스님이 들어가도 수좌는 미동도 하지 않고 선정에 들어 있었다. 그래서 객승은 그 수좌와 반대편에 자리를 잡고 참선을 해 보았지만 춥고 배가 고파서 참선이 되지 않았다. 그래서 밖으로 나와 부엌을 살펴보았다. 솥은 언제 밥을 해 먹었는지 모를 만큼 싸늘하게 식어 있었다. 그래서 찬장을 열어 보니 말린 나물 한 움큼과 도토리가 조금 들어 있었다. 객승은 이렇게 있다가는 얼어 죽겠다는 생각이 들어 아궁이 안에 불을 지피고 도토리도 조금 삶아서 먹었다. 그리고 방으로 들어가도 수좌는 여전히 결가부좌를 한 채 깊은 선정에 들어 있었다. 객승은 주인과 반대로 앉아 참선을 하다가 그만 잠이 들었다. 이튿날 아침, 잠에서 깨어 보니 수좌는 여전히 선정에 들어 있었다.

그렇게 지내기를 사흘, 객승과 함께 생활하면서도 객승이 온 사실조차 모르고 선정에 들어 있던 한암 스님은 사흘 만에야 선정에서 깨어나 객승을 향해 인사를 했다.

"손님이 와 계셨군요."

그 객승은 우두암에서 보름을 지냈는데, 한암 스님과 대화를 나눈 것은 세 차례뿐이었다. 그것도 아주 간단한 단답형 대화를. 우두암에서 36세의 한암 스님이 얼마나 치열하게 정진하셨는가를 엿볼 수 있는 좋은 실화이다. 그리고 그 당시 한암 스님이 얼마나 깊은 선정에 들어 계셨는가를 가늠할 수 있는 좋은 예이다.

제2장

무너진 하늘

월정사가 일본의 식산은행에 넘어갈 위기에 처했다.
무너진 하늘에서 솟아날 구멍을 찾는 일은 쉽지가 않았다.

오대산 월정사 큰 방.

방안에는 침통한 분위기가 흐르고 있었다. 대중스님들은 모두 고개를 숙인 채 입을 다물고 있었다. 월정사가 곧 일본 식산은행에 넘어갈 위기에 처한 것이다. 뒷줄에 앉아 있던 노스님이 먼저 입을 열었다.

"하늘이 무너져도 솟아날 구멍이 있다고 했으니 우리도 솟아날 구멍을 찾아봅시다."

너무나 지당한 말이었다. 대중이 여기 모인 것은 그 솟아날 구멍을 찾기 위함이 아닌가. 그러나 무너진 하늘에서 솟아날 구멍을 찾는 일은 쉽지가 않았다. 쉽지가 않기 때문에 모두 방법을 몰라 이렇게 입을 다물고 있는 것이다. 그도 그럴 것이 산중에서 수행하고 있는 스님들이 간악한 일본 식산은행을 상대로 무엇을할 수 있겠는가? 그들은 조선의 전 국토를 자신들의 땅으로 만들기 위해 치밀하게 마수를 뻗치고 있는데 말이다.

"당면한 난관을 타파하기 위해선 그럴 만한 스님이 주지가 돼야 합니다. 지금 그 소임을 맡을 수 있는 스님은 지암(智巖, 李鍾郁 스님) 스님 외엔 없습니다."

40대 중반으로 보이는 스님이 칼칼한 음성으로 말했다. 그의 목소리가 워낙 힘이 있어서 거의 단정적으로 들렸다.

"혜공 스님 말씀이 맞습니다. 이 난관을 극복할 수 있는 스님은 종욱 스님밖엔 없습니다."

다른 스님도 찬성했다.

"찬성합니다. 그렇게 하는 것이 최상책입니다."

"찬성합니다."

"그 길밖엔 다른 방도가 없습니다."

스님들은 모두 찬성했다. 산중회의에서 종욱 스님이 월정사 주지로 뽑힌 것이다. 그럼 여기서 종욱 스님에 대해 잠깐 알아보고 넘어가자.

지암당 이종욱 스님은 갑신정변이 일어난 1884년 강원도 양양에서 태어났다. 태어난 지 13일 만에 어머니가 돌아가셨는데, 갓 태어난 아이는 젖을 먹지 못하고 3일이 지났는데도 죽지 않았다. 이 소문이 온 동네에 파다하게 퍼지자 아이를 낳지 못해 애를 태우던 옆 동네 부부가 아이를 데려다 키우겠다고 해서 어린아이는 양부모 손에서 자라게 되었다. 양부모의 지극한 사랑 속에서 행복하게 자라던 아이는 여섯 살 되던 해에 양어머니를, 일곱 살 되던 해에 양아버지를 잃고 다시 천애의 고아가 되었다. 그래서 자신의 본가로 돌아와 계모 밑에서 자라다가 13살 되던 해 양양 명주사로 출가했다.

명주사로 출가한 지 얼마 되지 않아 대은 노스님의 부탁으로 월정사에 가서 월운 스님의 시봉을 들게 되었다. 이것이 종욱 스님이 월정사와 인연을 맺게 된 계기였다. 월정사에서 월운 스님의 시봉을 들던 종욱 스님은 월운 스님이 일경(日警)의 감시를 피해 몸을 숨기자, 자신도 월정사를 떠났다.

16살의 소년은 스승을 찾아, 부처님의 가르침을 찾아 만행길에 올랐다. 전국의 사찰을 돌면서 경전을 공부하던 종욱 스님은 22살의 청년이 되어 명진학교에 입학했다. 명진학교는 일본불교계의 영향을 받아 설립되었지만 운영 주체는 우리 불교였다. 근대적 지식을 갖춘 승려 양성을 목적으로 설립된 이 학교는 강원의 대교를 이수한 승려로 입학 자격을 제한했으며 커리큘럼도 포교학, 외국어, 외국역사, 측량학, 농업초보, 산술, 이과, 도서, 수공, 체조 등으로 짜여 있었다. 커리큘럼에서도 알 수 있듯이 명진학교는 스님들을 시대에 맞는 사회적 지도자로 키우려 했던 것

이다

명진학교에서 수학한 스님은 다시 스승과 부처님의 가르침을 찾아 만행길에 올랐다. 수년간 스승을 찾아 경전을 공부한 스님은 29세 되던 해(1912) 가을, 법주사에서 서진하 강백으로부터 《화엄경》 강의를 들은 것을 끝으로 만행을 접었다. 그리고 월정사로 발길을 돌렸다. 종욱 스님에게 월정사는 마음의 고향이다. 그러나 마음의 고향만으로 월정사를 찾았던 것은 아니다.

1912년은 우리가 주권을 잃고 일본의 식민지가 된 지 2년이 되던 해다. 조선의 주권을 찬탈한 일본은 조선인들이 소유하고 있던 땅도 그렇게 빼앗기 위해 전국에 걸쳐 '토지조사사업'이라는 것을 펼쳤다. 그러면서 농토, 임야, 하천부지 할 것 없이 모든 땅을 측량했다. 이 과정에서 월정사가 소유하고 있던 30여 정보의 땅이 국유지로 둔갑돼 빼앗길 처지에 놓였다. 뿐만 아니라 일본인들은 월정사의 땅을 경작하고 있는 소작농들을 부추겨 월정사로부터 사유권을 받아내도록 꼬드겼다. 조선인들끼리 땅을 놓고 분쟁하도록 갈등을 조장하고 있었던 것이다. 이와 비슷한 방법은 전국 곳곳에서 자행되었는데 월정사도 그중에 하나였다. 월정사가 당면한 어려움은 바람에 실려 종욱 스님의 귀에까지 전해졌다. 그래서 스님은 월정사로 발길을 돌렸다.

그때 월정사 주지는 혜명 스님으로, 깊은 산속에서 수행해 오던 노스님이 이 난제를 풀 수 없는 것은 어쩌면 당연했을지도 모른다. 그래서 종욱 스님은 스스로 그 짐을 짊어지기로 하고, 1년 반 동안 고군분투한 끝에 마침내 잃을 뻔했던 30여 정보의 땅을 도로 찾아냈다. 그러자 일본인들은 집집마다 장작개비 한 개씩을 걷어서 이종욱을 화형(火刑)시켜야 된다고 소작인들을 부추기며 종욱 스님에 대한 적개심을 확산시켰다. 잃을 뻔했던 땅을 도로 찾아낸 전력이 있었기 때문에 대중방에 모인 스님들은 만장일치로 종욱 스님을 주지로 추대했다. 또다시 닥친 난관을 풀 수 있는 스님은 종욱 스님밖에 없다는 확신을 모두 가지고 있어서였다. 그러나 그 당시 종욱 스님은 월정사의 주지 소임을 맡을 수가 없었다. 주지 소임을 맡을 수 없었던 상황을 다시 알아보기로 하자.

종욱 스님은 이탁이 중심이 되어 만주에서 결성한 의열단체인 27결사대의 일원으로 활약하였다. 27결사대는 을사 5적과 헤이그 밀사사건 이후 고종의 퇴위를 강요한 총리대신 이완용, 내부대신 임선준, 탁지부대신 고영희, 군부대신 이병무, 법무대신 조중응, 학부대신 이재곤, 농상공부대신 송병준 등 이른바 7적을 암살하는 것을 목표로 하였다.

27결사대는 1919년 3월 3일, 고종의 국장일에 거사를 계획하고 망우리 고개에서 기다렸다. 하지만 잠복한 위치가 순종이 탄어가(御駕)와 너무 가까웠기 때문에 순종에게 해를 끼칠 우려가 있어 거사를 실행하지 못했다. 그 후 27결사대원들은 3월 20일경 독립문의 퇴색된 태극기를 다시 칠하고 성토문과 경고문, 격문 등을 독립문과 종각 기타 여러 곳에 게시하였다.

4월 2일, 종욱 스님은 인천만국공원에서 개최된 국민대회에 박한영 스님과 함께 불교계의 대표로 한성임시정부 발족에 참여하였다. 그리고 상해로 건너가 임시정부의 내무부 참사로 임정활동에 참가하였다. 상해에서 다시 국내로 돌아온 종욱 스님은 조용주, 연병호, 송세호 등이 중심이 되어 국제외교 활동을 전개하고 상해임시정부를 지원할 것을 목적으로 결성된 '대한민국청년회외교단'의 외교 특파원으로 활동하였다. 그러나 이종욱은 의열단 사건으로 일경에 체포되어 3년간 옥살이를 하였다.

종욱 스님이 월정사 주지 소임을 맡을 수 없었던 것은 위에서 살펴본 바와 같이 일경에 체포되어 3년간 옥살이를 치른 직후였기 때문이다. 그래서 대중스님들은 궁여지책으로 종욱 스님에게 '월정사 사채 총무위원'이라는 직책을 주어 폐사 위기에 처한 월정사를 구하게 했다. 대중들의 기대 속에서 월정사를 구해야 하는 막중한 중책을 맡은 종욱 스님은 가슴이 답답했다. 천근바위를 가슴에 매단 것 같은 중압감이 느껴졌다. 문수보살이 상주하고 계시는 영산 중의 영산인 천년고찰 월정사가 일인들의 손에서 유린당하고 있다는 것 자체가 피를 토할 만큼 분한 일이었다. 그렇기 때문에 추악한 일본 고리대금업자 손에 들어가 있는 월정사를 어떻게 하든 구해 내야 하는데 그 방법이 막막했다.

밖으로 나온 종욱 스님은 무거운 마음으로 한 발 한 발 걸음을 옮겼다. 그러던 스님은 법당 앞에 있는 탑 앞에서 걸음을 멈췄다. 부처님을 향해 차 공양을 올리는 보살상이 눈에 들어왔다. 비바람 속에서도, 설한풍 속에서도 미동도 하지 않고 두 손을 받쳐 부처님께 차 공양을 올리는 보살, 천 년 세월 동안 한쪽 무릎을 꿇고 앉아 두 손을 받쳐 들고 부처님께 공양을 올리는 보살을 보는 순간 뜨거운 감정이 온몸을 감싸고 흘렀다. 심장에서 터져 나온 뜨거운 기운이 피돌기처럼 온몸을 돌고 있는 그런 기분이었다.

"아!"

종욱 스님은 신음소리 같은 소리를 토해내며 보살상을 바라보았다. 마음이 순일해지면서 뭔가 희미하게 길이 보이는 것 같았다.

'이 일을 부처님께 올리는 공양으로 삼자.'

종욱 스님은 자신을 향해 다짐했다. 그런데 월정사 채무를 해결하는 일 자체를 부처님께 올리는 공양으로 삼자는 생각을 하는 순간 자기애(自己愛) 같은 감정이 고개를 쳐들었다.

'그럼 나는?'

종욱 스님은 괴로운 얼굴로 한참 동안 서 있다가 천천히 몸을 돌려 탑을 돌기 시작했다. 한 바퀴 두 바퀴 세 바퀴……

갈피를 잡을 수 없는 복잡한 심정으로 탑을 돌고 있는 그의 가슴에서 '참공양은 나를 버리는 것이다.'라는 소리가 들려 왔다. 분명히 자신의 가슴에서 솟아나온 소리였는데 흡사 공중에서 울려오는 소리처럼 들렸다. 종욱 스님은 걸음을 멈추고 서서 그 말의 의미를 되새겨 보았다. 자신을 버리는 것이 부처님께 올리는 참공양이라는 생각을 해낸 순간 뭔가 해답 같은 것이 손에 쥐어지는 듯했다.

내가 지금 망설이고 있는 것은 나를 버리지 않으려는 안간힘 때문이다. 나를 흔쾌히 부처님께 바칠 수 있다면 무슨 두려움이 있겠는가? 같은 생각을 반복해서 하던 종욱 스님은 다시 무릎을 꿇고 앉아 있는 보살상을 바라보았다. 저 약왕보살은 자신의 몸에 향유를 바르고 1200년 동안 소신공양을 올려 마침내 자신의 몸을 다 태웠다. 그렇다면 1200년이라는 시간의 의미는 무엇인가? 자신을 소멸시켜 자아의 뿌리를 뽑는 일이 그만큼 지난하다는 얘기가 아닌가? 소신공양을 올리는 심정으로 자신이 맡은 난제를 풀어가자는 결심을 굳히자 어느 정도 마음이 안정되었다. 하지만 고개를 쳐드는 두려움을 완전히 떨쳐버릴 수는 없었다.

종욱 스님은 가슴속에서 고개를 쳐드는 두려움의 실체가 무엇인지를 잘 알고 있었다. 그것은 자신으로서는 참으로 감당하기 어려운 일이었다. 일을 풀어 갈 방법도 서고, 결심도 굳혀졌는데 두려움을 떨쳐내지 못하는 마음이 자신의 발목을 잡고 있었다.

고뇌에 찬 얼굴로 보살상을 바라보던 종욱 스님은 갑자기 몸을 돌려 절 밖으로 나갔다. 그리고 상원사를 향해 부지런히 걸음을 옮겼다. 여름장마가 끝난 직후라서 계곡물이 굽이쳐 흐르고 있었다. 연옥색으로 투명하게 흘러내리던 물은 바위에 부딪칠 때마다 하얀 포말로 자신의 몸을 부쉈다. 그리곤 다시 부서진 몸을 추스르며 흘러갔다. 바위라는 크고 작은 장애에 부딪쳐 부서지지 않는다면 계곡물은 정화할 수 있는 기능을 스스로 잃어 갈지도 모른다. 인간의 삶도 그렇지 않을까?

종욱 스님은 녹음이 우거진 숲 속 길을 달음박질치듯 걸어 올라갔다. 걷고 있는 그의 모습에서 급히 상원사에 오르고자 하는 스님의 마음을 읽을 수 있었다. 얼마간 그렇게 산길을 오르자 마침내 상원사가 모습을 드러냈다. 상원사 마당으로 들어선 스님은 법당을 향해 합장하고 곧바로 조실로 향했다. 그만큼 마음이 바빠서였다.

"조실스님, 저 왔습니다. 종욱입니다."

조실 문 앞에 선 종욱 스님이 안을 향해 말했다.

"어서 오시오."

한암 스님이 자리에서 일어나 문을 열어 주며 손님을 맞았다.

"그동안 법체 강령하셨습니까?"

종욱 스님이 절을 하고 나서 안부를 물었다.

"나는 잘 지내고 있소. 스님은 많이 힘드시지요?"

한암 스님도 가볍게 허리를 굽히며 말했다. 종욱 스님의 무거운 마음을 헤아리고 있는 듯했다.

"힘듭니다. 그래서 스님을 뵈러 왔습니다."

종욱 스님은 자리를 잡고 앉으며 말했다.

"오늘 대중회의를 한다는 말은 들었소."

한암 스님이 먼저 말을 꺼냈다. 대중회의 결과도 알고 계신 듯했다. 아니, 그건 한암 스님뿐 아니라 사중에 있는 사람이라면 누구나 다 알고 있는 내용일 것이다. 대중회의가 열린 것은 종욱 스님에게 무거운 중책을 맡기기 위해서였으니까.

"소신공양을 올리는 심정으로 맡은 일을 할 결심은 섰습니다. 하지만 두려움을 떨쳐 버릴 수가 없습니다. 그래서 스님께 달려왔습니다."

종욱 스님이 자신의 심정을 고백했다.

"……."

한암 스님은 말없이 종욱 스님을 바라보았다. 무거운 마음을 담고 있는 듯 바라보고 있는 한암 스님의 시선이 무겁게 느껴졌다. 한참 동안 그렇게 종욱 스님을 바라보던 한암 스님이 입을 열었다.

"스님의 원력을 비로자나불 가슴에 뿌리내리도록 하십시오. 그러면 세간적인 두려움을 떨쳐버릴 수 있습니다."

"……."

종욱 스님은 말없이 생각에 잠겼다. 약왕보살이 소신공양을 올릴 때 걸린 1200년이라는 시간은, 자신의 원력을 비로자나불 가슴에 뿌리내리게 하는 바로 그 시간이었는지도 모른다. 자아(自我)의 뿌리가 완전히 뽑혀져 나가 절대의 세계와 접하고, 그 세계를 체험하고, 그 세계 안에 새로이 태어났음을 인식하는 그 일련의 과정을 거치기 위해서 필요한 시간이었을 것이다.

"그 길은 아득하고 멉니다. 중간에 돌부리에 걸려 넘어질 수도 있고, 길을 잃고 헤맬 수도 있습니다. 그래서 두렵습니다."

종욱 스님이 침묵을 깨고 자신의 심경을 말했다.

"지금 월정사를 지키는 일은 그만큼 어려운 일이오."

한암 스님이 명료하게 말했다. 종욱 스님은 고개를 숙이고 한참동안 생각에 잠겨 있다가 결심을 굳힌 듯 한암 스님을 바라보며 청했다.

"비로자나불 가슴에 제 원력이 뿌리내려지도록 정진하고 또

정진하겠습니다. 스님이 믿어 주신다면 말입니다."

한암 스님은 깊게 심호흡을 하고 나서 답했다.

"믿어드리지요."

대답하는 한암 스님 눈가가 순간적으로 붉어졌다. 종욱 스님은 그런 한암 스님을 바라보며 조용히 고개를 숙였다.

'하겠습니다. 큰스님, 꼭 해내겠습니다.'

새벽예불을 마친 종욱 스님은 부처님께 올렸던 다기물을 내려서 대접에 부었다. 그리곤 잠시 불단에 계신 부처님을 우러러보다가 대접에 담긴 물을 단숨에 벌컥벌컥 마셨다.

"부처님, 다녀오겠습니다."

종욱 스님은 부처님을 향해 이렇게 말하곤 밖으로 나왔다. 어둑한 사위는 조금씩 밝아지고 있었다. 새벽이 오고 있는 것이다. 종욱 스님은 법당 앞에 앉아 계신 보살상을 만감이 서린 눈으로 바라보다가 요사채 쪽으로 갔다. 방으로 들어온 스님은 입고 있던 장삼을 벗어서 횃대에 걸고, 횃대에 걸어 놓았던 두루마기를 내려서 입었다. 그리곤 밖으로 나와 산문 밖으로 걸어 나갔다. 여명이 밝아오는 숲길로 걸어가고 있는 종욱 스님의 뒷모습이 아득히 멀어졌다.

강릉경찰서 앞에 도착한 종욱 스님은 심호흡을 크게 하고 안으로 들어갔다.

"서장한테 가서 월정사 종욱 스님이 왔다고 전해 주시오."

종욱 스님은 보초를 서고 있는 순사한테 말했다.

"월정사 종욱 스님이라고 했습니까?"

순사는 종욱 스님의 머리에서부터 발끝까지 쭉 한 번 훑어보고는 물었다.

"그렇소."

"잠시 기다리십시오."

순사가 2층 계단을 성큼성큼 올라갔다. 종욱 스님은 순사의 뒷모습을 바라보며 다시 한 번 심호흡을 했다.

"2층으로 올라오십시오. 제가 안내해 드리겠습니다."

잠시 후 2층 계단에서 순사 목소리가 들려왔다.

"……."

종욱 스님은 말없이 계단을 밟고 올라갔다.

"이쪽입니다. 이리로 오십시오."

순사가 앞장을 섰다.

"들어가십시오."

서장실 앞에서 순사가 문을 열어 주며 말했다.

"……."

종욱 스님이 입을 굳게 다물고 안으로 들어가자 서장이 탐색

하듯 스님을 바라보았다.

"어쩐 일이시오? 스님이 직접 나를 찾아오시다니."

서장은 자리에서 일어나 손님 접대용 의자에 앉으며 말했다.

"서장님께 좋은 선물을 드리려고 왔습니다."

"호오, 그래요? 좋은 선물을 가져오셨다니 궁금합니다. 어서 이쪽으로 앉으십시오."

서장이 반기는 표정을 지었다. 종욱 스님은 말없이 걸어가 서장과 마주 앉았다.

"그래, 가져오신 선물이 뭡니까? 어서 펴 놓으십시오."

"의열단에서 손을 떼겠소."

종욱 스님이 서장을 찾아온 용무를 말했다. 종욱 스님의 말을 듣고 난 서장은 다시 한 번 탐색하듯 종욱 스님을 훑어보더니 물었다.

"전향을 하겠다는 말씀입니까?"

"그렇소."

"아주 훌륭하십니다. 살신성인의 용기를 내셨군요."

"내 뜻을 정확하게 이해하시는 걸 보니 역시 일본국 서장답습니다."

"월정사를 지키는 게 전향을 결심할 만큼 그렇게 중대한 일입니까?"

"그렇소."

"그러시다면 여기에 각서를 쓰십시오. 스님이 대일본제국에 협조를 하신다면 저 역시 월정사를 지키는 일에 협조해 드리겠습니다."

"그럼 우리 두 사람이 같이 각서를 쓰십시다."

"경찰서 서장이 각서를 쓰다니요?"

"그렇다면 우리 두 사람 다 구두약속을 하는 것으로 대신합시다."

"안 됩니다. 구두약속은 증거가 없지 않습니까?"

"그러니까 같이 각서를 쓰자고 한 게 아닙니까?"

종욱 스님이 당당하게 말했다. 그러자 경찰서장은 불편한 심기를 감추지 못하고 고개를 갸웃거리더니

"스님, 전향의 의미를 정확히 알고 계십니까? 전향은 앞으로 영원토록 대일본제국에 협조한다는 뜻입니다."

"뜻도 모르면서 전향을 하러 왔겠습니까?"

종욱 스님이 쳐나보며 묻자, 시장은 다시 한 번 고개를 갸웃거리며 생각에 잠겼다.

"좋습니다. 같이 씁시다."

서장이 동의했다. 이렇게 해서 두 사람은 각각 각서를 써서 서로 나눠가졌다.

"우린 이제 한 배를 탄 동집니다. 모든 일에 협조하면서 잘해 나갑시다."

서장이 의미 있는 미소를 지으며 종욱 스님이 쓴 각서를 봉투에 넣었다.

"좋습니다. 월정사 채무변재가 발등에 떨어진 불이니 우선 그 불부터 협력해서 끕시다."

종욱 스님도 서장이 쓴 각서를 봉투에 넣으며 말했다. 월정사 채무는 처음 돈을 빌렸던 식산은행을 떠나 악랄하고 잔혹한 채권단에 이미 넘어가 있었다.

"열흘쯤 후에 한 번 더 경찰서에 나와 주십시오. 그때까지 월정사 채무를 어떻게 해결하면 되는지 방법을 알아보겠습니다."

서장이 친근감을 나타내며 말했다. 서장과 인사를 하고 경찰서 밖으로 나온 종욱 스님은 잠시 하늘을 쳐다보았다. 열흘 전까지만 해도, 아니 본 말사 주지스님들이 모여 대중회의를 한 하루 전까지만 해도 자신은 잃은 나라를 되찾기 위해 고군분투하는 독립군의 일원이었다. 그런데 지금은 독립군이 하는 일을 방해하는 친일분자로 전향했다. 자신이 그토록 증오하고 혐오하던 친일분자로 말이다. 종욱 스님은 비감한 심정으로 한 발 한 발 걸음을 옮겼다.

자신이 선택한 길, 하지만 인간적인 두려움을 떨쳐버릴 수가

없었다. 비감한 심정으로 걸음을 옮기던 스님은 자신을 향해 질
문했다. 너는 지금 네가 선택한 길을 후회하고 있느냐? 질문을 받
은 내면의 자아가 고개를 저었다. 월정사를 지키는 것은 절대절
명의 일이며 선택의 여지가 없는 일이다. 후회가 끼어들 여유가
없는 일이다. 그렇다면 너는 최선의 길을 선택했다. 최선의 길을
선택했다면 당당해라. 어떻게 당당할 수 있겠는가? 친일 행각을
해야 하는데. 월정사를 지키겠다는 네 마음은 신념인가, 아닌가?
신념이다. 자신의 가슴에서 신념이라는 답이 들려오는 순간 혼란
스럽던 마음이 정리되었다. '스님의 원력을 비로자나불 가슴에
뿌리내리도록 하십시오. 그러면 세간적인 두려움을 떨쳐버릴 수
있습니다.'라던 한암 스님의 말이 이해되었다. '그래, 나는 이 일
을 부처님께 올리는 공양으로 삼고자 했다. 정성을 다해 청정한
공양을 올리도록 하자.' 이렇게 다짐하자 어느 정도 마음이 평정
되었다.

1926년 4월 25일, 창덕궁 대조전에서 순종황제가 승하했다. 순
종황제가 승하하자 궁녀들은 깊은 슬픔에 잠겼다. 그것은 백성들
이 느끼는 슬픔과도 달랐다. 한 사람 한 사람 자기 나름대로의 사
연에 의해서 궁녀가 된 그들은 궁궐 안이 삶의 전부였다. 궁궐 밖
을 나갈 수도, 남자를 사랑할 수도, 사랑하는 남자와 가정을 이룰

수도 없는 여인들, 여인이면서도 여인이어서는 안 되는 특이한 삶을 살아갔던 그들은 조선왕조가 무너지는 마지막 모습을 가장 가까이에서 지켜본 운명의 여인들이었다.

강제로 경술국치조약을 단행한 일본은 4년 후인 1914년 조선물산공진회를 연다는 명분으로 경복궁의 흥례문 구역을 몽땅 헐어냈다. 그리고 2년 후인 1916년 그 자리에 조선총독부 청사를 짓겠다며 대대적인 지진제(地鎭祭)를 지냈다. 조선의 궁궐을 헐고 조선을 감독할 총독부 청사를 짓겠다며 토지 신에게 제사를 지낸 것이다. 그리고 10년 후인 1926년, 총독부 청사가 완공되자 그 청사에서 식민지 통치의 각종 업무를 보겠다는 시용식(始用式) 행사를 거창하게 거행했다.

궁녀들은 궁궐 안에 있으면서 이런 일련의 과정을 왕과 함께 지켜볼 수밖에 없었다. 총독부를 짓기 위해 동대문 밖 채석장에서 돌을 실어 나르면서 내는 소음은 그대로 궁궐 안에서 살고 있는 사람들의 가슴을 짓이기는 굉음이 되어 10년간을 괴롭혔다. 순종황제도 이 굉음에 10년간 괴롭힘을 당하다가 총독부 청사가 완공된 4개월 후에 승하했다. 비탄과 슬픔 속에서 순종황제의 인산을 치른 궁녀 김씨는 깊은 우울감에 빠져들었다. 학생들이 주동이 돼 만세운동을 폈던 것도 두 눈으로 보았고, 그 학생들이 일본 경찰에 투옥돼 갖은 고문을 당한다는 것도 두 귀로 들었다. 모든 것이 고통으로 다가왔고, 그 고통을 자신의 몸으로 감내해야 하는 현실이 너무 버거웠다. 그중에서도 그녀의 가슴을 가장 아프게 하는 것은 윤비였다.

순종황제가 승하하자 윤비는 비통함을 견디지 못하고 혼절했다. 그러자 주위 사람들은 더욱 깊은 슬픔 속에 잠겼다. 윤비는 순종황제의 계비로 들어왔다. 순종황제와 처음 혼인한 순명효왕후는 태자비 시절에 일찍 세상을 떠났고, 그 다음에 계비로 들어온 왕후가 순정효왕후인 윤비였다. 순종과 윤비의 나이 차이는 22살이었다.

어느 날 아침, 고종은 어린 아들과 함께 커피를 마셨다. 그때 누군가가 독살을 하려고 다량의 아편을 커피 속에 넣었다. 커피를 마시던 고종은 이물질이 들었음을 알고 즉시 커피를 뱉었지만 어린 순종은 그러지를 못해 그 후유증으로 앞니가 네 개나 빠졌다. 그리고 생식기능도 잃어 일생동안 후손을 보지 못한 채 병약한 몸으로 험한 파고 속에서 일생을 살다가 생을 마감했다.

윤비는 순종황제의 인산이 끝나자 거치를 대조전에서 낙선재로 옮겼다. 그리고 마지막으로 남은 10여 명의 궁녀들과 함께 외롭게 생활했다. 그때 윤비의 나이는 33살이었다. 궁녀 김씨는 순종이 승하하기 일 년 전에 사가로 나와 있었다. 혼자 계시는 어머니가 위독해서였다. 예전 같으면 궁녀가 궁궐 밖으로 나와 사가 어머니의 병수발을 드는 것은 있을 수 없는 일이었지만, 일본인들이 조선왕실을 축소하려고 안간힘을 쓰고 있었기 때문에 궁녀들이 밖으로 나오는 일은 용이했다. 1년 가까이 병수발을 하던 어머니가 돌아가셨을 때는 조선왕실이 이미 무너졌기 때문에 궁녀 김씨는 궁궐로 다시 들어가지 못하고 사가에서 생활했다.

궁녀 김씨는 가끔 자신이 수놓은 소품들을 들고 낙선재로 찾아가 윤비를 뵈었다. 수(繡)는 그녀의 아픈 마음을 윤비에게 전하는 또 하나의 언어였다. 궁녀 김씨가 수를 놓기 시작한 것은 그녀가 바늘을 잡기 시작한 때부터였으니까 아마 대여섯 살 때쯤이었을 것으로 짐작된다. 궁녀 김씨의 아버지는 대원성 보살 아버지처럼 역관이었다. 중국어 실력은 역관 중에서도 가장 뛰어났지만 성품이 강직하고 수완이 없었기 때문에 대원성 보살 아버지처럼 부와 권력을 거머쥐지 못했다. 하지만 탁월한 언어구사 능력 때문에 외교적으로 중요한 일이 있으면 늘 뽑혀서 청나라를 드나들었다.

그런 그는 청나라로 갔다가 돌아올 때면 비단과 수실을 사왔다. 비단과 수실은 그의 아내가 가장 좋아하는 선물이기 때문이었다. 그의 아내는 남편이 사온 비단에 수를 놓아서 베개 마구리를 만들고, 액자와 족자를 만들고, 가리개를 만들고, 병풍을 만들었다. 슬하에 딸 하나를 둔 그들 내외는 소욕지족, 작은 행복 속에서 욕심 없이 살았다. 궁녀 김씨가 바늘을 쥘 수 있을 때부터 수를 놓기 시작한 것은 그런 어머니 곁에서 자랐기 때문이었다.

낙선제로 가서 윤비를 뵙고 돌아온 궁녀 김씨는 며칠 동안 몸져누웠다. 마음이 아프니 몸도 아팠다. 모든 것이 허무하고 덧없게 느껴졌다. 물 한 모금 마시지 못하고 몸져누워 있던 궁녀 김씨 머릿속에 '사람은 왜 태어나서 이런 고통을 겪어야 하나? 태어나지 않으면 고통도 겪지 않을 텐데.'라는 생각이 맴돌았다. 오랫동안 그 생각에서 헤어나지 못하던 그녀의 머릿속에 섬광처럼 한암 스님의 모습이 떠올랐다. 한암 스님이라면 그 물음에 답을 주실 수 있을 것 같았다.

'어떻게 하면 한암 스님을 다시 뵈올 수 있지?'

자리에서 일어난 궁녀 김씨는 머리 매무새를 고치며 자신에게 물었다. 한암 스님을 뵙지 못하면 지금 갇혀 있는 이 암흑의 절망에서 영원히 빠져나올 수 없을 것 같은 위기감이 느껴졌다.

'가회동 형님을 만나면 스님을 뵈올 수 있는 방법이 나올 거야.'

궁녀 김씨는 대원성 보살을 떠올리며 자리에서 일어섰다. 대원성 보살은 한암 스님을 친견하고 살아갈 힘을 얻었다고 했다. 그렇다면 나도 그럴 수 있지 않을까?

제3장

언 땅 밑에서도
봄은 준비되고 있다

지혜야말로 이 세상을 바르게 이끌어 갈 나침반이 아닌가?
나침반이 망가지면 나그네는 갈 길을 잃고 헤맨다.
세상을 사는 이치도 마찬가지다.
한암 스님은 무거운 중책을 맡은 종욱 스님이 지혜를 잃지 않도록 간절히 빌었다.

앞장에서 살펴본 대로 조선불교는 일본 총독부가 제정한 사찰령에 의해 주지 임명권과 사찰 재정권을 박탈당하였다. 그러자 일본 권력에 아부하려는 친일 세력과, 이에 대항하여 자율권을 회복하려는 반일세력이 등장하게 되었다. 불교계 내의 양 세력은 서로 반목하고 질시하면서 공존하고 있었는데, 사찰령 폐지를 강력히 주창한 불교유신회 회원들이 벌인 '명고축출사건(鳴鼓逐出事件)'은 양 진영의 면모를 여실히 드러내 보여 주었다.

명고축출사건은 유신회 회원들이 친일파의 대두 강대련(용주사 주지)의 등에 작은 북을 매달고 '불교계 대악마 강대련 명고축출'이라는 깃발을 들고 북을 치면서 남대문에서부터 종로 네거리를 지나 동대문까지 행진한 것을 말한다. 유신회원들이 벌인 명고축출사건은 친일파들에 대해 일대 경종이 되었을 것임은 자명하다.

불교계의 자율권을 회복하려는 운동은 각계각층에서 끊임없이 일어났지만 그중에서 대표적인 것을 예로 든다면 1920년대 초반에 일어난 불교청년운동과, 1929년 1월 3일부터 5일까지 각황사에서 개최된 '조선불교선교양종승려대회'라고 할 수 있을 것이다.

불교청년회가 창립되게 된 시원은 1910년 말에 일어났던 '임제종 설립 운동'에서 찾을 수 있다. 강대련과 함께 친일 세력의 쌍벽을 이루었던 해인사 주지 이회광은 우리 불교를 일본불교 조동종과 연합하려는 책동을 폈다.

그러자 젊은 청년 불자들이 주동이 되어 우리 불교의 독자성을 지키기 위해 '임제종 설립 운동'을 펴기로 결의했다. 청년 불자들은 불교 일을 활발히 하기 위해서는 '불교청년회'를 설립할 필요성이 있다고 느끼고 1920년 5월 12일 중앙학림 학생들이 주축이 되어 취지문을 전국적으로 발송함으로써 구체성을 띠게 되었다.

불교청년회 창립은 1920년 6월 20일 오후 1시 각황사에서 이루어졌으며, 이때 발표된 취지문의 내용은 다음과 같다.

지금 불교계의 상황은 외형적으로는 공화와 평등이라는 말이 난무하지만 말장난에 지나지 않고 실제로는 교세가 쇠퇴하고 지식면에서도 다른 종교에 뒤져 있다. 뿐만 아니라 서로 사랑하는 동포애마저도 씨늘하게 식어 사문(寺門)의 형제가 해를 만나도 구하기가 어려워 강 건너 불 보듯 한다.

조선불교의 현실은 천 년 전에 지어진 낡은 집과 같아서 언제 무너질지 모르는 상황이다.

노승들은 여전히 옛날이야기만 하고 있는 실정이다. 조선불교청년회는 이러한 상황을 극복하고 고해에 빠진 중생들과 불타는 집에서 고통 받는 형제들을 구하기 위해 발기한다.

위와 같은 취지로 발족된 조선불교청년회는 창립 이후 토론회, 교육사업, 강연회, 체육활동 등 여러 가지 활동을 전개하면서 불교를 개혁하기 위해 노력했다.

조선불교청년회는 평양, 대구, 안동에 지회를 두고 각 사찰에도 지회를 두었다. 청년회 지회가 있었던 사찰은 통도사, 은해사, 김용사, 선암사, 유점사, 백양사, 석왕사, 관음사, 범어사, 은해사, 건봉사, 마곡사 등이다.

1920년 12월 16일, 조선불교청년회는 지방위원들과 간부들을 소집하여 유신협의회를 개최하여 당시 불교계가 당면한 제반 문제들을 논의하였다. 그 결과 30본산 연합사무소에 8개항의 건의문을 제출하는 것으로 결의하였다. 건의문의 내용은 다음과 같다.

조선불교청년회는 종래 30본산 주지들의 독단적인 사찰운영을 부정하고 만사를 민중적 공론에 의해서 결정해야 된다고 본다. 이를 위해 30본산 연합제규를 수정하여 위원장 아래 의사, 서무, 재무, 교육, 포교, 법규부장을 두고 30본산 연합사무소의 재정 관리를 일원화해야 한다. 교육 문제는 일요학교, 유치원, 보통학교를 신설해야 하고, 지방학교는 병합해야 하며, 도시에는 중학교를 경영하고, 중앙학림은 전문학교로 승격하며, 일본, 중국, 인도에 유학생을 파견해야 한다. 또 번잡한 의식의 개선, 포교사업, 인쇄물의 발간을 통한 교리의 전파와 홍보활동 등을 전개해야 한다.

이런 구체적인 사업들을 실천할 수 있게 하기 위해 30본산 연합사무소와 교섭할 교섭 위원을 선출했다. 선출된 위원은 김석두, 이춘담, 김경봉, 김락순 등 15명이었다. 이들은 일본불교와의 연합책동이 진행되었던 것과, 포교 사업이 부진한 것, 그리고 재정운영이 불투명한 점 등 여러 가지 모순의 원인이 산중공의제가 시행되지 않은 데 있다고 보았다. 따라서 이들은 산중공의제의 부활을 주장하였다. 혼미한 불교계의 상황을 극복하고 대중불교를 실현하기 위해 창립된 조선불교청년회의 주요 활동 가운데 하나는 이회광이 시도한 조일불교 연합을 저지한 것이라고 할 수 있다. 조선불교청년회는 이회광을 조선불교를 망하게 하는 마구니며, 조선사회에 대한 중대한 죄인으로 규정하고 4개항의 결의문을 채택해 이회광에게 보냈다. 결의문의 내용은 다음과 같다.

첫째, 일본 임제종과 제휴한 맹약을 해제할 것

둘째, 일본 〈중외일보〉에 실린 연합책동 보도기사를 취소할 것

셋째, 이회광은 조선 승려에 대하여 참회할 것

넷째, 만일 이회광이 1개월 이내에 위에 열거한 내용을 실행치 않을 때 청년회는 상당한 제재를 가할 것 등이었다.

이회광이 시도했던 조일불교연합은 조선불교청년회의 저지에 의해 무산되었다.

1924년에 성립된 재단법인 '조선불교중앙교무원'은 31 본사에서 분담금을 납부하여 만든 교육기관이었지만 31 본사를 통제할 수 있는 중앙기관은 아니었다. 따라서 전 교단 차원에서 통일된 사업을 추진할 수가 없었기 때문에 불교계는 분산된 역량을 한군데 결집할 수 있는 중앙집권적인 기관의 탄생이 절실히 요구되고 있었다.

1928년 11월 11일, 개혁적인 의지를 가진 승려들이 모여 11명의 준비위원을 선출하고 전국승려대회를 열 준비 작업에 들어갔는데, 준비위원으로 선출된 스님은 권상로, 김포광, 도진호, 백성욱, 오리산, 김상호, 김정해, 조학유, 김경홍, 김태흡, 김법린 등이

었다. 조선불교승려대회에 참가할 스님은 각 본사에서 주지스님이 100명당 1명씩을 뽑아 참석하게 했고, 만약 스님이 100명이 안 되는 경우에는 100명으로 간주하고 1명씩을 뽑아 대회에 참석하게 했다. 이렇게 해서 1929년 1월 3일부터 5일까지 서울 수송동 각황사에서 '조선불교선교양종승려대회'가 열렸는데, 이 대회엔 함경남도 귀주사를 제외한 30본사에서 107명의 스님이 참석했다. 이날 대회에 참석한 스님들은 새로 채택한 종헌을 불전에 고함으로써 그 실효성을 만방에 선포했다. 종헌은 종명, 종지, 본존, 의식, 사찰, 승니 및 신도, 종회, 교무원, 교정, 법규위원회, 재정, 보칙 등 총 12장 31조로 구성되었으며, 전국승려대회에서 결정한 종명은 '조선불교선교양종'이었다. 종명을 이렇게 사용한 것은 가급적 일본 총독부를 자극하지 않으려는 자구책이었다.

전국승려대회에서 제정된 종헌과 제반 법규는 불교계의 조직과 활동범위의 근거를 정한 것으로 큰 의미를 지닌다. 이날 대회에서 조선불교가 자주적으로 종헌과 입법부 및 집행부를 갖춘 기구를 탄생시켰다는 것은 식민지 치하에서 거둔 기념비적 결과라 하지 않을 수 없다. 뿐만 아니라 참여 대상을 전국 31본사에서 선발된 대표자로 하였기 때문에 불교계의 총의를 결집했다는 상징적 의미도 지니게 되었다. 그리고 이날 대회에서 조선불교를 대표하는 일곱 분의 교정(오늘의 종정)을 무기명 투표로 뽑았는데,

이에 선출된 교정은 김환응, 서해담, 방한암, 김경운, 박한영, 이용허, 김동선 스님이다. 한암 스님은 이때부터 공식적으로 불교계를 대표하는 가장 존경받는 어른으로 추앙되기 시작했다.

오대산은 봄이 늦다. 남쪽 들녘에서 한바탕 꽃잔치가 벌어진 후에야 진달래가 꽃망울을 터트린다. 오월 초순, 나무숲 사이로 진분홍 꽃잎을 살짝살짝 드러낸 진달래가 흡사 보조개가 고운 예쁜 소녀가 나무 뒤에서 숨바꼭질을 하고 있는 것 같다. 시자스님이 조실 뜰에 서서 앞산의 진달래를 아련히 바라보고 있을 때 낮은 기침소리가 들렸다. 종욱 스님이 마당으로 들어서며 자신이 왔음을 알리고 있었던 것이다. 깜짝 놀란 시자스님이 급히 댓돌을 내려오며 합장했다.

"어서 오십시오, 스님."

시자스님이 허리를 굽히며 인사를 하자, 종욱 스님이 조실을 쳐다보며 말했다.

"내가 왔다고 조실스님께 알리게."

"네, 알겠습니다."

시자스님은 급히 댓돌 위로 올라가서 낮은 소리로 종욱 스님이 왔음을 알렸다.

"조실스님, 종욱 스님이 올라오셨습니다."

"어서 안으로 모시게."

방안에서 한암 스님 목소리가 들렸다.

"스님, 들어가십시오."

시자가 방문을 열어 주며 말했다.

"알았네."

종욱 스님은 댓돌 위에 신을 벗어 놓고 안으로 들어갔다.

"조실스님, 저 왔습니다. 그동안 법체 강령하셨습니까?"

종욱 스님이 한암 스님에게 절을 하며 안부를 물었다.

"나는 잘 지내고 있소."

한암 스님도 허리를 굽혀 인사를 받으며 답했다. 인사를 마친 두 스님은 미소를 지으며 마주 바라봤다.

"지난달 불교 잡지에 쓰신 옥고(玉稿)를 잘 읽었습니다. 조선불교의 연원정맥을 잘 짚어 주셔서 후학들이 혼선을 겪지 않게 되었습니다."

종욱 스님이 말했다.

"기자들이 와서 해동초조에 대해서 묻기에 법맥을 밝혔습니다. 조선불교의 법맥을 바로 세우는 일은 아주 중요한 일입니다."

한암 스님이 힘주어 말했다.

"저도 그렇게 생각하고 있습니다. 이번에 밝혀 주신 옥고로 해서 그동안 논란되었던 법맥이 정리되리라고 생각합니다."

종욱 스님이 공감하는 표정을 지으며 말했다.

1930년 4월, 불교잡지 기자가 해동초조(조계종의 초조)에 대한 원고를 부탁했을 때 한암 스님은 육조 혜능의 4대손인 서당 지장 화상에게 법인(法印)을 받은 신라 도의 국사가 초조이며, 그 뒤를 범일 국사, 보조 국사가 이어갔다고 정리했다. 종욱 스님이 화제로 삼은 것은 바로 그 내용이었다.

"총독부에 들어간 일은 잘 되었습니까?"

한암 스님이 먼저 화제를 돌렸다.

"네, 총독부에서도 월정사 일을 많이 부담스럽게 생각하고 있습니다."

종욱 스님이 그쪽 분위기를 전했다.

"……."

한암 스님은 입을 다문 채 고개를 끄덕였다. 월정사의 부채 문제는 총독부 쪽에서도 부담이 되지 않을 수 없을 것이다. 조선을 대표하는 사찰 중 하나인 월정사가 일본인들이 펼쳐 놓은 고리대금 그물에 걸려 폐사가 된다면 그 원성이 어떻겠는가? 이 때문에 그들로서도 뭔가 해결책을 찾으려 할 것이다.

"총독부가 우리 문제를 해결하려고 고민하니 금융권은 일단 관망하고 있습니다. 하지만 차압이니 재판이니 하는 말을 또다시 듣고 나오지 않게 하기 위해서는 근본적으로 입막음을 해야 된다고 생각합니다. 그래서 생각해 낸 것인데 석가모니 부처님 정골탑묘 찬양회를 만들면 어떨까 하는 생각이 듭니다."

종욱 스님은 여기까지 말하고 한암 스님 표정을 살폈다.

"계획을 상세히 말해 보시오."

한암 스님이 종욱 스님을 보며 말했다. 두 사람 사이엔 약간의 긴장감이 감돌았다.

"오대산엔 신라 때부터 적멸보궁에 석가모니 부처님 정골사리가 모셔져 있습니다. 이런 오대산이 일본인들에 의해 차압을 당한다면 조선불자들의 분노는 대단할 것입니다. 꼭 불자가 아니더라도 많은 조선인들이 분노할 것입니다. 그래서 생각해 낸 것인데, 전국에 계신 덕망 높은 스님과 재가불자, 그리고 각계각층의 유명 인사들이 주축이 돼서 '석존정골탑묘찬양회'를 만들어 10만 명 동참운동을 펼치려고 합니다. 그러면 일본인들도 오대산에 대해 함부로 하지 못할 것입니다."

종욱 스님은 자신의 생각을 말한 후 다시 한암 스님의 표정을 살폈다. 한암 스님은 조용히 눈을 감고 생각에 잠겼다. 방안엔 무거운 침묵이 흘렀다. 한참동안 생각에 잠겼던 한암 스님이 눈을 뜨며 말했다.

"좋은 생각이오."

한암 스님의 이 말 속에는 많은 의미가 내포돼 있음을 종욱 스님은 잘 알고 있었다.

"스님이 허락해 주시면 바로 그 일을 추진하겠습니다. 총독부하고는 어느 정도 합의를 봤습니다."

종욱 스님은 약간 안도하는 표정을 지으며 말했다.

"스님 수고가 많으시오. 나는 여기서 그 불사가 잘 되도록 기도하겠소."

한암 스님이 승낙의 의사를 밝혔다.

"스님이 그렇게만 해 주신다면 저도 용기를 내서 열심히 하겠습니다."

종욱 스님은 두 손을 모아 합장하며 깊이 머리를 숙였다. 이렇게 해서 1930년 5월 '석존정골탑묘찬양회(봉찬회)'가 태동하였다. 종욱 스님이 돌아가자 한암 스님은 가사장삼을 입고 법당으로 나갔다. 마침 사시예불을 시작하려던 참이라 다른 스님들도 가사장삼을 입고 법당으로 들어갔다. 법당으로 들어온 한암 스님은 문수 보살 앞에 3배를 드리고 무릎을 꿇고 앉았다.

지혜 있기를
모든 사람이 지혜롭기를
문수대성의 지혜가 이 세상에 가득하기를.

지혜야말로 이 세상을 바르게 이끌어 갈 나침반이 아닌가? 나침반이 망가지면 나그네는 갈 길을 잃고 헤맨다. 세상을 사는 이 치도 마찬가지다. 한암 스님은 무거운 중책을 맡은 종욱 스님이 지혜를 잃지 않도록 간절히 빌었다.

경성(서울)으로 올라온 종욱 스님은 종교과장으로 있는 유만겸(개화기 사상계의 거장인 유길준의 아들)과 학무과장 이진호, 종교과 촉탁으로 있는 홍석모를 만나서 자신이 계획하고 있는 일을 구체적으로 의논했다. 이들 세 사람은 솔선수범해서 종욱 스님이 하는 일을 돕고 있어서였다.

종욱 스님의 설명을 들은 세 사람은 우선 '월정사 사채 정리위원회'를 구성하는 게 좋겠다고 의견을 내고, 그들이 주선해서 총독부 법무국장과 산림국장을 위원회에 동참시켜 주었다. 총독부 고위공무원을 '월정사 사채 정리위원회' 일원이 되게 함으로써 월정사 부채 문제는 일단 법적관리 대상에서 빠지게 되었다. 따라서 차압이니 법원출두니 재판이니 하는 공문도 날라 오지 않게 되었다. 그러자 월정사 식구들은 어느 정도 마음의 평정을 찾을 수 있었다.

'석존정골탑묘찬양회'를 발족시킨 종욱 스님은 동분서주 바쁘게 움직이며 동참자를 모았다. 찬양회는 21조로 규약을 정하고 회원들을 모았는데 춘원 이광수도 이에 동참하여 아래와 같은 축원문을 썼다.

　부처님의 정골을 모신 오대산 적멸보궁을 찬양하사이다.

　하늘이나 땅이나 산이나 물이나 어느 곳이 부처님의 도량이 아니
오리까. 중생이 모두 불성을 가졌다 하오니 사람은 이를 것도 없고
초목이나 금수의 어느 것엔들 불성이 없사오리까. 부처님의 눈으로
보오매 가는 곳마다 도량이고 보는 것마다 부처로소이다.

　천하에 인연 깊은 선남선녀이시여, 오만 분 보살님네와 함께 오대
산 적멸보궁에 봉안하온 부처님의 정골을 인연삼아 우리 본사 석가
여래께 예배하옵고 또 이 신령한 적멸보궁을 영원히 수호하옵고 향
화를 이어 장래 무진겁의 자손과 중생에게 부처님 인연을 이어주게
하사이다.

　남자나 여자나 아무쪼록 오대산 적멸보궁 찬양회의 회원이 되어
주시옵소서.

　'석존정골탑묘찬양회'의 법주(法主)는 한암 스님이시고, 31본
산 주지 전원이 회원으로 동참했다. 뿐만 아니라 백용성(대각회 회
주), 박대륜(유점사 서울 포교당 원주), 송만공(유점사 선원 회주), 백성
욱(철학 박사), 김태흡(불교사 사장) 등 당대를 대표하는 스님들과
박영효, 최남선, 이능화, 김병로, 신석우(조선일보 사장) 같은 민족

진영의 지식인들도 대거 동참하였다. 그러자 일반인들의 참여도 폭발적으로 늘어나 농민, 어민, 상인 등 각계각층의 수많은 사람들이 동참금을 내고 부처님의 정골을 온전히 모시는 일에 열과 성을 다했다. 이 찬양회에는 총독(齊藤實), 정무총감(兒玉秀雄)을 위시해 총독부 직원들도 참여했고, 일본 본토에 있는 일인들도 참여했다. 일본인들이 이렇게 참여한 것은 그들 스스로가 쓰기 시작한 '문화유화책'때문이라 할 수 있겠다. 3·1운동 이후 일본인들은 강압적인 무단 통치만으로는 조선인들의 저항을 막을 수 없다는 것을 알게 되었다. 그래서 감시와 회유 속에서도 문화를 존중해 주는 유화책을 쓰게 되었다.

10만 명 회원 모집을 목표로 발족한 '석존정골탑묘찬양회'는 소기의 목표를 달성해 가고 있었다. 오늘날과 같은 통신수단과 교통수단이 발달하지 않았던 그 시절에 전국에 있는 각계각층의 사람들로부터 동참 의지를 이끌어 냈다는 것은 참으로 경이로운 일이 아닐 수 없다. 찬양회가 이렇게 성공을 거둘 수 있었던 것은 여러 요인이 있겠지만, 종욱 스님의 열정이 한몫을 했음은 아무도 부인할 수 없을 것이다. 종욱 스님은 뛰어난 직관력으로 일의 앞뒤를 살피며 불교계뿐 아니라 각계각층의 사람들로부터 동참 의지를 끌어냈다. 놀라운 능력이 아닐 수 없다.

'석존정골탑묘찬양회'는 월정사 부채 문제를 해결하는 성과

뿐 아니라, 조선인들의 최고 불교성지인 오대산 적멸보궁을 조선인들 손으로 지켜 내고 있다는 데 더 큰 의의를 찾을 수 있을 것이다. 이 일을 계기로 1930년 종욱 스님은 47세의 나이로 월정사 주지가 되었다. 주지로 취임한 날 종욱 스님은 상원사로 올라가 한암 스님을 뵈었다. 그리고 한암 스님께 3배를 올리고 고백하듯 말했다.

"스님이 저를 믿어 주시기 때문에 저는 늘 새로운 용기를 낼 수 있었습니다."

믿는다는 것, 믿어 준다는 것, 그것은 새로운 힘을 창출해 내는 원천이 되며, 새로운 세상을 만들어 가는 원천이 되기도 한다. 인간관계에서 이보다 더 큰 힘은 없다. 한암 스님과 종욱 스님과의 관계도 그렇게 구축되어 갔다.

"형님, 모든 것이 너무 부질없고 허무해서 살아갈 힘을 얻을 수가 없어요. 이런 속에서도 삶을 이어가야 할까요?"

궁녀 김씨는 고개를 들며 물었다. 가냘픈 어깨, 길고 하얀 목, 자주색 댕기를 느린 쪽진 머리, 석양을 받고 있는 그녀의 뒷모습이 애절하게 보인다.

"그럼. 삶은 어떤 상황에서도 이어가야 할 만큼 소중한 거야. 아니, 소중한 게 아니라 엄숙한 거야."

대원성 보살이 확신을 가지고 말했다.

"……."

궁녀 김씨는 대원성 보살이 한 말을 새겨보는 듯 입을 다물고 가만히 쳐다봤다.

"우리가 몸을 받고 산다는 것은 일체 생명의 도움 속에서만 가능한 거야. 몸을 받고 태어난 것도 부모님의 도움으로 가능했고, 태어난 후에 먹고 입고 잠자고 숨 쉬고 물마시고 햇볕을 쬐고 공부하는 것도 일체 생명의 도움 속에서 가능한 거야. 이렇게 일체 생명이 나를 살리기 위해 노력하고 애쓰는데 어떻게 살아가는 일이 엄숙하지 않을 수 있겠어?"

대원성 보살은 자신이 지금 하고 있는 말을 궁녀 김씨가 잘 알아듣고 있는가를 확인해 보는 듯, 하던 말을 중단하고 궁녀 김씨를 바라봤다.

"……."

궁녀 김씨는 대원성 보살이 하고 있는 말을 알아듣고 있다는 표정을 지으며 고개를 끄덕였다.

"그리고 우리 몸 안에는 우주에 떠 있는 별만큼 많은 세포가 각각 제 역할을 하면서 우리가 살아가도록 돕고 있어. 이 세포의 도움 없이는 우린 한 순간도 살 수가 없어. 우리 몸 안에 있는 세포도 태어나서 활동하다 늙어서 죽는 생명체야. 우주에 떠 있는 별만큼 많은 생명체가 서로서로 협동하면서 '나'라고 하는 생명체가 살아가도록 돕고 있다고 생각한다면 어떻게 내 생명이 엄숙하지 않다고 말할 수 있겠어?"

대원성 보살은 조금 전처럼 다시 하던 말을 중단하고 궁녀 김씨를 바라봤다.

"……?"

궁녀 김씨는 이번에는 이해가 잘 안 간다는 표정을 지으며 고개를 갸웃했다.

"우리가 살고 있는 지구는 태양에서 떨어져 나온 별이야. 태양에선 지구 말고도 8개의 별이 더 떨어져 나왔는데 이 별들은 지구처럼 태양 주위를 돌고 있어. 이렇게 태양 주위를 돌고 있는 별을 태양계라 하는데 우주 안엔 그런 태양계가 수없이 많이 있어. 그래서 부처님도 삼천대천세계라는 말씀으로 우주 안에 있는 별을 설명하셨어."

대원성 보살의 말을 듣고 있던 궁녀 김씨가 어리둥절한 표정을 지었다.

"……?"

"그런데 놀라운 것은 우리 몸에도 우주에 떠 있는 별만큼 많은 세포가 있다는 거야. 그리고 그 세포들은 각각 자신이 맡은 역할을 하면서 우리가 살아가도록 돕고 있다고 해. 뇌만 해도 약 1조개의 세포가 각각 자신이 맡은 기능을 발휘해서 우리로 하여금 판단하고, 생각하고, 미워하고, 사랑하고, 기억하고… 이런 모든 기능을 하게 하는 거래. 위는 위대로, 장은 장대로, 폐는 폐대로, 간은 간대로, 심장은 심장대로, 피는 피대로… 우주 속의 별만큼 많은 세포가 우리 몸 안에서 우리를 살려 내려고 애쓰는데 우리가 어떻게 자신의 생명을 엄숙하지 않다고 말할 수 있겠어?”

대원성 보살은 여기서 말을 끊고 다시 궁녀 김씨를 바라봤다. 이화여전 영문학부를 나온 재원답게 대원성 보살의 설명은 학구적이었다.

“…….”

궁녀 김씨는 무슨 말을 어떻게 해야 할지 모르는 얼굴로 대원성 보살을 마주 바라봤다.

“동생도 알다시피 나도 죽음의 문턱까지 수없이 갔다 왔어. 더 이상 살아갈 아무 의미도 발견하지 못했을 때 한암 스님을 만나게 됐어. 봉은사에서였지. 그날 한암 스님은 원력에 대해 말씀하셨어. 수없는 생을 반복하면서 원력을 실천해 가는 아름다운 보살을 이해하는 순간 닫혔던 문이 활짝 열리면서 밝고 환한 세상이 눈앞에 펼쳐지는 거야. 그러면서 뜨거운 눈물이 뺨을 타고 흘러내렸어. 생명의 실체를 비로소 바라본 거지.”

대원성 보살은 그때의 감격을 음미하는 듯 입을 다물고 조용히 생각에 잠겼다. 한참동안 그렇게 생각에 잠겨 있던 대원성 보살이 궁녀 김씨를 보며 말했다.

"살아간다는 것은 엄숙한 거야. 한 순간도 함부로 할 수 없을 만큼. 그리고 감사한 거야. 모든 생명에게."

대원성 보살이 한 말을 입속으로 따라하던 궁녀 김씨가 대원성 보살의 손을 꼭 잡으며 말했다.

"어떻게 하면 한암 스님을 뵐 수 있을까요? 형님, 꼭 한번 다시 한암 스님을 뵐 수 있게 해 주세요."

궁녀 김씨의 눈빛은 간절했다. 기진맥진한 사람이 한 모금의 생명수를 애타게 원하듯 궁녀 김씨는 그렇게 간절하게 한암 스님과의 재회를 원하고 있었다.

"알았어. 내가 갈 수 있는 길을 찾아볼게."

대원성 보살이 함께 갈 뜻을 밝히긴 했지만 오대산을 가는 일이 어디 쉬운가? 강릉까지 버스로 가서 거기서 택시를 대절하든지, 아니면 다시 진부까지 와서 오대산으로 들어가는 목탄차를 타야 한다. 그렇지 않으면 진부에서 오대산 상원사까지 걸어가야 한다. 강릉 가는 길도 서울에서 새벽에 떠나면 깜깜한 밤이 돼야 강릉에 도착한다. 하기 때문에 강릉에서 하룻밤을 자야 다음 날 진부까지 갈 수 있다.

대원성 보살은 어떻게 갈까 하고 궁리하다가 지난번처럼 오라버니의 차를 빌려 타고 가야겠다고 마음속으로 결정했다. 동림병원이라는 내과 병원을 운영하고 있는 대원성 보살의 오라버니는 자가용을 가지고 있었다. 그래서 지난번 한암 스님을 뵈러 갈 때도 오라버니 차를 빌려 타고 갔었다.

"고마워요, 형님. 그러면 이번엔 제가 약식을 쪄 가지고 갈게요."

궁녀 김씨가 밝은 미소를 지으며 말했다. 한암 스님이 약식을 좋아하신다고 하면서 대원성 보살이 약식을 쪄 가지고 갔던 일이 생각나서였다.

"그렇게 해. 오라버니하고 상의해서 가능한 날짜를 빨리 잡아 볼게."

대원성 보살이 선선히 허락했다.

상현달이 산마루에 걸려 있다. 사위는 어둠속에 갇혀 있지만 산마루에 걸려 있는 달이 새벽이 오고 있음을 알리고 있다. 도량석을 마친 희섭 스님은 부처님께 경배를 올리듯 조실 밖에서 조용히 합장하며 인사를 드렸다.

"스님, 밤새 안녕하셨습니까?"

새벽에 드리는 인사라면 의례히 '안녕히 주무셨습니까?'라고 해야 하는데 희섭 스님은 그런 인사를 드릴 수 없었다. 자신의 눈에 비친 한암 스님은 늘 좌복에 앉아 계시기 때문이었다. 한암 스님은 낮이나 밤이나 문을 손가락 세 개 정도의 넓이로 열어 놓고 계셨다. 그래서 희섭 스님은 도량석을 돌 때는 물론이고 한밤중에도 가끔 와서 방안을 들여다보곤 했다. 혹시 무슨 일이 있으신 건 아닌가 하고. 그럴 때마다 희섭 스님의 눈에 비친 한암 스님은 좌복에 단정히 앉으신 채 선정에 들어 계신 모습이었다.

'도인도 매일 저렇게 용맹정진을 하셔야 하나?'

희섭 스님은 늘 하던 의문을 다시 한 번 머리에 떠올리며 몸을 돌렸다. 한암 스님은 오대산으로 들어오시기 전에 이미 견성을 하셨다고 하는데 오대산에 와서도 매일 주무시지 않고 용맹정진을 하고 계시니 말이다. 용맹정진은 밤에 잠을 자지 않고 수행하는 것을 말하는데 선방 수좌들도 특수한 날이 아니면 용맹정진을 하기가 어렵다. 도를 이루지 못한 젊은 수좌들도 계속하기 힘든 용맹정진을 이미 도를 이룬 노스님이 매일 하고 계시니 희섭 스님으로서는 고개가 갸웃해지지 않을 수 없었다.

법당에서 종성이 울리는 동안 가사 장삼을 수한 스님들이 법당으로 모여들었다. 스님들은 문수동자가 모셔진 불단을 향해 절을 하고 자신의 자리에 섰다. 그러자 한암 스님이 가사장삼을 수하고 들어오셨다. 간단한 예불이 끝나자 스님들은 곧바로 참선에 들어갔다. 상원사는 법당과 선방이 겸해 있어 예불이 끝나면 그 자리에서 바로 참선을 했다. 40여 분 스님들이 모여 참선을 하는 선방 주위로 어둠이 물러가고 아침이 다가왔다. 자연은 자연대로 고요히 선정에 든 채 운행의 순리를 이어가고 있었다. 아침 공양을 알리는 목탁소리가 들리자 선방수좌들은 몸을 풀고 법당에서 나왔다. 한암 스님이 제일 먼저 신을 신고 법당 층계를 내려가시면 이어서 고참 수좌들 순으로 한 분 한 분 법당에서 나왔다. 새벽 산사의 청아함과 단아한 스님들의 모습이 조화를 이루어 보는 이로 하여금 경건함을 느끼게 했다. 그리고 그 경건함은 법계로 향한 환희심으로 이어졌다.

아침 공양은 늘 죽이다. 쌀만으로 죽을 쑬 때도 있지만 대개는 좁쌀이나 보리, 혹은 강냉이를 넣어서 쑨다. 그리고 산나물이나 시래기를 넣어서 나물죽을 쑬 때도 있다. 아침 공양을 마치고 나면 스님들은 각자 맡은 소임대로 경내를 청소한다. 법당 청소를 맡은 스님은 법당 청소를, 스님들이 기거하는 요사채 청소를 맡은 스님은 요사채 청소를, 마당 청소를 맡은 스님은 마당 쓰는 일을, 이렇게 각자 맡은 대로 청소를 한 후 시간이 남으면 빨래를 하거나 잠시 휴식을 취한다. 다른 스님이 휴식을 취하는 동안 선방에 들어가서 참선을 하는 스님들도 있다. 공부가 잘 되는 스님들은 내면의 고요를 흐트러뜨리지 않기 위해서다.

청소 시간이 끝나면 스님들은 다시 선방에 모여 좌선한다. 또

한암 스님은 승가 5칙(참선, 간경, 염불, 의식, 가람수호)에서 밝힌 바와 같이 참선 외에 경전 공부도 중시했다. 부처님 제자로 살아가기 위해서, 참선 외에 간경(경전 공부), 염불, 의식, 가람수호도 매우 중요했기 때문이다. 승려로서 반드시 이 다섯 가지는 실천해야 한다는 것이 한암 스님의 확고한 신념이었다. 실제 1936년에 강원도 삼본사(유점사, 건봉사, 월정사) 수련소가 설치되어 있을 때는 선원 대중들도 경전 공부를 하였다.

특히 직계 제자와 월정사 산내 스님들은 《화엄경》을 외워야 한다. 《금강경》을 막힘없이 줄줄 외워야 하는 것이 불문율처럼 되었고, 때론 선방수좌들도 《금강경》을 외우는 이가 꽤 있었다. 처음 수좌들은 불만을 토하기도 했지만 나중에는 한암 스님의 뜻을 따랐다. 선(禪)을 제대로 공부하기 위해선 반드시 교(敎)를 알아야 한다는 스님의 가르침을 받아들인 때문이다. 선은 길을 가는 것이고, 교는 가야 할 길을 아는 것이다. 길을 가려는 의지가 확고한 것은 좋지만 어떻게 가야할지 어떤 방향으로 가야할지를 모른다면 목적지에 도달하는 일은 지난할 것이다.

열심히 가도 엉뚱한 방향으로 갈 수 있고, 엉뚱한 방향으로 갔으면서도 자신이 엉뚱한 방향으로 갔다는 사실 자체를 모를 수 있기 때문이다. 가야 할 길을 알면서도 길을 가지 않고 길에 대한 설명만 장황하게 떠벌리는 것도 곤란하지만, 가야 할 길을 제대로 모르면서 길을 가겠다고 나서는 것도 곤란하기는 마찬가지다. 보조 국사를 위시해 혜안을 갖춘 많은 조사들이 염려한 것이 바로 이런 절름발이 수행이었다.

점심공양은 밥을 먹었고, 공양 후에는 대개 두 시간 정도 울력을 했다. 농번기 때는 농사일을, 그렇지 않을 때는 절 안팎의 일을 같이 했다. 그리고 시간이 나면 중대까지 갔다 오기도 하고 산속을 포행하기도 하는데 그건 몸을 푸는 운동법이기도 했다. 그리고 나면 다시 선방에 모여서 참선을 했다. 오후의 참선은 저녁 공양을 알리는 목탁소리가 들릴 때까지 이어졌는데 목탁소리가 들리면 스님들은 가볍게 몸을 풀고 좌복에서 일어났다. 저녁 공양을 들기 위해서였다.

한암 스님은 선원의 전통적인 청규대로 아침에는 죽을, 점심엔 밥을 드셨다. 그리고 대중들은 저녁 공양을 했지만, 한암 스님은 오후불식을 했기 때문에 드시지 않았다. 또 한암 스님은 공양을 그릇의 칠푼쯤 되게 드셨다. 시자스님이 찰밥 같은 특식이 나오는 날이면 조금 더 드시게 하고 싶어서 팔푼쯤 밥을 떴다가 혼이 난 적이 한두 번이 아니었다. 저녁 공양이 끝나면 다시 선방에 가서 두 시간 정도 참선수행을 했다. 그리고 9시경에 취침에 들어갔다. 하지만 한암 스님은 자리에 누워서 주무시지 않기 때문에 늘 좌복에 앉은 자세로 밤을 새웠다. 짓궂은 수좌들은 조실스님이 정말 주무시지 않고 선정에 들어 계시는지 궁금해서 손가락 세 개쯤의 넓이로 열려 있는 방을 살며시 들여다보기도 했지만 스님이 자리에 누워서 주무시는 모습은 거의 본 적이 없었다. 그래서 모두 조실스님은 장좌불와(長坐不臥)를 하고 계시는구나 하고 믿게 되었다.

공양이 끝나면 스님들은 가끔 한 자리에 모여서 차를 마시며 법담을 나눌 때가 있다. 주로 경전 해석을 놓고 토론을 벌이거나 조사어록을 놓고 토론을 벌이지만 선방도 사람들이 모인 곳이다 보니 이야기가 개인적인 것으로 흐를 때가 있다. 그럴 때면 간혹 다른 스님의 도력을 저울질하며 비판하는 경우가 있다. 비판이란 원래 자신의 우월성을 강조하고 남을 비하하고 싶어서 하는 것이 아닌가? 하지만 한암 스님은 한 번도 남을 비판하는 말을 하신 적이 없었다. 물론 자기 자신을 추켜세우는 말을 하신 적도 없었다. 비판을 한다는 것은 자신의 허물을 보지 못하기 때문에 하게 되는 것이리라. 형형한 눈으로 자신의 의식세계를 직시하고 있다면 남을 비판하는 말은 감히 할 수가 없게 된다. 한암 스님의 살림은 늘 그러하셨다.

한암 스님에게 저녁공양 시간은 가장 자유로운 시간이다. 다른 사람들이 공양하기 위해 바치는 시간만큼을 한암 스님은 자유롭게 쓸 수 있기 때문이다. 먹기 위해 산다는 말이 나올 만큼 보통 사람들의 하루 시간은 거의 먹는 일에 바쳐진다. 하루 세끼 먹거리를 장만하기 위해, 하루 세끼 먹거리를 먹기 위해서 말이다. 한암 스님처럼 하루 한 끼만 공양을 안 해도 여유로운 시간을 가질 수 있는데, 만약 세끼를 다 먹지 않고 살 수 있다면 인생이 얼마나 여유로워지겠는가!

한암 스님이 삼본산 수련원생들을 위하여 방에서《화엄경》에 토를 달고 계실 때 밖에서 인기척이 들렸다.

"조실스님, 계십니까?"

"음흠."

한암 스님은《화엄경》에서 눈을 떼며 기침을 했다. 자신이 방에 있음을 알리기 위해서였다.

"큰절에서 온 수좌들입니다. 조실스님께 드리고 싶은 말이 있어서 왔습니다."

밖에서 스님들이 말했다.

"들어오시게."

한암 스님은 경상(經床)을 옆으로 밀어 놓으며 말했다.

"네."

대답과 함께 문이 열리고 세 분 스님이 들어왔다. 방으로 들어온 스님들은 한암 스님께 절을 하고 자리에 앉았다. 방안에는 마가목 향이 은은히 배어 나왔다.

한암 스님은 앞에 앉은 세 스님을 잠시 바라보았다.

"다관을 가지고 와서 차를 한 잔씩 들게."

윗목에 놓인 화로에 다관이 놓여 있고, 다관에선 엷은 김이 피어오르고 있었다. 오대산에는 마가목 나무가 많아서 스님들은 가을철에 마가목 나무를 준비하여 솥에 넣고 푹 다려서 차로 마신다. 한암 스님 방에 있는 차도 그렇게 다려서 만든 차였다.

"네."

한 스님이 자리에서 일어나 다관을 가지고 왔다. 그러자 한암 스님이 차상을 가운데로 밀어 놓고, 찻잔에 차를 한 잔씩 따라서 세 스님들 앞에 놓아 주었다.

"들게."

"네."

스님들이 차를 한 모금씩 마시자 한암 스님이 세 스님을 보며 물었다.

"나를 찾아온 용무가 뭔가?"

키가 크고 바싹 마른 몸매를 하고 있는 세 스님은 칼칼한 느낌을 주었다.

"종욱 스님이 일본 경찰서장한테 전향서를 쓰고 친일 행각을 한다는 말을 들었습니다. 그게 말이 됩니까?"

가운데 앉은 스님이 울분을 참을 수 없다는 듯 먼저 입을 열었다. 한암 스님은 침묵한 채 세 스님을 물끄러미 바라보았다. 한참 동안 그렇게 세 스님을 바라보던 한암 스님이 물었다.

"나라를 잃은 건 말이 되는가?"

한암 스님으로부터 갑자기 질문을 받은 세 스님은 대답할 말을 찾지 못하고 서로 얼굴을 쳐다봤다.

"우리가 지암당한테 친일 행각을 하도록 짐을 지워준 것은 말이 되는가?"

한암 스님으로부터 두 번째 질문을 받은 스님들은 다시 대답할 말을 찾지 못하고 가만히 앉아 있었다.

"나는 상원사 선방에서 내가 할 일을 하며 살 테니 스님들은 월정사에서 스님들이 할 일을 하면서 살게. 스님들이 할 일은 승가 5칙을 지키며 사는 것일세."

"……"

"우리 모두 종욱 스님에게 큰 빚을 지고 있네. 그 빚을 갚는 길은 중답게 사는 것일세."

한암 스님은 자신의 말을 마치고 입을 다물었다. 산내에 있는 대중들한테 하고 싶었던 말을 했다는 그런 표정이었다.

"……"

세 스님 얼굴이 점점 붉어졌다. 스님들은 고개를 숙인 채 가만히 앉아 있었다.

"어두운 밤이 지나면 반드시 밝은 아침이 오네. 스님들은 내려가서 공부에 전념하게."

한암 스님은 밀쳐놓았던 경상을 끌어당기며 말했다. 그런 스님의 모습은 비애에 젖어 있었다.

"……."

한암 스님의 말을 듣고 난 세 스님들은 거의 동시에 고개를 푹 숙였다. "우리가 지암당한테 친일 행각을 하도록 짐을 지워준 것은 말이 되는가?"라고 한 한암 스님의 반문이 심장을 후려쳤기 때문이다.

제4장

인연, 그 아름다운 고리

20세의 젊은 청년 금택(탄허 스님)은 도(道)에 대한 간절한 갈구와,
스승을 찾고자 하는 절절한 염원을 담아 한암 스님에게 편지를 보냈다.

잔설이 남아 있고 나뭇가지들도 앙상하지만 공기의 흐름 속에서 봄기운이 감지되었다. 어딘가에서 봄이 오고 있음이 분명했다. 한암 스님은 뜰 앞을 포행하며 조용히 심호흡을 했다. 미세하게 감지되는 봄기운을 가슴 깊숙이 끌어들이려는 듯이. 잠시 그렇게 포행하던 스님은 고개를 돌리며 산 아래를 내려다보았다. 그런 스님의 모습은 누군가를 기다리고 있는 것 같았다. 그때 종각 쪽에서 지게를 진 일꾼이 마당 안으로 들어서고 곧이어 대원성 보살 일행도 마당 안으로 들어섰다. 한암 스님은 잠시 그들을 바라보다가 종각 쪽으로 걸음을 옮겼다. 마중을 하기 위해서였다.

"어서 오십시오. 아직 날씨가 쌀쌀한데 어떻게 오셨습니까?"

한암 스님은 합장을 하며 손님을 맞았다. 고마움과 반가움의 표정이 역력했다.

"스님, 안녕하셨습니까?"

대원성 보살이 황송해하며 급히 허리를 굽혔다. 한암 스님이 자신들을 마중하기 위해 밖에서 기다리고 있었음이 분명해서였다.

"스님, 안녕하셨습니까?"

뒤에서 오던 보살들도 따라서 인사를 했다. 보살들의 얼굴에도 황송해하는 표정이 역력했다.

"어서 안으로 들어가시지오."

한암 스님이 앞장을 서고 보살들이 뒤를 따랐다. 그리고 그 뒤를 지게를 진 일꾼이 따랐다.

"들어오십시오."

한암 스님이 문을 열고 먼저 방안으로 들어가며 말했다.

"네."

보살들도 댓돌에 신을 벗어 놓고 차례로 방에 들어갔다.

"짐을 안에 들여 놓겠습니다."

일꾼이 지고 온 짐을 방에 들여 놓았다. 그리곤 합장을 하며 살며시 문을 닫았다.

"스님, 인사드리겠습니다. 그동안 법체 강령하셨지요?"

대원성 보살이 절을 하고 앉으며 인사를 하자, 두 보살도 따라서 절을 하고 자리에 앉았다. 인사를 마친 세 보살은 행복한 미소를 지으며 한암 스님을 바라보았다. 얼마나 찾아뵙고 싶었던 스님인가! 한암 스님 앞에 앉아 있다는 것만으로도 행복했다.

"아래 절에서 주무셨습니까?"

"네. 너무 늦어서 월정사에서 잤습니다."

새벽에 출발했지만 월정사까지 오니 밤이 되었다. 자가용을 타고 왔는데도 그랬다.

"오시느라고 고생이 많으셨습니다."

한암 스님이 미소를 지었다.

"아닙니다. 오라비가 내준 차를 타고 와서 고생을 안 했습니다. 그보다 정골탑묘봉안회 일은 잘 되고 있습니까?"

대원성 보살이 물었다.

"잘 되고 있습니다. 고맙게도 많은 사람들이 동참을 해 주어서요."

한암 스님이 미소를 지으며 대답했다. 정말 '석존정골탑묘봉안회' 일은 처음 생각했던 것보다 훨씬 잘되고 있었다. 종욱 스님이 동서남북으로 뛰어다니면서 취지를 설명하고 동참자를 끌어냈기 때문이기도 했지만, 많은 사람들의 정서 속에 우리 민족을 지키는 정신적 성지인 월정사가 일인들의 손에 넘어가서는 안 된다는 공감대가 형성돼 있어서였다. 그리고 그런 공감대를 형성할 수 있었던 것은 그 중심에 '한암'이라는 걸출한 스님이 계셨기 때문에 가능했다.

"부처님 정골사리를 모시는 일은 너무도 거룩해서 저희들도 힘닿는 데까지 뛰어다녔습니다. 여기 명부와 동참금이 있습니다."

대원성 보살이 비단 보자기에 싼 네모반듯한 돈뭉치를 내놓았다.

"고맙습니다."

한암 스님은 자신 앞에 놓인 선물을 받아서 비단 보자기를 풀었다. 동참자의 명부가 적힌 봉투와 하얀 한지로 싼 동참금이 정갈하게 모습을 드러냈다. 한암 스님은 말없이 봉투를 열고 그 속에 들어있는 명단을 읽어 나갔다. 그러던 스님의 얼굴에 약간 놀라는 기색이 드러났다.

"마마님도 동참을 하셨습니다."

눈치를 챈 대원성 보살이 나직이 말했다. 마마님은 윤비를 가리키는 말이었다.

"네…."

머리를 끄덕이던 한암 스님은 잠시 침묵하고 있다가 말했다.

"고마운 일입니다. 부처님의 가피가 함께 하시기를 저도 빌어 드리겠습니다."

망국의 한이 조선인 누구의 가슴엔들 없겠는가! 하지만 왕조가 무너지는 마지막 순간을 온몸으로 지켜본 왕비의 한만큼이야 하겠는가!

"마마님도 스님의 가르침을 받고 싶어 하십니다. 그럴 수 있는 기회를 꼭 만들어 주십시오."

대원성 보살이 다시 말했다.

"뜻이 간절하면 그런 기회도 오겠지요."

한암 스님은 잠시 생각하는 표정을 지으시다가 이렇게 말했다.

"보살님들의 노고에 감사드립니다. 아까 뜰에서 포행을 하는데 어디에선가 봄기운이 느껴지더군요. 산승의 코에 봄기운이 느껴지는 걸 보니 어디에선가 봄이 오고 있는 모양입니다."

"……."

보살들은 한암 스님이 하신 말씀을 새겨들으려는 듯 입을 다물고 조용히 생각에 잠겨 있었다. 그때 시자스님이 문을 열고 들어와서 손님들 앞에 찻잔을 놓았다. 마가목차였다.

"어서 드십시오. 따뜻한 차를 마시면 몸이 녹으실 겁니다."

한암 스님이 먼저 찻잔을 들고 차를 마셨다. 한겨울은 아니지만 그래도 밖은 차다. 산자락에 눈도 그대로 남아 있고, 계곡물 위에도 두꺼운 얼음이 덮여 있다. 그 차가운 길을 아침 일찍 올라왔으니 몸이 왜 얼지 않았겠는가?

"네."

보살들도 앞에 놓인 찻잔을 들어 차를 마셨다. 스님 말씀대로 따듯한 차를 마시니 얼었던 몸이 사르르 녹는 것 같았다.

"저희들이 공양물을 조금 가져왔습니다. 부족하지만 사중에 써 주시면 감사하겠습니다. 그리고 저건 스님들이 쓰실 목도리하고 모잡니다. 마침 좋은 융을 구할 수가 있어서 목도리하고 모자를 만들었습니다."

대원성 보살은 가방에서 봉투를 꺼내 스님 앞에 놓은 후, 일꾼이 지고 온 짐을 가리키며 말했다. 봉투 안에는 전날처럼 쌀 열 가마를 살 수 있는 돈이 들어 있었다.

"고맙습니다. 가져오신 공양물은 사중에서 요긴하게 쓰겠습니다."

스님은 합장으로 고마움을 표한 후 시자스님에게 일렀다.

"자네 저기 있는 목도리하고 모자를 가져와 보게."

"네."

시자스님이 자리에서 일어나 문 앞에 있는 보따리를 들고 왔다. 일꾼이 지게에 지고 올 만큼 보따리는 무거웠다. 한암 스님은 시자스님이 가져온 보따리를 손수 풀었다. 그 안에는 회색으로 만든 융 목도리와 모자가 들어 있었다. 한암 스님은 맨 위에 놓여 있는 목도리와 모자를 꺼내서 직접 머리에 쓰고 목에 둘렀다.

"부드럽고 따듯해서 참 좋습니다."

한암 스님이 얼굴 가득 미소를 지으며 보살들을 바라봤다. 고마움에 대한 표현이었다.

"스님한테 참 잘 어울리십니다."

보살들도 얼굴 가득 미소를 지으며 화답했다.

"이렇게 좋은 물건인데 누구한텐들 안 어울리겠습니까?"

한암 스님은 모자와 목도리를 벗어서 반듯하게 개며 말했다. 정말 상상도 할 수 없을 만큼 좋은 선물이었다. 융 목도리와 모자라니! 물자가 귀한 시절이라 무명목도리도 하나 장만하면 다 떨어질 때까지 목에 두르고 살았다. 솜을 넣어서 고깔처럼 만든 모자도 있긴 했지만 그것도 장만하기가 쉽지 않아 스님들은 겨울이면 맨머리로 살았다. 그런 스님들이 이렇게 따듯하고 포근한 융 모자와 목도리를 선물 받게 됐으니…. 한암 스님은 진심에서 고마웠다.

"바느질은 이 아우가 했습니다. 스님들이 쓰실 거라며 얼마나 정성을 들이는지요."

대원성 보살이 다소곳하게 앉아 있는 궁녀 김씨를 가리키며 말했다.

"고맙습니다. 보살님 정성으로 스님들이 따듯하게 겨울을 나게 됐습니다."

한암 스님이 궁녀 김씨를 보며 미소를 지었다.

"감사합니다."

궁녀 김씨가 합장하며 허리를 굽혔다.

"약식도 아우가 쪘습니다. 스님이 드실 거라며 얼마나 정성을 쏟는지, 꼭 기도를 올리는 사람 같았습니다."

대원성 보살이 대나무 상자에 담긴 약식을 가리키며 웃었다.

"과한 음식까지 받게 돼서 송구스럽습니다."

그 말은 한암 스님의 진심이었다. 산중에 사는 중이 신도들한 테 약식까지 받아먹는 것은 과한 일이다. 그래서 가급적 그런 일은 피하고 싶었지만 대원성 보살은 봉은사 시절부터 절에 올 때면 꼭 약식을 쪄 왔다. 처음 몇 번은 화를 내면서 말려 보기도 했지만 말을 듣지 않아서 언젠가부터 그냥 받아들이게 됐다.

"어렵게 오셨으니 보궁에 가서 하루 기도를 드리십시오. 땅이 좀 얼긴 했지만 눈은 많이 녹았으니 올라가실 수 있을 겁니다."

한암 스님이 보살들을 보며 말했다. 정골탑묘 봉안회 일로 수고를 많이 한 보살들한테 부처님의 정골사리가 모셔져 있는 보궁에 가서 기도를 드리게 하고 싶었다. 그것은 부처님의 가피를 받게 하고 싶은 마음이기도 했다.

"그렇게 하겠습니다."

대원성 보살이 한암 스님의 마음을 이해하고 얼른 받아들였다. 그런 대원성 보살은 잠시 생각하는 표정을 짓더니 같이 온 보살들을 둘러보았다.

"우리 지금 올라갈까? 해가 퍼져서 올라가기 좋은 시간인 것 같은데."

"그렇게 하지."

대원성 보살의 형님이 먼저 찬성했다.

"그렇게 하죠."

궁녀 김씨도 찬성했다.

"그럼 저희들은 보궁 참배부터 하고 오겠습니다."

대원성 보살이 이렇게 말하며 자리에서 일어섰다.

"그렇게 하십시오. 자네가 보살님들을 모시고 보궁을 다녀오도록 하게. 보살님들이 쓰실 방에 군불을 때놓도록 시키고."

한암 스님이 시자스님한테 일렀다.

"그렇게 하겠습니다."

시자스님이 밖으로 나가며 말했다.

"보살님들이 가지고 오신 모자하고 목도리를 쓰고 가게. 자네가 제일 먼저 요긴하게 쓰는구먼."

한암 스님이 시자를 보며 웃었다. 자식한테 요긴한 선물을 주고 흐뭇해하는 어버이 표정 같았다.

방선시간에 대중들이 모여 앉았다. 30여 명 남짓, 대중들이 정좌하고 앉자 서울 보살들이 가지고 온 공양물이 앞앞이 놓여졌다. 융으로 만든 모자와 목도리. 공양물을 받은 스님들 얼굴에 환한 미소가 지어졌다. 스님들은 아이들처럼 좋아하며 모자와 목도리를 써 보기도 하고 손으로 쓰다듬어 보기도 했다. 살갗처럼 보드랍고 솜처럼 포근한 융이라는 천을 처음 본 때문이었다.

선물을 받고 좋아하는 스님 중엔 일본에서 온 소마 쇼에이(相馬勝英) 스님도 있었다. 일본 조동종 스님인 소마 쇼에이는 고마자와 대학 출신으로 조선에 와서 명산고찰을 찾아다니며 4년간 참선수행을 했다.

이 스님은 조동종 조선포교사로 임명되어 파견되었는데, 그 이면의 목적은 조선불교 및 조선 민중들의 정서를 정탐(偵探)하는 것이었다. 그런데 활동 도중에 한암 스님의 고명(高名)함을 전해 듣고 상원사로 찾아와 스님 문하에서 참선수행을 하고 있었다. 이후 그는 어쩐 일인지 정탐 임무는 하지 않고 참선수행에 몰두하다가 귀국했다.

스님들이 미소를 교환하며 좋아하고 있을 때 채공 스님이 간식을 들고 들어왔다. 손가락 세 개 넓이로 반듯반듯하게 썬 약식과 유과 두 개가 앞앞이 놓여졌다. 스님들은 자신의 몫으로 돌아온 약식과 유과를 신기한 듯 내려다보았다. 약식과 유과는 융 모자나 목도리만큼 자신들의 일상과는 거리가 먼 호사스러운 선물이었기 때문이다.

한암 스님은 신도들로부터 받은 공양물은 꼭 대중들과 나눠서 썼다. 이번처럼 모든 스님들한테 골고루 돌아갈 만큼 충분한 양이 들어오면 그 자리에서 바로 나눠줬고, 그렇지 않을 때에는 1년 동안 모아서 연말에 나눠줬다.

서울 보살들이 가지고 온 모자와 목도리는 100명분이었기 때문에 상원사에서 사용하고 남은 것은 월정사 대중들한테로 내려갔다. 상원사에서 그랬던 것처럼 월정사에 있는 부목이나 일꾼들도 스님들과 똑같은 모자와 목도리를 선물 받았다. 한암 스님이 그렇게 하도록 지시했기 때문이다.

소마 쇼에이의 이름이 거론되었으니 소마 쇼에이가 남긴 글을 실어보겠다. 이 글은 《조선불교》 제87호에 수록된 것으로 쇼마 오세이가 상원사 선원에서 동안거를 나면서 체험한 수행담을 기고한 글이다. 이 글은 한암 스님께서 선승들을 지도하던 오대산 상원사의 모습을 전하고 있는 거의 유일한 기록이다. 일본 승려의 눈으로 본 상원사의 모습을 접해 보는 것도 한암 스님을 이해하는 데 도움이 될 것이다.

조선불교는 어디로 갈 것인가?

이 질문에 명확한 답을 줄 분이 몇 사람 있다고 할 때, 그중 한 분, 홀로 분연히 조선불교의 종풍을 고취하고 계신 분이 있다. 조선불교도에게 매우 유명한 방한암 선사이시다.

선사는 일체의 세속 인연을 끊은 채 강원도 오대산 상원사에서 오로지 학인들을 접화(接化), 정진하고 계신다. 선사의 불같은 열정과 온후한 인품을 대한다면 조선불교는 장차 발전할 수밖에 없을 것이라는 확신을 갖게 된다. 조선불교의 앞날을 몸소 보여 주는 선사로부터 그 진로에 대하여 강력한 암시를 얻을 수 있기 때문이다.

1932년 11월 29일, 마침 동안거 기간으로 모든 운수납자가 저마다 절에 틀어박혀서 정진하고 있을 시기였다. 그러한 때에 불쑥 찾아간 이 불청객이 선사로서는 참 느닷없었을 것이다. 거의 한 시간가량 객실에서 기다린 끝에 이윽고 접견을 허락받고 선사의 방으로 안내되었다. 선사의 방은 검소했다. 무량수각이라는 편액이 내걸린 승당의 3분의 1을 칸막이 친 두 칸짜리 방으로 장식이라고는 없으며 길쭉한 널빤지 한 장으로 만든 선반 위에 경전들이 잔뜩 꽂혀 있었다. 그 앞에 검소한 복장을 한 선사께서 정좌하고 계셨다.

먼저 수인사를 드린 후 월정사 주지스님의 소개장을 내놓자 선사는 안경을 꺼내 쓰시고는 그것을 소리 높여 읽으신다. 그 모습이 하도 자연스러워 어쩐지 친근감까지 든다. 마치 초등학교 선생님이 국어책을 읽는 듯한 천진난만한 모습을 느끼게 한다. 그렇게 읽기를 마치신 후 어디를 거쳐서 왔으며 도중에 무얼 봤는가를 물으신다. 그리고는 피곤하겠다며 다시 객실로 안내하도록 하신다. 뭔가 미진한 듯한, 너무 간단한 초대면이었다 싶은 참에 선사께서는 내게 한국말이 상당히 유창하다고 칭찬하신다.

이튿날 부처님사리탑(적멸보궁)에 참배한 후 입방을 허락받기 위해 다시 선사의 처소를 찾았다. 선사는 혼자 참선하고 계시다가 반갑게 맞아 주신다. 사실 결제 기간 중에는 절대로 입방할 수 없다는 사실을 알면서도 선방에 들어가는 것을 허락해 달라고 청을 드렸다. 선사께서도 난감하실 수밖에.

선사께서는 잠시 생각하시다가 이렇게 말씀하셨다.

"우선 음식이 입에 맞지 않을 것이오. 게다가 우린 하루에 두 끼밖에 못 먹소(이때는 월정사가 부채 관계 등으로 매우 어려워서 한시적으로 두 끼만 공양했다)."

"저는 벌써 4년이나 한국사찰에서 부처님밥을 공양하고 있으며, 하루 두 끼라 하더라도 이미 15명의 운수납자가 모여 좌선하고 있는 것을 볼 때 결코 불가능한 일이 아니라고 생각합니다."

내가 이렇게 대답하자 선사께서는 물으셨다.

"일본은 불교가 상당히 번창하다던데 어찌 이런 깊은 산중까지 들어오셨는가?"

"저는 오로지 선사님 슬하에서 참선을 하고 싶어서 오게 되었습니다."

"여기는 꽤 추운 곳이오. 눈도 많이 내리고 바람도 세찬데다 눈이라도 내리면 마을로 통하는 교통편도 끊기고 마는데 혹여 병이라도 나면 어찌하겠소?"

"불법을 위해 목숨을 내던지고자 하는 저에게 그것은 오히려 자랑스러운 일입니다."

선사의 염려에 나는 이렇게 대답했다. 그러나 선사께서는 못내 걱정스러움을 떨쳐버리지 못하시는 눈치였다.

"규칙 위반이라 입방을 허락하지 않으신다면 어쩔 수 없는 일이겠사오나 아무쪼록 봐 주셔서 공부할 수 있게끔 허락해 주십시오."

나는 다시 간청을 드렸다. 그러나 허가한다는 말씀을 들을 수 없었다. 그런데 그날 저녁 식후에 대중들 앞에서 이렇게 말씀하셨다.

"일본 스님의 입방을 허락할 터이니 모두 협력해서 공부하라."

나는 비로소 안도의 숨을 쉴 수 있었다. 그리고 마침내 오후부터 규칙에 따라 참선에 들 수 있었다.

상원사 선방의 하루 일과는 다음과 같다.

03시 기상 입선

06시 방선

08시 입선

11시 방선

13시 입선

21시 방선

밤 9시까지는 서로 이야기를 나누는 것은 물론 개인적인 행동도 금지되었으며 열심히 치열하게 수행하였다. 그리고 특이한 점은 다른 선방과는 달리 1일 2식을 하며 아침은 죽을 먹는다는 것이다.

하루 3식이 아닌 2식을 하게 된 데는 몇 가지 이유가 있었다. 상원사는 오래 전부터 전답이 많았으나 본사인 월정사가 부채 관계로 여전히 매우 어려운 상황이었다. 그래서 선사와 공양주 등 극소수의 대중을 제외한 참선 수좌들의 방부는 받지 않았다. 그런 사정임에도 불구하고 이 유명한 선사를 찾아 전국에서 수좌들이 모여들었기 때문에 그들을 거절하는 것도 큰 고통이 아닐 수 없었다.

그러나 거절한다고 해서 상원사까지 찾아온 수좌들이 순순히 물러날 리 없었다. 구법승들은 그대로 산문에서 한 발짝도 움직이지 않아 결국 선사도 30여 명의 납자들과 함께 지낼 수밖에 없었다. 부족한 식량을 보충하기 위해 모여든 수좌들은 감자와 마, 밤 등을 재배하여 주식으로 삼았다. 그뿐만 아니라 상원사는 주거 공간이 협소해 칼잠을 자는 절로 유명하였다. 칼잠이란 칼을 세워 놓은 것처럼 빡빡하게 누워서 자는 것을 말한다. 먹고 자는 것이 이렇게 불편

함에도 불구하고 전국에서 모여든 수좌들은 선사의 슬하에서 공부할 수 있다는 것만으로도 행복해했다.

선사는 올해 58세, 그 연세에 무엇 때문에 이런 고통과 싸워야 하는지? 한층 곤궁해진 월정사가 마침내 사방 40리 넘는 오대산을 남의 손에 넘기지 않으면 안 될 지경에 이르렀다. 이러한 사정은 전국 불교도들의 우려를 낳았다. 그리고 어떤 희생을 치르더라도 오대산을 구하지 않으면 안 될 책임감 또한 느끼게 되었다. 뿐만 아니라 오대산 중대는 상원사에서 올라가자면 5정(五町) 정도의 봉우리에 신라 선덕여왕 14년에 자장 율사가 부처님 정골사리를 봉안한 곳이다. 그래서 조선의 불교도들은 이 보궁을 최고의 성지로 경배하고 있다. 그런데 이런 불행을 만나게 되었으니!

선사께서는 월정사 산내가 마치 불이 꺼진 것처럼 적막하게 되자 서울 근교의 봉은사에서 나와 이곳 상원사로 거처를 옮기셨다. 그것은 지금으로부터 9년 전의 일이다. 상원사로 거처를 옮긴 선사는 오늘날까지 한 걸음도 산을 내려가지 않고, 모든 인연을 끊고 적멸보궁을 지켜 왔던 것이다. 이런 열정과 신앙심에서 선사의 인품 전체를 엿볼 수 있다. 선사는 부처님의 가르침에 결코 어긋남이 없다고 할 만큼 강고한 정법 신앙을 지녀 지계에는 실로 엄격하셨다.

'계를 지킬 수 없는 자는 출가자라고 할 수 없다. 파계승은 속인보다 못하다.'고 항상 가르치셨다. 그래서 선사 슬하에 있는 수좌들은 선사의 이 가르침을 철저히 지키며 정진하고 있다.

선사께서는 아무도 흉내 낼 수 없는 정진력으로 30년간 좌선삼매에 드셨다. 그러면서도 불전 연구에도 심혈을 기울여 선사께서 설법하실 때는 그 무궁무진한 지식이 흘러넘쳐 놀라움을 금할 수 없었다.

선사께서는 5일마다 선(禪)어록을 강의해 주셨다. 그것은 선사의 지극한 열정 때문에 가능하다고 생각된다. 선사께서는 지독한 위장병으로 고생하셨다. 그래서 기력은 점차 쇠하고 우리와 함께 좌선하는 것도 불가능해 보일 정도였다. 그런데도 5일에 한 번씩 강의라니! 감사하지 않을 수 없다. 그렇게 선사께서는 병중이면서도 공부는 결코 우리에게 뒤지지 않았다. 수면은 서너 시간 정도, 나머지 시간은 전부 좌선에 전력하셨다.

소마 쇼에이는 한암 스님 문하에서 4개월 정도 수행했다고 한다. 동안거 중에 들어와 안거를 마치고 떠난 것 같다. 그가 남긴 글은 상원사와 한암 스님을 이해하는 데 좋은 자료가 되겠지만 지면상 다 실을 수 없어 유감스럽다. 그의 글을 통해서 느낄 수 있는 것은 한암 스님에 대한 지극한 존경심과 함께 한암 스님 같은 고승들이 후학을 가르치는 한 조선불교는 반드시 세상을 구제할 수 있는 동량을 배출할 것이라는 확신을 그 스스로 가지고 있었다는 것이

다. 고승(高僧)은 바로 그런 분이 아닐까? 존재하는 것만으로도 외국의(적국의) 승려에게 그런 확신을 심어 줄 수 있는 분 말이다.

3일간 보궁기도를 마친 서울 보살들이 조실방에 앉아 있다. 보살들 얼굴에는 한결같이 환한 화색이 돌고 있었다.

"보살님들 얼굴을 보니 모두 기도를 잘 하신 것 같습니다."

한암 스님이 보살들을 보며 미소를 지었다.

"마음이 날아갈 것처럼 가볍습니다. 뭔가 알 수 없는 기쁨이 가슴속을 가득 채우고 있는 것 같기도 하고요."

대원성 보살이 자신의 느낌을 어떤 말로 표현해야 좋을지 모르겠다는 표정으로 말했다.

"보살님들도 그렇습니까?"

한암 스님이 웃으며 두 보살을 바라보았다.

"이런 기쁨은 처음 느껴 봤습니다. 마치 향내가 가슴속에 가득 차 있는 것 같습니다."

궁녀 김씨가 나직이 말하며 고개를 숙였다. 가느다란 목을 감싸고 있는 하얀 동정이 정갈한 느낌을 준다.

"보살님은 어떻습니까?"

한암 스님이 대원성 보살의 형님한테 물었다. 말할 기회를 고루 주려는 배려 같았다.

"저도 마찬가집니다. 알 수 없는 설렘이 가슴속을 꽉 채우고 있어서 가슴이 자꾸 두근거립니다."

대원성 보살 형님도 고개를 숙이며 말했다.

"불자님들이 모두 환희심을 느끼고 계신 걸 보니 부처님의 가피를 받으신 것 같습니다."

한암 스님이 보살들을 보며 밝게 웃었다.

"환희심이 뭔가요?"

대원성 보살이 고개를 갸웃하며 물었다. 환희심과 부처님 가피가 어떤 연관 관계를 가지고 있나 하는 생각을 속으로 하고 있는 것 같았다.

"환희심은 수행 과정에서 가끔 경험하게 되지만 진정한 환희심은 초지보살 때 가서 경험하게 됩니다."

한암 스님이 진지한 표정으로 말했다.

"그러니까 기쁨하고는 다른 감정이군요."

대원성 보살도 진지한 표정으로 쳐다봤다.

"환희심을 기쁨이 아니라고 말할 순 없지만 일상에서 느끼는 기쁨하고는 다릅니다. 환희심 안에는 종교적 체험이 포함돼 있다고 할 수 있습니다. 진리를 체득한 기쁨이지요."

한암 스님이 조용히 말했다.

"……"

세 보살은 입을 꼭 다물고 한암 스님이 한 말들을 속으로 새기고 있었다.

"진리를 체득한 기쁨, 즉 환희심을 느끼기 위해서는 믿음이 중요한 자리를 차지하게 됩니다. 부처님의 가르침이 진리라는 믿음이 뿌리가 돼서 마침내 환희의 경지에 이르게 되지요."

"……."

"환희지에 이른 보살에게는 두 가지 큰 특징이 나타납니다. 하나는 부처님의 지혜에 이르고자 하는 간절한 마음이고, 다른 하나는 일상에서 느껴왔던 욕망이나 즐거움을 흔쾌히 버리는 마음입니다."

한암 스님이 잠시 말을 끊고 세 보살을 바라보았다. 그때 입을 꼭 다물고 경청하던 궁녀 김씨가 살며시 고개를 들며 물었다.

"부처님의 지혜란 어떤 것을 말하는 건가요?"

궁녀 김씨의 질문을 받은 한암 스님은 반기는 표정을 지으며

"그건 자리행과 이타행이 걸림 없이 실행되는 걸 말합니다. 자리행은 자신에게 이로운 행을 하는 거니까 불지에 이를 때까지 끊임없이 정진해 가는 것을 말하고, 이타행은 남에게 이로움을 주는 행을 하는 거니까 다른 생명들이 성불해 가도록 끝없이 이끌어 주는 것을 말합니다."

한암 스님은 다시 말을 끊고 앞에 앉은 보살들을 바라보았다.

이 보살들이 자신의 말을 잘 알아듣고 있나 하는 얼굴로.

그때 다소곳이 고개를 숙이고 경청하던 궁녀 김씨가 조심스럽게 자신의 생각을 말했다.

"그러니까 자리행이나 이타행은 결국 성불에 이르는 것을 말하는 거군요."

한암 스님은 궁녀 김씨를 잠시 바라보다가 화답했다.

"그렇지요. 성불보다 더 이로운 것은 없으니까요."

궁녀 김씨는 뭔가 골똘히 생각하는 표정을 짓더니 자신의 생각을 말했다.

"자리행을 닦는 것은 지혜가 열리는 것을 말하니까 지혜가 열리면 열린 만큼 이타행을 잘하고 싶은 마음이 저절로 생길 거라는 생각이 듭니다. 그리고 이타행을 하면 할수록 자비심이 증장되기 때문에 청정한 지혜가 저절로 열리게 되리라는 생각이 듭니다. 그러니까 자리행은 자비심을 키우는 힘을 만들고, 이타행은 지혜를 키우는 힘을 만든다고 생각됩니다."

말을 마친 궁녀 김씨는 자신의 말이 혹시 잘못되지 않았나 하는 얼굴로 한암 스님을 바라보았다.

"부처님 가르침의 요체를 정확히 알고 계십니다. 그렇게 알고 공부해 가는 것을 수행이라고 합니다. 수행자는 누구나 부처님의 적자(嫡子)입니다."

한암 스님이 힘주어 말했다.

"저희 같은 재가자도 부처님의 적자가 될 수 있습니까?"

대원성 보살이 관심을 나타내며 물었다.

"부처님 가르침의 요체를 정확히 알고 수행하는 사람은 누구나 다 부처님의 적자입니다. 여기에 승속이나 남녀의 차별은 없습니다."

한암 스님이 명료하게 답했다.

"……."

그때 다소곳이 고개를 숙이고 있던 궁녀 김씨가 소매 속에서 손수건을 꺼내 살며시 눈가를 눌렀다. 눈물을 닦고 있음이 분명했다.

한암 스님은 그런 김씨를 잠시 바라보다가 이렇게 말했다.

"보살님은 마음속에서 부처님의 가르침을 받아들이고 있으니 부처님 제자로서의 자격을 갖추고 있습니다. 보살계를 받고 올라가도록 하십시오."

한암 스님의 이 말은 궁녀 김씨를 부처님 제자로 또한 자신의 제자로 인가한 것과 다름없었다.

"고맙습니다."

궁녀 김씨가 두 손을 모아 합장하며 고개를 숙였다. 서울서 온 보살들이 3일간 기도를 마치고 돌아갈 때 한암 스님은 궁녀 김씨

에게 대혜성(大慧晟)이라는 법명을, 그리고 대원성 보살 형님에게
는 수정월(水靜月)이라는 법명을 친히 써서 주었다.

문맹자를 없애고 한 사람이라도 더 신학문을 배우게 하기 위
해 전국 방방곡곡에서는 야학운동이 활발하게 전개되고 있었다.
잃은 나라를 되찾기 위해서는 백성이 무지에서 벗어나 실력을
쌓지 않으면 안 된다는 것이 선각자들의 생각이었다. 이런 계몽
운동은 불교계의 선각자들에 의해서도 진행되었다. 불교에 몸담
고 있는 스님과 신자들은 부처님의 정법을 정확히 알기 위해 경
전을 공부하지 않으면 안 된다. 그런데 불교 경전은 모두 한문으
로 되어 있어서 해독하기가 어려웠다. 그래서 누구나 쉽게 경전
을 공부하기 위해서는 한문으로 되어 있는 경전을 한글로 번역
하는 역경사업이 시급하게 요청되었다.

불교계에서 역경사업의 중요성을 강조하고 나온 대표적인 스
님은 3·1 독립 운동 때 민족대표로 참여한 한용운 스님과 백용
성 스님이라고 할 수 있다. 한용운 스님은 《조선불교 유신론》에
서 일반 대중에게 널리 불교를 포교하기 위해서는 역경사업에
매진해야 한다고 역설했다. 한문으로 되어 있는 경전을 조선의
글인 한글로 번역한다는 것은 단순한 경전의 번역뿐 아니라 조
선의 얼을 세상에 널리 펴는 일이라고 생각했던 것이다. 그리고

백용성 스님은 '삼장역회'라는 단체를 조직하여 역경사업을 체계적으로 진행했다. 용성 스님이 역경사업에 뜻을 둔 계기는 3 · 1 독립 운동으로 감옥에 갇혀 옥살이를 하고 있을 때 다른 종교 대표들이 한글로 된 성경을 읽으면서 기도를 드리는 데 자극을 받아 당신도 출옥하면 반드시 역경사업을 시작하겠다는 결심을 했다고 한다.

이에 따라 '삼장역회'에서는 1921년 9월에《심조만유론》을 간행하고, 1922년 1월에는《금강경선한문신역대장경》을 간행하였다. 또한 1926년 음력 4월 17일, 양산 내원암에서 '만일참선결사'를 시작하면서《화엄경》의 번역에 착수하였다. 번역한《화엄경》은 1928년 3월 28일에 12권으로 출간되었다. 백용성 스님이 이끈 '삼장역회'에서 한글 경전을 번역 출판하자 〈동아일보〉와《불교》잡지에서는 대중포교를 위한 획기적인 계기를 마련하였다고 그 공로를 격찬하였다.

대중포교의 중요성이 강조되면서 역경사업이 활기를 띠자 해인사, 통도사, 범어사를 주축으로 한 경남 3본산은 1934년에 종무회의를 구성하고 '해동역경원'을 발족시켰다. 운용기금은 3본산이 공동으로 부담하였고, 원장은 통도사 주지였던 김구하 스님이 맡았다. 해동역경원의 실질적인 운영자는 허영호 스님이었다. 허영호 스님은 일본유학을 다녀온 학승으로 신 · 구학문을 겸비

했으며, 중앙불전의 교수와 범어사 다솔사 강원의 강사를 역임하기도 했다.

허영호 스님이 이끈 해동역경원에서는 《불타의 의의》와 《사종의 원리》를 발간하고 《불교성전》도 간행했다. 하지만 해동역경원은 일본 당국의 한글 사용 금지 정책에 의해 소기의 목적을 달성하지 못하고 몇 년 못 가서 중단되고 말았다.

일제강점기 때 불교계 개혁의 선봉은 청년 승려들이었다. 청년 승려들은 1920년 초부터 '조선불교청년회'를 조직해 교계 개혁운동을 전개하였다. '조선불교청년회'의 행동대격인 '조선불교유신회'는 1921년 총독부가 관장하는 사찰령을 폐지시켜야 한다는 사찰령 폐지 운동 등 활발한 활동을 전개하였다. 하지만 1924년부터는 여러 가지 어려움 속에서 점차 침체되기 시작했는데, 이 '조선불교청년회'가 다시 활기를 찾기 시작한 것은 개혁적인 의지를 가진 청년승려들이 만당(卍黨) 결사 조직을 창당하면서부터였다.

1929년, 일본 유학을 마치고 귀국한 이용조는 경성제국대학 내과에서 연구 생활을 하며 중앙불교전문학교 서무과장으로 있는 조학유의 집에서 하숙을 했다. 그 하숙집에 김법린, 김상호 같은 청년 승려들이 자주 출입하였다. 그들은 조선불교가 주지 중심으로 운영되고, 31본사 주지들이 재단법인 조선불교중앙교무원의 이사 자리를 놓고 서로 각축을 벌이는 현실을 직시했다. 그들은 총독부가 인정하는 표면에 드러난 불교단체로는 조선불교를 살릴 수 없다는 데 뜻을 같이 하였다. 그렇게 해서 조직된 것이 '만당비밀결사단체'였다.

만당의 주요 구성원은 24명이지만 전체 당원은 80여 명이었다. 그들은 중앙에 본부를 두고, 주요 지방에 지부를 두었으며, 동경에는 특수 지부를 두었다. 초기 만당의 결성은 세 차례에 걸쳐서 이루어졌다. 1930년 5월경 조학유, 김상호, 김법린, 이용조 등이 1차 결사를 하였고, 이들의 검정을 거쳐서 2차 결사에 참여한 승려는 조은택, 박창두, 강재호, 최봉수였으며, 3차 결사에 참여한 승려는 박영희, 박윤진, 강유문, 박근섭, 한성훈, 김해윤 등이었다. 24명 가운데 15명이 일본 유학을 다녀왔고, 김법린은 프랑스 유학을 다녀왔다. 이처럼 만당 회원들은 외국 유학을 다녀왔거나 신학문을 공부한 엘리트들로 현실을 직시하는 안목이 높았고 개혁의지도 강했다.

입당 절차는 먼저 당원 중에서 후보자를 추천하면 모든 당원들이 일정 기간 동안 여러 가지 방면으로 그 사람의 과거 경력과 현재의 사상 동향 등을 비밀리에 시험한 후에 전원이 찬성하여야 입당이 허용되었다. 비밀 결사조직이었기 때문에 당원은 '비밀 엄수', '당의 절대복종'을 서약하였으며 만일 비밀을 누설하였을 경우에는 생명을 바치기로 하였다. 만당의 성격은 선언문과 강령에 잘 나타나는데 선언문의 내용은 다음과 같다.

보라! 이천 년 법성(法城)이 허물어져 가는 꼴을
들으라! 이천만 동포가 헐떡이는 소리를!
우리는 참을 수 없는 의분에서 감연히 일어선다.
이 법성을 지키기 위하여
이 민족을 구하기 위하여
향자(向者, 따르는 자)는 동지요
배자(背者, 배신자)는 마귀다.
우리는 안으로 교정을 확립하고
밖으로 대중불교를 건설하기 위하여 신명을 바치고
과감히 전진할 것을 선언한다.

이 선언문에 나타난 만당의 창당 목적은 정법을 지키고 민족을 구원하기 위해 청년 승려들이 단결하여 분연히 일어나야 한다는 자각이었다. 그만큼 현실은 암담하였던 것이다. 만당 당원들은 한용운을 당수로 추대하고 중요한 사안에 대해서는 자문을 구했다. 하지만 한용운 자신은 만당에 대해서 잘 알지 못했다. 당원들이 탄로 날 것에 대비해 한용운에게 상세한 것을 알리지 않았기 때문이었다. 그것은 한용운을 보호하기 위한 자구책이었다.

'석존정골탑묘찬양회'는 10만 명 동참이라는 본래의 목표를 달성하고 마무리했다. 이 사업을 위해 많은 사람들이 동참금을 냈기 때문에 월정사 부채를 해결하는 데 큰 도움이 되었다. 하지만 그보다 더 큰 성과는 위기에 처한 월정사를 조선인들이 합심해 구해 냈다는 사실이다. 그것은 어떤 독립 운동 못지않은 성과였다고 할 수 있을 것이다.

주지 종욱 스님은 이 사업을 마무리하면서 그 결과를 한암 스님에게 보고하기 위해 상원사를 찾았다. 그런데 막상 와서 보니 한암 스님이 치아 통증 때문에 몹시 고통스러워하고 계셨다. 종욱 스님은 한암 스님을 설득해 서울로 모시고 갔다. 한암 스님이 오대산 산문 밖을 나간 첫 번째 사건이었다.

서울에 오신 한암 스님은 숭인동에 있는 작은 암자에 머물면서 치과 치료를 받았다. 한암 스님이 서울에 오셨다는 소문이 퍼지자 한암 스님을 부처님처럼 모시던 대원경 보살, 평등심 보살, 법련화 보살 그리고 대원성 보살, 대혜성 보살, 수정월 보살이 수시로 드나들면서 지극정성으로 스님을 시봉했다. 그러던 어느 날, 대혜성 보살이 한 부인을 모시고 스님이 계신 암자를 찾았다. 부인은 머리에 쓰고 있던 비단 쓰개치마를 벗어 놓고 한암 스님께 공손히 합장을 했다. 한암 스님은 첫눈에 그 부인이 윤비(尹妃)임을 알아보았다.

한암 스님 표정에서 스님이 윤비임을 알고 계신다는 것을 안 대혜성 보살은 나직한 목소리로 말했다.

"마마님이십니다. 스님을 뵈올 수 있는 좋은 기회라고 생각되어서 모시고 왔습니다."

"부족한 산승(山僧)을 찾아 주셔서 고맙습니다. 옥체 강령하시지요?"

한암 스님도 깍듯하게 예우하며 합장을 했다.

"고명하신 스님을 직접 뵙게 돼서 감격스럽습니다. 많은 가르침을 주십시오."

윤비는 공손하게 머리를 숙였다.

"소승은 산속에 있기 때문에 아는 것이 별로 없습니다. 하지만 이렇게 귀한 시간을 내셨으니 제가《범망경》을 강설해 드리겠습니다."

한암 스님은 3회에 걸쳐서 윤비에게《범망경》을 강설하였다. 그것은 윤비로 하여금 부처님 제자가 되게 하는 수계의식과도 같은 것이었다. 마른 대지에 단비가 스며들 듯 윤비는 한암 스님의《범망경》강설을 받아들였다. 비애의 삶이 감로의 법우(法雨)를 갈망하고 있었을 것이다.

만산홍엽(滿山紅葉), 푸른 나뭇잎이 붉게 물들어 온 산을 채우니 사람들은 가을 산을 붉은 단풍으로 가득 차 있다고 말한다. 하지만 가을 산은 붉은 단풍으로만 차 있는 것은 아니다. 붉은색, 노란색, 주홍색, 연두색, 초록색, 갈색…. 그래서 가을 산은 봄날의 꽃보다 더 현란하다. 월정사에서 상원사로 오르는 산길은 더욱 그렇다. 형형색색으로 아름답게 물든 산이 석양을 받아 고즈넉한 빛을 뿜어내고 있을 때 옥색 두루마기에 검은 갓을 쓴 젊은 선비 한 사람이 상원사 마당 안으로 들어섰다. 재기 넘치는 귀공자의 모습이다. 산초가 담긴 망태기를 메고 산에서 내려오던 채공 스님이 신기한 듯 젊은 선비를 바라보았다. 절집에서는 흔히 볼 수 없는 모습이어서였다.

"한암 선사를 뵈려고 왔는데 안내를 좀 해 주십시오."

젊은 선비가 채공 스님 쪽으로 걸음을 옮기며 말했다.

"조실은 이쪽입니다. 이쪽으로 오십시오."

채공 스님이 앞장서서 손님을 안내했다.

"……."

젊은 선비는 긴장한 얼굴로 채공 스님 뒤를 따랐다.

"조실스님, 손님이 오셨습니다."

계단을 올라간 채공 스님은 조실 댓돌 앞에 서서 나직이 말했다.

"음……."

안에서 인기척이 들리더니 잠시 후 미닫이문이 열렸다.

"……."

문을 연 한암 스님 눈에서 전광석화(電光石火)와 같은 강한 빛이 뿜어져 나왔다.

"……."

한암 스님의 시선과 마주한 젊은 선비의 가슴이 쾅쾅 소리를 내며 뛰었다.

"들어오시게."

한암 스님이 자신의 시선을 거두며 부드럽게 말했다.

"네."

선비는 방으로 들어가서 머리에 썼던 갓을 벗어 놓고 한암 스님께 공손히 절을 했다. 공경의 마음을 가득 담은 예를 올리고 있었다.

"먼 길 오느라고 수고가 많았네."

한암 스님이 선비를 바라보며 미소를 지었다.

"오랫동안 흠모해 오던 스승님을 이렇게 뵈오니 참으로 감격스럽습니다."

젊은 선비가 공손히 허리를 굽히며 말했다. 그의 말대로 정말 감격스러운 대면이었다. 3년 전부터 맺어져 왔던 인연의 줄이 마침내 오늘 그토록 열망하던 만남을 성사시켰기 때문이었다.

젊은 선비의 이름은 금택(金鐸, 탄허 스님), 성은 김씨였다. 고향은 전라북도 김제, 보천교 간부로 독립 운동을 했던 아버지 김홍규 씨와 어머니 최율녀(崔栗女) 씨 사이에서 5남 3녀 중 차남으로 태어났다. 김제의 천재라고 불리던 김금택은 어린 시절 서당에서 유학을 공부했다. 김제 들에 넓은 전답을 가진 부유한 집안에서 태어났지만 부친이 소년 시절(17세 때)부터 독립 운동에 가담해 옥살이를 하는 등 갖은 고초를 겪는 과정에서 집안 형편은 점점 어려워졌다. 금택이 13세 되던 해 가족은 김제에서 보천교 본부가 있는 정읍 대흥리로 이사를 했다. 그의 가족이 정읍 대흥리로 이사를 했을 때는 가세가 더욱 빈한해져서 금택은 서당에도 가지 못하고 집에서 조부에게서 사서삼경을 배웠다.

금택은 17세 되던 해 충남 보령에 있는 이복근과 결혼했다. 이복근의 부친 이병규는 토정 이지함의 8대 종손이었는데 그는 아들이 없었기 때문에 사위인 금택이 자신의 집에서 살기를 원했다. 그의 부친 김홍규는 김제의 천재라고 소문났던 아들이 처가에 살면서라도 공부를 더 할 수 있기를 바라서 사돈의 청을 받아들였다. 이렇게 해서 처가에서 생활하게 된 금택은 그 마을에서 유학자로 소문난 이극종(이극종은 기호학파의 거두인 면암 최익현의 제자인 전우 전간제의 제자임)에게 유학을 본격적으로 배웠다. 서당과 조부로부터 유학을 이미 공부한 금택은 오래지 않아 유학의 모든 경서와 노장 사상을 마칠 수 있었다. 더 이상 스승으로부터 배울 게 없게 된 것이다. 그로부터 금택은 주역 등을 혼자 공부하면서 내면의 실력을 쌓는 데 전념하였다.

금택은(탄허 스님이 된 후) 그때를 이렇게 회고했다.

나는 학교 문턱에도 못 갔어. 《사서삼경》과 《주역》 등 주로 한문 서적을 공부했지. 그때는 책 한 권을 수백 번씩 읽었어. 줄줄 외웠지. 지금도 마음만 먹으면 책을 통째로 줄줄 외울 수 있어요. 한문 성경도 읽었지.

주역 등을 혼자 공부하던 금택은 가끔 책상을 치면서 탄식했다.

"문자 밖의 소식을 알아야 하는데 이끌어 줄 스승이 없구나."

가문 대지가 비를 기다리듯 지혜의 눈을 뜨게 해 줄 스승을 갈망하고 있었다. 그런 어느 날 금택은 함께 유학 공부를 하던 친구들과 충남 태안으로 여행을 갔다. 젊은 유학자들은 가슴속에 묻어 두었던 얘기들을 서로 나누게 되었는데, 그때 금택은 평소 생각해 오던 얘기를 친구들한테 했다.

"나는 돈이나 명예를 가진 사람보다 도(道)를 이룬 도인을 만나고 싶네. 도인은 이 세상의 그 어떤 인물보다 훌륭하다고 생각하네."

그러자 김목현이라는 친구가 말했다.

"도인이라면 내가 알려 줄 수 있네. 강원도 오대산 상원사에 가면 방한암이라는 스님이 계시는데 그 스님이 지금 세상에선 가장 도인이라고 하더라."

김목현은 외부 출입이 잦은 친구였다. 하기 때문에 바깥소식을 누구보다 잘 알고 있었다. 김목현의 말을 들은 금택은 순간적으로 전율이 느껴졌다.

'상원사에 가면 이 시대의 최고 도인이 있다고?'

집으로 돌아온 금택은 바로 방한암 스님에게 편지를 썼다. 그 내용은 아래와 같다.

현재로서는 탄허 스님이 한암 스님에게 보낸 첫 번째 편지가 어떤 내용인지 가늠키 어렵다. 그리고 언제부터 몇 통을 언제까지 보냈는지에 대한 구체적인 내용도 알 수 없다. 두 분이 만나기 전 3년여에 걸쳐 서로 편지 왕래가 있었다는 것만 구전으로 전해져 내려오고 있다. 아래 기재한 것은 1932년 8월 14일, 탄허 스님이 한암 스님에게 보낸 편지를 번역한 것이다.

  속생(俗生) 금택(金鐸)은 글을 올리나이다.

  거룩하신 모습을 뵙지 못하고 당돌하게 글을 올리게 되니 참으로 황공하여 몸 둘 바를 모르겠나이다. 스님을 존경하는 저의 마음은 잠시도 쉼이 없으나 다만 마음과 꿈을 통하여 오고갈 뿐 미칠 길이 없나이다.

  엎드려 생각하오니 존후(尊候) 만복하시며 도를 닦는 데 고요하고 정숙하시어 날마다 바다처럼 넓고 하늘처럼 높은 기상을 가지고 계신 듯합니다.

  흠모하여 우러름을 어쩔 줄 모르겠나이다.

  속생 금택은 본디 정읍의 천한 출신으로 호서(湖西)에 흘러온 지가 이제 4년이 되었습니다. 나이는 20세로 근기가 박약하고 배운 것도 형편없어 도를 듣는다 해도 믿지 못하고, 도를 믿는다 해도 돈독하지 못하여 구슬을 품고도 잃어버리거나 나귀를 타고서도 나귀를 찾는 허물이 있으며, 또 철(鐵)을 은(銀)으로 부른다거나 벽돌을 갈아 거울로 만들려는 병폐에까지 이르렀사오니 참으로 탄식할 만하옵니다.

  더구나 집안의 누(累)가 밖에서 들려오고 인욕(人慾)이 날로 날뛰어 귀는 소리에 탕진되고 눈은 물색에 가려졌습니다. 비유컨대 마치 우산(牛山)의 나무들이 도끼와 연장에게 베임을 당한데다 소와 염소 들에게도 뜯어 먹히는 꼴이 되어 비와 이슬이 촉촉이 적신다 해도 싹이 자랄 수 없게 된 것과 같사오니 그 밖의 남은 것이야 얼마나 되겠습니까?

시경(詩經)에서 '마음에 근심됨이 옷을 입은 것과 같다.'라고 한 것은 바로 속생을 두고 말한 것입니다. 저의 신변을 돌아보면 이와 같이 가련하여 마침내 하수(河水)와 한수(漢水)가 한곳으로 돌아간다 고 한들 어떻게 흰 폭포수에서 때와 먼지를 깨끗이 씻고 마음과 생 각을 정결하게 하여 삼청계(三淸界) 이대궁(二大宮)에서 청복을 길이 받 겠나이까?

비록 좇고자 하나 따를 수 없나이다. 명년 봄을 기하여 나아가 뵈올 계획이오나 속세 인연이 아직 남아 있고 도로도 또한 멀고머니 꼭 단정할 수는 없습니다. 돌아보건대 저는 기질이 나약하고 심지가 굳지 못하여 훌륭하신 발자취를 따라가는 것조차 감당 못하오니 오직 바라는 바는 다행히 장자의 가르침을 얻어서 그 허물을 적게 하는 것뿐이옵니다.

그러나 사람됨이 이와 같사오니 군자께서 기꺼이 더불어 말씀해 주실는지요?

집하(執下)께서 만일 버리지 않고 가르쳐 주신다면 속생의 지극한 소원을 다하였다고 할 만합니다.

20세의 젊은 청년 금택은 도(道)에 대한 간절한 갈구와, 스승을 찾고자 하는 절절한 염원을 담아 한암 스님에게 편지를 보냈다. 이에 한암 스님은 아래와 같은 답서를 보냈다.

보내온 글을 자세히 읽어 보니 족히 도에 향하는 정성을 보겠노라. 장년의 호걸스러운 기운이 넘쳐서 업을 지음에 좋은 일인지 나쁜 일인지도 모를 때에 능히 장부의 뜻을 세워 위없는 도를 배우고자 하니 숙세에 선근(善根)이 깊지 않으면 어찌 능히 이와 같으리오. 축하하고 축하하노라.

그러나 도는 본래 천진하고 방소(方所)가 없어서 실로 배울 게 없다. 만약 도를 배운다는 생각이 있다면 문득 도를 미(迷)함이 되나니, 다만 그 사람의 한 생각 진실함에 달려 있을 뿐이다. 또한 누가 도를 모르리오마는 알고도 실천을 하지 않으므로 도에서 스스로 멀어지게 되나니라.(중략)

반드시 시끄럽다고 고요한 것을 구하거나 속됨을 버리고 참됨을 구하지 말지니라. 매양 시끄러운 데서 고요함을 구하고 속됨 속에서 참됨을 찾아, 구하고 찾는 것이 가히 구하고 찾을 것이 없는 데 도달하면 시끄러움이 시끄러움이 아니요, 고요함이 고요한 것이 아니며, 속됨이 속된 것이 아니요, 참됨도 참된 것이 아니니라.

한암 스님은 도에 이르는 길에 대해 답서를 보냈다. 그 답서에는 정성이 담겨 있었다. 그것은 한암 스님의 평소 인격이기도 하겠지만 금택에 대한 신뢰도 담겨 있다고 봐야 할 것이다.

이런 한암 스님의 답서를 받은 금택은 감격해하며 한암 스님에게 다시 답서를 보냈다. 그러나 그 편지는 애석하게도 남아 있지 않다. 다만 한암 스님이 금택에게 보낸 두 번째 답서는 전해져 오기 때문에 여기에 기재한다.

보내온 글을 두 번 세 번 읽어 보니 참으로 일단(一段)의 좋은 문장이고 필법이네. 구학문이 파괴되어 가는 이때를 당하여 그 문장의 기권(機權)과 의미가 어찌도 부처님 글처럼 매력이 넘치던지 먼저 보내온 글과 함께 산중의 보장(寶藏)으로 여기겠노라.

그대의 재주와 덕행은 비록 옛 성현이 나오더라도 반드시 찬미하여 마지않을 것이네. 더욱 더 있어도 없는 듯하고 차 있어도 비어 있는 듯이 노력하니, 어느 누가 그 고풍(高風)을 경앙하지 않을 수 있겠는가. 나는 평소에 음영(吟詠, 詩作)은 즐겨하지 않네. 그러나 이미 마음달이 서로 비추어서, 묵묵히 있을 수 없기에 간단하게 문장을 엮어 보내니 받아 보고 한 번 웃으시게.

한암 스님의 답서는 금택을 더욱 감격케 하였을 것이다. 마음 달이 서로 비추었다는 대목에서는 아마도 목이 잠겨 한암 스님이 계시는 오대산을 향해 조용히 허리를 굽히고 절을 하였을 것으로 짐작된다. 한암 선사와의 편지는 햇수로 약 3년 동안 30여 통이 오고갔다. 금택은 훗날 이때를 회고하여 이렇게 말했다.

"3년간 편지 왕래로 굉장히 연애가 깊어져서……."

한암 스님에 대한 그리움이 극에 달한 금택은 1933년 이른 봄, 마침내 보령에서 함께 수학하던 친구 권중백, 차계남과 함께 상원사로 갔다. 그런데 상원사로 가 보니 한암 스님은 마침 치아 치료를 위해 서울에 가시고 없었다(한암 스님은 1925년 오대산 상원사로 들어오신 후 1951년 입적하실 때까지 두 번 상원사 산문 밖을 나가셨다. 그 하나는 치아 치료를 위해 서울로 출타하신 것이고, 다른 하나는 종단 일로 통도사를 방문하신 것이다).

그때의 실망감이 어떠했을까! 시자스님으로부터 한 달 후에 한암 스님이 돌아오신다는 말을 들은 금택은 그냥 상원사에서 한 달 동안 머물렀다가 한암 스님을 뵙고 돌아가고 싶었지만 같이 온 친구들이 돌아가자고 졸라서 할 수 없이 발길을 돌릴 수밖에 없었다.

그 후 다시 편지로 서로의 마음을 전하다가 오늘 이렇게 친견하게 되었으니… 그 감격이랴!

"전날 그대가 여기까지 먼 길을 찾아 왔었는데 내가 자리를 지키지 못해서 참으로 미안했네. 서운한 마음을 거두고 다시 찾아 줘서 고맙네. 이번엔 머물고 싶을 때까지 편안한 마음으로 머물다 가시게."

한암 스님이 다정한 벗에게 하듯 부드럽게 말했다.

"네, 그러겠습니다. 그래서 이번엔 저 혼자 왔습니다."

금택이 얼굴 가득 웃음을 담으며 말했다.

"오긴 혼자 왔지만 있을 때는 같이 있게 될지도 모르지."

한암 스님이 농을 하듯 말하며 활짝 웃었다.

"……."

금택은 한암 스님이 하신 말의 뜻을 새겨보려는 듯 고개를 갸웃했다.

"먼 길 오느라고 고단할 텐데 오늘은 편히 쉬게. 혹 마음이 내키면 보궁에도 한번 올라가 보고."

한암 스님은 이렇게 말한 후 시자스님을 불러 금택이 머물 수 있는 방을 정해 주었다. 금택의 상원사 생활이 시작된 순간이었다.

노장사상과 주역을 혼자 공부하던 금택은 사회에서는 더 이상 스승을 찾을 수 없자 방한암 스님을 찾게 되었다. 그가 오대산 상원사로 발길을 돌린 것은 혼자서는 타파할 수 없는 학문적인 벽에 부딪쳤기 때문이었다. 불교수행자가 되리라는 것은 전혀 생각지 않고 있었다. 그러나 한암 스님이 주석하는 도량에 머물면서 한암 스님으로부터 불교의 가르침을 접하면서부터 금택은 불교라고 하는 크나큰 바다에 자신도 모르게 빠져들게 되었다. 불교의 교리를 이해하자 자신이 지금껏 공부해 왔던 유교의 가르침과 도교의 가르침이 더욱 확실하게 이해되었다. 흐릿한 안경을 끼고 사물을 보다가 도수가 잘 맞는 안경으로 갈아 끼고 사물을 보는 것과 같다 할까?

금택은 한암 스님의 인격에 매료되고 불교 교리에 매료되어 1934년 9월 5일(음력), 상원사에 온 지 한 달이 조금 지난 10월 15일에 사미계를 받았다. 한암 스님을 은사로 출가를 해 불교 수행자인 스님이 된 것이다. 탄허 스님이 사미계를 받고 상원사에 주석하고 있을 때 고향 친구 두 사람이 찾아왔다. 권중백과 차계남(차천자 조카), 이들은 탄허 스님이 처음 상원사를 찾을 때 동행했던 사람들로 탄허 스님이 혼자 상원사로 가서 돌아오지 않자 탄허 스님을 찾아 상원사까지 다시 온 것이다. 그들의 우정, 특히 탄허 스님에게 바치는 우정은 숭고하게까지 느껴진다. 친구를 찾아 상원사에 온 그들도 탄허 스님처럼 하산을 하지 않고 그대로 상원사에 머물면서 계를 받고 스님이 되었다. 한암 스님 예언대로 '오긴 혼자 왔지만 있을 때는 같이 있게 된' 것이다.

1935년 3월 7일과 8일 양일간에 걸쳐 제3차 수좌대회가 개최되었고, 이 대회에서 조선불교 선종(禪宗)이 탄생했다. 대회에 참석한 수좌들은 종헌과 종규를 만들고 종정, 종무원 간부, 선리참구원 이사, 수좌대표의원 등의 보직자를 선출하였다. 전국 수좌대회에서 선종을 탄생시킨 것은 근대 불교사에서 큰 의미를 가진다고 할 수 있다. 그것은 조선불교의 연원이 선종에 있음을 대외적으로 표방한 것이기 때문이다. 총독부 사찰령의 지배를 받고 있던 31본산 연합사무소와는 그 성격을 달리하고 있는 선종의 창종은 조선불교의 독자성을 만방에 선포한 것이라고 할 수 있다. 이 대회에서 혜월, 만공 스님과 함께 한암 스님이 선종의 종정으로 재추대되었다.

같은 해 10월 28일, 여러 잡지사 기자가 오대산 상원사로 찾아와 한암 스님을 친견하였다. 그 자리에서 잡지사 기자들은 불교에 대해서 말씀해 달라고 간청하였다. 한암 스님은 기자들의 간청에 자신의 평소 생각을 말씀하셨는데, 그 내용을 살펴보면 스님이 오대산에 들어오셔서 주창하신 승가 오칙과 상통하고 있음을 알 수 있다. 한암 스님은 조선불교를 중흥하는 길은 스님 한 분 한 분이 스님답게 사는 것이며, 그것은 알고 있는 내용을 실천하는 것이라는 확신을 가지고 계셨다. 그때 말씀하신 '불교는 실행에 있다.'는 내용을 그대로 옮겨 싣는다.

먼 길 와 주셔서 대단히 감사합니다.

이전부터 현 조선의 종교와 신앙 문제에 대해서 말씀해 달라는 부탁이 있었지만, 그것에 대해서 나는 어떠한 지식도 가지고 있지 않습니다. 그래서 말씀드릴 만한 소재가 없습니다.

그러나 기자 여러분들이 '아무것도 알지 못하니 가르쳐 주십시오.'라고 합니다만, '아무것도 모르므로 가르쳐 주십시오.'라고 하는 것은 곤란합니다.

모르고 있는 것은 어떤 것이며, 어떠한 점을 모르고 있는지… 정말 모르고 있는 것이나 물어보고 싶은 것이 있다면 구체적으로 이야기해 주십시오. 그러면 알고 있는 범위 내에서 대답을 해 주겠습니다. 그런데 단지 '저희들이 아무것도 모르니까…'라고만 말하면 정말로 대답하기 곤란합니다.

나는 당국이 성의를 가지고 노력해 준다면 조선의 불교는 반드시 널리 확장되고 전파되리라고 생각합니다. 물론 우리 불교도들도 열심히 노력해야 하겠지요. 옛날 말에 '줄탁동시'라는 말이 있습니다. 이 말은 계란이 다 부화되어 껍질을 뚫고 나올 때 알 속의 새끼와 어미가 서로 같은 곳을 쪼아야 함을 비유한 말인데, 우리 불교가 번창하는 데도 그 말이 그대로 적용됩니다. 정말로 의미심장한 말이라고 할 수 있습니다.

그러므로 나는 항상 실천하는 것이 제일 중요하다고 주장하는 사람입니다. 심행부재구념(心行不在口念), 일이란 마음먹고 실천하는 데 있는 것이지 구호를 외치는 데 있지 않다는 말이 있듯이 지금 사람들은 지식은 아주 많은데 실천으로 옮기지 못하고 있어서 비난을 받고 있습니다.

좌선을 하는 사람은 좌선을 하고, 경을 읽는 사람은 경을 읽고, 염불하는 사람은 염불을 하는 등 각자가 열심히 착실하게 그것을 실행한다면 장소가 도시든 산중이든 간에, 봐 주는 사람이 많든 적든 간에 반드시 동조자가 나타나리라고 믿습니다. 그렇게 했을 때 부처님의 참다운 제자라고 말할 수 있습니다.

한 발 한 발 실천해 가면 한 사람이 두 사람이 되고, 두 사람이 세 사람이 되고…. 이렇게 불교신자가 늘어간다면 불교의 번창은 걱정할 것이 없으며, 머지않은 시간에 참불교도가 점점 늘어나 불교는 한반도에서 그 꽃을 활짝 피우게 되리라고 생각합니다.

내가 조금 전에 이야기했습니다만, 모두가 마음을 단단히 먹고 허리띠를 꼭 조여매고 실행에 옮기는 것입니다. 모두가 그렇게 한다면 특별히 연설이나 강의나 선전을 하지 않아도 자연히 불교는 번창하게 될 것입니다. 잘 알고 있는 것처럼 불성은 누구에게나 있으며 누구라도 결심하고 노력한다면 모두 불교신자가 될 수 있으므로 불교가 번창하지 않을 리가 없습니다.

다만 세상일에 바쁜 사람들로서는 실천 수행하는 것이 쉽지 않습니다. 바쁘기 때문에 자주자주 잊어버리곤 합니다. 그러나 항상 실천 수행을 잊지 않고 염두에 둔다면 앉아 있는 곳, 누워 있는 곳에서 장소와 때를 가리지 않고 실천 수행을 할 수 있습니다. 모든 것이 다 그렇습니다.

선에 대한 얘기를 했지만 덧붙여서 말한다면 선(禪)은 결코 알 수 없는 어떤 것이 아닙니다. 하고자 하는 마음만 먹고 그것을 실천해 보면 되는 것입니다. 나의 의견이나 선에 대한 설명으로는 아무런 도움도 되지 않습니다. 선 그 자체의 본질은 결심하여 실행하면 저절로 알아지는 것입니다. 선은 본질상 가르쳐 주거나 설명할 수 있는 것이 아닙니다. 단지 결심하고 실천하기만을 바랄 뿐입니다.

'신앙의 대상으로서 절에 칠성각과 산신각이 있는 것에 대해 어떻게 생각하십니까?'라고 질문했습니다만 어떤 바람을 위해서 칠성각이나 산신각에 가서 기도참배 하는 것도 일종의 신앙이라고 할 수 있습니다. 물론 산신각이나 칠성각은 불교를 외호하는 신에 불과하지만 그들을 믿고 기도하다 보면 자연히 부처님도 함께 믿게 되리라고 생각합니다.

다시 말하면 불교는 포용성이 매우 커서 불교만 신앙해야 된다는 것은 아니기 때문이며, 칠성각에서 기도하든지 산신각에서 기원하는 사이에 저절로 불교를 믿으려고 하는 마음이 생기게 되기 때문입니다.

두서없이 이야기를 했습니다만, 요점은 불교는 실행에 있다고 말한 것에 지나지 않습니다.

제5장

새로운 시작

화창한 봄날, 한암 스님의 환갑잔치가 상원사 경내에서 조촐하게 치러졌다.
산내에 있는 대중들이 모여 점심을 같이 먹고 스님의 건강을 축원 올렸다.

화창한 봄날, 한암 스님의 환갑잔치가 상원사 경내에서 조촐하게 치러졌다. 산내에 있는 대중들이 모여 점심을 같이 먹고 스님의 건강을 축원 올렸다. 어두운 밤길을 갈 때 갈 길을 밝혀 주는 횃불이 있으면 얼마나 다행인가! 산내에서 살고 있는 대중들에게 한암 스님은 횃불과 같은 존재였다. 그래서 그들은 진심에서 한암 스님의 건강을 축원 올렸다. 동양에선 생명의 주기를 60년으로 보고 있다. 그러니까 환갑은 한 주기의 마침을 의미하고, 새로운 주기의 시작을 의미한다. 환갑은 그래서 각별한 의미를 지니고 있다.

　환갑날 한암 스님은 대중들에게 승가 오칙에 대해서 다시 강조하였다. 중으로서 양가득죄(兩家得罪)를 면하려면 중답게 살아야 하는데, 중답게 사는 것은 중이면 반드시 해야 할 일을 하는 것이라고 했다. 중이 해야 할 일은 참선에 주력하고, 경전 공부를 열심히 하며, 지극정성으로 염불에 임해야 하고, 제사나 축원 기도 등 의식집전을 여법하게 할 수 있어야 한다. 그리고 자신이 살고 있는 가람을 수호하는 일에도 정성을 쏟아야 한다. 이 다섯 가지를 잘할 수 있어야 속가(俗家)와 불가(佛家)로부터 받은 은혜에 보답해 죄를 짓지 않는다는 것이다.

한암 스님이 승가 오칙을 강조하신 것은 스님 말씀대로 양가득죄를 면하기 위해서겠지만 그 이면에는 조선 승려들이 여법하게 삶으로써 출가수행자로서의 존엄성을 스스로 지키게 하기 위해서였을 것이다. 계행을 잘 지키고 수행자로서 갖추어야 할 덕목을 고루 갖추고 있다면 일본인들이 감히 어떻게 조선 승려들을 깔보고 능멸할 수 있겠는가? 조선불교를 왜색불교화하기 위해 혈안이 되어 있는 일인들에게 맞설 수 있는 가장 큰 힘은 조선 스님들이 조선 스님답게 사는 길일 것이다. 그래서 한암 스님은 당신이 거처하고 있는 오대산 문중 스님들만이라도 그렇게 살아가도록 하기 위해 늘 경책을 가했다. 스님들 한 사람 한 사람이 참선은 잘 하고 있는가? 경전도 열심히 공부하는가? 염불도 여법이 하는가? 의식집전도 혼자 할 수 있을 만큼 능한가? 가람수호에도 정성을 쏟고 있는가?

그러다 보니 상원사 선방 수좌들이 강하게 반발한 적도 있었다. 우리는 선방 수좌들인데 왜 경전 공부를 시키는가? 선방 수좌들한테 염불을 가르치는 것은 또 뭔가? 하지만 한암 스님은 이런 수좌들의 반발에도 자신의 뜻을 굽히지 않았다. 어디에 내놓아도 허물을 찾을 수 없는 중, 어떤 경우를 당해도 능히 대처할 수 있는 능력을 갖춘 중, 이런 중이어야 한다는 것이 스님의 소신이었다. 그리고 참선, 간경, 염불, 의식, 가람수호는 서로 상승 작용을 하여서 간경을 공부하면 참선의 선리(禪理)가 분명해지고, 염불 예식 가람수호를 정성껏 하면 그게 바로 선의 경지에 이를 수 있다는 것이 한암 스님의 생각이었다.

그래서 봉은사에서 범패를 잘하던 대응 스님이 한암 스님 문하에서 참선을 하려고 오자 오대산 문중에 있는 스님들한테 범패를 배우게 했다. 상원사 선방에 있던 수좌들도 대응 스님한테 범패를 배우게 한 건 물론이다. 한암 스님이 이렇게 신념을 가지고 지도했기 때문에 오대산에서 산 스님들은 전국 어느 사찰에 가도 대환영을 받았다. 모든 일을 막힘없이 훤칠하게 해낼 수 있어서였다.

그리고 또 한 가지 한암 스님이 일관되게 주창해 오신 것은 오대산에 사는 스님들에게 《금강경》을 암송하게 한 것이었다. 부처님 문하에서 공부하는 스님이면 반드시 부처님 가르침의 핵심인 《금강경》은 줄줄 외울 수 있어야 한다는 것이 스님의 생각이었다. 그래서 오대산에 사는 스님들은 짬만 나면 산이든 계곡이든 밭이든 어디서든 큰 소리로 《금강경》을 외웠다. 한암 스님이 내린 숙제를 하기 위해서였다(이 전통은 탄허 스님에게로 이어져 탄허 스님이 오대산에 주석하실 때만 해도 스님들이 《금강경》 외우는 것을 필수적인 것으로 알고 실행에 옮겼다고 한다. 혜거 스님 증언).

1931년 7월, 우가키 가즈시게가 제6대 조선총독으로 부임해 왔다. 내선융화라는 막중한 책임을 지고 있는 그는 심전(心田) 개발운동을 폄으로써 소기의 목적을 달성하려 했다. 마음의 밭을 개발한다는, 즉 정신운동을 통해 조선인들을 황국신민화하려 한 것이다. 그러기 위해서는 종교의 힘, 그중에서도 조선불교의 협조가 절대적으로 필요했다. 그래서 총독부는 불교계가 동참하도록 협조를 요청했고, 불교계는 1935년 8월 27일에 본사 주지회의를 열어 심전개발운동에 적극적으로 참여할 것을 결의하였다. 심전개발운동이 본격적으로 전개된 것은 1936년에 들어와서였다. 총독부 학무국 주관 하에 각 도에서 실행에 옮겼는데, 이때 각 도에 있는 본사는 자동적으로 참여케 되었다.

강원도도 예외는 아니어서 1936년 4월부터 심전개발운동에 대한 논의가 본격적으로 이루어졌다. 강원도 내의 본사인 건봉사, 유점사, 월정사 주지가 강원도청에 모여 운영 방법과 수련소 입소생들의 선발 문제를 논의하였다. 그 회의에서 경제적 지원은 강원도와 삼본사가 함께 책임지기로 하고 수련생 선발은 본사 주지가 맡도록 결의했다. 그리고 수련소 명칭은 '삼본사연합승려수련소'로 하고, 교육 기간은 1년이며 수련소 교육을 마치면 수료증과 함께 대덕법계를 주기로 결정했다. 이런 결정이 내려진 후 강원도청 참의관으로 있던 홍종국이 상원사에 주석하고 계신 한암 스님을 찾아가 협조를 요청했다. 홍종국은 한암 스님을 만나고 온 후 아래와 같은 기록을 남겼다.

오대산 상원사에 있는 명승인 방한암 선생을 방문한 것은 심전개발을 불교 중심으로 하지 않으면 안 되겠기 때문이었다. 그러기 위해선 교육을 시킬 수 있는 훌륭한 승려가 필요한데 현재로서는 무(無)한 상태여서 방한암 선생의 힘을 빌리기 위해 간 것이다.

방 선생을 상면하여 의견을 교환해 보니 참으로 훌륭한 선생인 것을 깨달았다. 처음에는 응(應)치 아니하다가 한천(寒天)에 온 성의를 생각하여서 승낙하게 되었는데, 각 사찰 일반 승려 중에서 신(信)·원(願)·행(行)의 삼건(三件)이 정당한 자로 기십 명 선발하야 보내주면 되도록 성의껏 훈육하겠다고 했다.

홍종국이 한암 스님에게 부탁한 것은 도내 각 사찰을 돌면서 선발한 승려들을 교육시켜 달라는 것이었다. 한암 스님은 처음 그의 청을 거절했다. 그러나 같은 청을 세 번 네 번 반복해서 간곡히 청하자 '신(信)·원(願)·행(行)을 갖춘 승려를 선발해서 상원사로 보내주면 힘껏 교육을 시키겠다.'는 조건으로 들어 주었다.

그 사실을 홍종국은 한천(寒天)에 찾아간 자신의 성의 때문이었다고 했다. 하지만 그건 아닐 것이다. 한천이 아니라 설한풍이 부는 폭설 속에 찾아갔더라도 들어줄 수 없는 일이면 들어주지 않았을 것이 분명하기 때문이다. 한암 스님이 홍종국의 청을 받아들인 것은 교육을 시키는 대상이 조선 승려였기 때문이었다. 어떤 계획 하에 그 일이 꾸며졌다 하더라도 교육을 시키는 대상이 조선 승려라면 굳이 반대할 이유가 없었다. 신(信)·원(願)·행(行)을 갖춘 젊은 승려들을 한 사람이라도 더 교육시키는 일은 한암 스님에게 있어선 절실하고 절박한 문제였기 때문이다. 강원도의 대표 사찰인 유점사, 건봉사, 월정사에서 뽑힌 17명의 청년 승려들이 '삼본사연합승려수련소'에서 입소식을 가졌다. 강원도청에서 삼본사 주지들이 모여 회의를 한 지 두 달 후의 일이다.

오대산 상원사는 전국에서 모여드는 수좌들로 늘 넘쳤다. 한암 스님의 명성이 당대 최고의 수좌들을 오대산 상원사로 모여들게 했다. 후일 한국불교계를 대표했던 효봉 스님, 고암 스님, 서옹 스님, 탄옹 스님, 월하 스님, 석주 스님 등 기라성 같은 수좌들이 상원사에 방부를 들고 수행했다. 그래서 상원사에는 4, 50명의 수좌들이 뿜어내는 선기(禪氣)가 성성(星星)하게 도량을 채우고 있었다. 그런데 다시 수련원생 20여 명이 합류하게 되었으니…. 이제 상원사는 숙식을 하는 식구가 백여 명에 이르게 되었다. 스님들 외에도 절을 외호하는 속인들이 함께 기거하고 있어서였다. 이백여 명을 먹이고 공부시키는 일을 한암 스님이 책임지게 된 것이다. 참으로 막중한 책임이 아닐 수 없었다.

　조선총독부는 사찰령을 제정하여 조선불교를 31개의 교구로 쪼갰다. 31본사 제도를 채택한 것이다. 그들이 이렇게 조선불교를 수십 개로 분할한 것은 통일된 목소리를 내지 못하게 하기 위함과, 본사끼리 충성 경쟁을 시키기 위해서였다. 그 결과 친일분자들이 본사 주지가 되어 서로 충성 경쟁을 벌였으니 일본은 소기의 목적을 달성했다고 볼 수 있다. 그러자 불교계 내부에서 총본사 체제를 새로 구축해 중앙에서 불교를 통합 운영해야 한다는 목소리가 나오기 시작했다. 중앙집권 체제를 구축해야 한다는 것이다. 불교계 내부에서 이런 목소리가 나오기 시작한 것은 3·1운동이 일어난 후인 1920년부터였다. 하지만 총독부의 의도에 반하기 때문에 뜻을 이루지 못하고 있었는데, 1937년 중일전쟁이 발발하면서부터 총독부에서도 불교인들의 염원을 긍정적으로 받아들이게 되었다.

전쟁을 치른다는 것은 통일된 힘으로만 가능하다. 강력한 중앙집권적인 힘이 없으면 전쟁을 치를 수 없다. 그것은 모든 분야에 다 해당된다. 불교계도 여기서 예외일 수가 없다. 그래서 총본사제도가 받아들여지게 되었다. 불교 내부의 요망과 중일전쟁이라고 하는 시대적 상황이 맞아 떨어졌기 때문이다. 조선총독부는 31교구 주지회의를 소집해 총본사제도를 허락해 주었다. 그러자 불교계는 곧바로 총본사설립 추진위원회를 설립하고 아래와 같은 내용을 결정했다.

종명은 조선불교선교양종에서 조계종으로 개명한다.

(한암 스님이 조선불교의 법맥은 육조 혜능의 4세손 서당지장 화상에게 법인을 받은 신라 도의 국사, 범일 국사, 보조 국사로 이어졌으므로 조계종으로 해야 한다고 주장한 것이 받아들여졌음. 1930년 4월호 《불교(佛敎)》 70호에 게재)

총 본사의 사찰명은 태고사로 하고, 태고사는 경성부 수송동 44번지에 둔다.

태고사를 신축하는 데 드는 비용 40만 원은 각 본사의 분담금으로 한다.

총 본사 태고사는 1937년 5월에 짓기 시작해 그 다음 해 10월

조계종 초대 종정에 추대된 직후(1941년 6월)에 촬영된 한암 스님
한암 스님은 한국불교 사상 유례가 없이 네 차례나 종정에 올랐다.

에 완공되었다. 태고사는 오늘날 종로구 견지동에 있는 조계사이
고, 조계사 건물은 전북 정읍에 있는 보천교의 십일전 건물을 해
체한 목제로 지어졌다.

1941년, 조계종 총본사 주지회의에서 한암 스님을 종정으로,

종욱 스님을 종무총장으로 추대했다. 한암 스님은 조선불교를 대표하는 종정으로 세 번째 재추대되었다.

고아(高雅)한 난(蘭)이 꽃대를 쑥 올리고 막 꽃망울을 터트리려고 할 때 그 난을 바라보는 사람의 마음은 어떨까? 아마도 설레는 행복감에 젖어 있을 것이다. 탄허 스님을 바라보는 한암 스님의 마음도 그러하였으리라고 짐작된다. 옥색두루마기에 검은 갓을 쓰고 상원사를 찾은 청년 유학자 금택은 한암 스님이 뿜어내는 법향(法香)에 취해 오대산 상원사에서 탄허 스님이 되었다. 상원사를 찾은 지 두 달 남짓 되어서였다. 유학의 가르침이 몸에 밴 청년이 그것도 결혼을 해 아내와 딸을 둔 가장이 그 자리에서 출가를 결심해 바로 스님이 된 것이다. 탄허 스님의 출가 과정을 살펴보면서, 한암 스님과 탄허 스님의 그릇이 우리 속인들과 얼마나 다른가를 절감하게 한다.

사람들은 저마다 무엇인가에 의미와 가치를 부여하면서 살아간다. 그러나 그것이 아무리 의미 있고 가치 있는 일이라 해도 도(진리)를 구하는 일만 할까? 도를 구하는 일은 인간이 추구할 수 있는 가치 중에서 가장 높은 것이다. 그래서 최상의 자리에 이른 자만이 그것을 추구하게 된다. 도의 길목에서 만난 스승과 제자, 한암과 탄허의 만남은 인간의 만남 중에서 가장 숭고한 만남이리라.

상원사에서 한암 스님을 은사로 사미계를 받은 탄허 스님은 묵언(默言)으로 참선수행에 주력했다. 묵언은 말 그대로 한 마디의 말도 하지 않는 것을 말한다. 우리 인간은 모든 느낌을 말로 표현하며 산다. 그런데 모든 감각기관에서 얻어진 느낌을 한 마디의 말로도 표현하지 않는다는 것이 얼마나 어렵겠는가? 그것이 묵언수행이다.

유교경전을 공부해 왔던 탄허 스님은 묵언으로 참선에 몰입했다. 안거는 물론 해제철에도 치열하게 정진했다. 그렇게 1년쯤 시간이 지나자 은사인 한암 스님이 불교경전을 공부하도록 독려했다. 탄허 스님이 수행자로서의 기초를 닦았다고 판단하신 것이다. 그러던 어느 날 방선(放禪) 시간에 한암 스님은 수좌들과 둘러앉아 차담을 나누었다.

그때 한암 스님이 이렇게 말했다.

"너희들이 몰라서 그렇지 우리나라 보조 스님이 중국 조사들의 법을 떡 주무르듯 했다. 역대 조사들의 법을 훤히 알고 계셨다는 말이다. 보조 스님이 그렇게 하실 수 있었던 것은 정혜쌍수, 선(禪)과 교(敎)를 겸하셨기 때문이다. 선만 알고 교를 모르거나, 교만 알고 선을 모르면 애꾸눈과 같아서 법을 어울러서 보지 못한다. 그러므로 수행자는 반드시 선과 교를 함께 공부해야 한다."

그리고 이어서 이런 말도 했다.

"우리가 공부하는 《금강경오가해》는 함허 스님 것이 월등히 좋다. 우리나라에도 훌륭한 스님이 계시는데 중국 조사들의 어록만 들먹이는 것은 사대주의 때문에 생긴 병폐다. 우리가 우리 것의 가치를 인정하지 않는다면 누가 우리 것의 가치를 인정해 주겠느냐?"

그때 한 수좌가 《금강경오가해》를 펴 놓으며 물었다.

"스님, 여기에 토를 달아 주십시오. '하고'가 맞습니까? '하며'가 맞습니까?"

그러자 한암 스님이 수좌들을 둘러보며 말했다.

"자네들이 답을 해 보게. '하고'가 맞는가? '하며'가 맞는가?"

한암 스님의 질문을 받은 수좌들은 허리를 굽히며 《금강경오가해》를 들여다보았다. 그러면서 '하고'가 맞는다는 쪽과 '하며'가 맞는다는 쪽으로 갈라졌다.

"자네는 어느 쪽이 맞는가?"

한암 스님이 탄허 스님을 보며 물었다.

"하며가 맞습니다."

"그러면 현토를 하면서 쭉 읽어 보게."

한암 스님이 부탁했다.

"……."

탄허 스님은 책을 앞으로 끌어당기더니 막힘없이 줄줄 읽어 나갔다. 현토하는 데 걸림이 없었다. 현토란 한문으로 되어 있는 문장에 우리말의 토를 다는 것을 말한다. 문장을 어디서 끊어서 어떻게 토를 다는가에 따라 이해도가 달라진다. 따라서 한문으로 되어 있는 경전에 현토하는 것은 대단히 중요한 일이다. 경전 전체를 이해하지 못하거나 한문 문장에 능하지 못하면 현토하기가 어렵다.《금강경오가해》를 줄줄 읽어 나가는 탄허 스님을 보고 있는 수좌들 얼굴에 놀라움이 드러났다. 어떻게 저럴 수 있지!

"자네가 나보다 낫네. 나는 몇 번씩 망설이며 현토하는데 자네는 거침없이 하는구먼."

한암 스님이 탄허 스님을 보며 칭송했다. 그런 스님의 얼굴에는 흐뭇한 미소가 감돌았다. 탄허 스님이 거침없이 경에 현토한다는 소문이 월정사 산내에 자자하게 퍼졌다. 탄허 스님은 이미 유학의《사서삼경》은 물론이고《노자》,《장자》까지 공부한 실력자였다. 뿐만 아니라 입산한 지 1년밖에 안 된 애송이 스님이 수십 년 공부해도 하기 어려운 경전에 대하여 거침없이 현토를 한다는 게 경이로웠기 때문이다.

며칠 후 월정사 강원의 강사로 있던 관응 스님이《장자》를 들고 상원사로 올라왔다. 관응 스님은 일본 용곡대학(龍谷大學)에서《장자》를 공부했다. 그래서《장자》해설에는 자신이 있었다. 상원사로 온 것은 《장자》 해설을 놓고 실력 있는 사람(탄허 스님)과 힘 겨루기를 해 보고 싶었기 때문이다.

관응 스님이 《장자》를 들고 오자 수좌들도 흥미진진한 표정으로 두 사람을 살펴보았다. 소장파 불교학자로 소문난 관응 스님과 아직 중 때가 묻지도 않은 탄허 스님 중 과연 누구의 실력이 더 월등할까? 수인사를 끝낸 관응 스님이 들고 온 《장자》를 무릎 밑에 놓으며 말했다.

"평소 《장자》 해설을 놓고 누군가와 토론을 해 보고 싶었는데 마침 탄허 스님이 장자에 조예가 깊다고 하니 토론을 한번 해 보고 싶습니다."

"그렇게 해 보게."

한암 스님이 허락을 했다. 그러자 수좌들이 눈을 반짝이며 두 스님을 쳐다봤다. 방안에는 삽시간에 흥분의 열기가 가득 찼다.

관응 스님이 먼저 탄허 스님에게 제안했다.

"스님이 먼저 아무 편이나 열어서 해석을 해 보십시오. 그러면 나도 그렇게 하겠습니다."

그러자 탄허 스님은 반듯한 자세로 고쳐 앉으며 말했다.

"소승은 책이 없으니 그냥 처음부터 쭉 읽으며 해설해 보겠습니다."

"……?"

책이 없는데 무엇을 가지고 읽겠다는 건가? 스님들이 어리둥절한 표정으로 쳐다보자 탄허 스님은 허리를 쭉 펴고 두 눈을 감더니《장자》를 줄줄 읽기 시작했다.《장자》를 통째로 암송하는 것이었다. 그러면서 탄허 스님은 중간 중간에 예를 들어 '내편' 한 단원 한 단원이 끝날 때마다 그 단원을 거침없이 해설했다. 그건 '외편'이나 '잡편'을 암송할 때도 마찬가지였다.

"……?!"

그런 탄허 스님을 지켜보는 대중들은 놀라움과 경탄을 금치 못했다. 그중에서도 가장 경탄을 금치 못한 사람은 학문을 하고 있는 관응 스님이었다. 그날 관응 스님은 두 손을 들고 내려갔지만 그 일을 계기로 해서 탄허 스님과는 둘도 없는 지기가 되었다. 탄허 스님의 실력은 대중들에게 널리 인식되었다. 아무도 스님의 실력을 의심치 않았다.

한암 스님은 탄허 스님에게《범망경》,《금강경삼가해》,《보조법어》,《육조단경》등을 가르쳤다. 오대산의 청정도량 상원사에서 당대 최고 도인인 한암 스님과 당대 최고 천재인 탄허 스님이 마주 앉아 부처님 경전을 공부하는 모습을 상상하면 그 장엄함에 전율이 느껴진다. 인간이 누릴 수 있는 시간 속에서 이보다 더 행복한 시간이 있을 수 있을까라는 생각과 함께.

탄허 스님이 입산한 지 2년이 채 못 되었을 때 상원사에 '삼본사연합승려수련소'가 개설되었다. 그러자 한암 스님은 탄허 스님을 중강으로 임명했다. 수련소 스님들에게 경을 강의하게 한 것이다. 나이로도 그렇고, 승납으로도 그렇고, 수련소 스님들은 탄허 스님보다 손위였다. 그런 스님들에게 강의를 하도록 시킨 것은 한암 스님의 특별한 배려였다. 그만큼 한암 스님은 탄허 스님의 실력을 인정했고 마음속으로 아끼고 있었던 것이다.

1941년 12월 7일, 일본이 하와이 진주만을 기습 폭격함으로써 태평양 전쟁이 발발했다. 일본이 중·일 전쟁을 일으킨 지 5년만의 일이다. 1937년 중·일 전쟁을 일으킨 일본은 전선을 중국 본토에서 남쪽으로 확산시켜 필리핀과 수마트라 섬, 자바 섬을 점령하고 미얀마까지 진군하였다. 일본이 이렇게 태평양 전쟁을 일으킨 명분은 서양 제국주의 침략으로부터 동아시아를 보호한다는 이른바 '대동아 공영권의 수호'였다. 이 명분을 위해 수많은 우리 애국지사들이 협박 회유당하여 태평양 전쟁을 돕도록 독려하는 성명서를 발표했다. 친일파로 분류되는 많은 인사들이 이 시기에 양산된 것이다.

전선이 확산되자 일본은 인력 부족과 물자 부족이라는 양대 위기에 봉착하게 되었다. 그래서 등장한 것이 국민총력제와 총후보국 체제였다. 총후보국 체제는 후방에서 전선을 돕는 것이었다. 세상이 이렇게 요동치자 불교계도 그 소용돌이에 휘말려들지 않을 수 없었다. 31본사 주지회의 의장으로 선출된 종욱 스님은 총독부의 지시 하에 전쟁 지원을 위한 비행기 헌납금을 모금했다. 각 본사는 법정 지가에 비례해서 비행기 헌납금을 내야 했고, 본사 산하에 있는 소속 스님은 1원에서 10원까지, 사찰의 사무직원과 부속기관은 월급의 10%를, 일반 신도들은 10전씩을 내게 했다. 헌금 역시 충성 경쟁을 시켜서 각 본사는 서로 많이 내기 위해 안간힘을 썼다. 이렇게 해서 불교계 전체에서 비행기 5대분의 헌금이 모아졌다.

　전쟁이 장기화되자 무기를 만들 수 있는 물자가 태부족하였다. 총독부는 이 문제를 해결하기 위해 절에 있는 불상과 치과에서 쓰는 금을 제외하고는 모든 금속류를 공출하도록 명령했다. 그러자 불교계는 또다시 절에 있던 각종 철제 불구(佛具)를 헌납해야만 했는데 이때 헌납된 종, 운판, 그릇 등 각종 철제류는 수만 *kg*에 달했다. 전쟁을 수행하기 위해선 물자뿐 아니라 인력도 무한정 투입되어야 한다. 일본은 조신의 젊은이들을 지원병이라는 명목과 징병제라는 명목으로 무차별 끌고 갔다. 그러다 보니 군량미를 대야 할 농촌의 일꾼들이 대거 전쟁에 투입돼 농촌이 동공상태가 되었다. 총독부는 조선의 승려로 하여금 이 공백을 메우게 했다. '조선불교 근로보국대'란 명목으로 14세 이상 50세 이하의 승려들을 모집했는데, 이때 모집된 승려의 수는 2939명이었다.

　인간이 만든 가장 가공(可恐)할 파괴는 전쟁이다. 그것이 무기를 수반한 국제전일 때 그 피해는 이루 다 말할 수 없다. 조선의 젊은이들은 각종 명목으로 전쟁터에 끌려갔다. 그 명목 속에는 정신대도 포함돼 있었다. 물론 일본인들은 정신대라는 명목으로 조선 처녀들을 끌고 가지는 않았다. 군수공장 여공이나 일선 장병 간호사로 취직을 시켜 주겠다는 명목으로 끌고 갔다. 이렇게 조선의 젊은이들이 전쟁터로 끌려가자 민심은 흉흉해졌다. 물자도 태부족해서 춘궁기에 풀뿌리로 연명하는 것은 일상사가 되었다. 그건 절도 마찬가지였다. 중·일 전쟁에 이어 태평양 전쟁까지 터지자 절 살림도 곤궁하기가 이를 데 없었다. 하루하루 생존하는 그 자체가 전쟁이었다.

　그런 어느 날 본사 주지인 종욱 스님이 상원사로 올라왔다. 31본사 주지회의의 의장 소임을 맡고 있는 종욱 스님은 비행기 헌납 등 친일 행각을 앞장서서 벌이고 있었다. 뿐만 아니라 총독부의 교시를 불교계에 전달하는 입장이다 보니 총독부와도 가장 긴밀한 관계를 유지하고 있었다.

　조실에서 한암 스님께 인사를 드린 종욱 스님은 종단과 불교계 전반에 관해 보고를 드린 후 현재 돌아가고 있는 시국에 관해서도 상세히 설명했다. 그러고 나서 그는 이렇게 말했다.

"전선이 확장되다 보니 징병제도 더욱 강화돼서 이번에는 스님들도 징병 대상이 되고 있습니다. 월정사 산내 문중도 각오하고 있어야 할 것 같습니다."

"……."

종욱 스님의 설명을 듣고 난 한암 스님은 괴로운 표정으로 한참동안 눈을 감고 있다가 이렇게 말했다.

"오대산 산내 스님들로 '근로보국대'를 만들어서 경내에 있는 밭을 논으로 만들면 어떻겠소? 논에서 소출된 쌀을 보국미로 바치겠다고 하고 말이오."

한암 스님이 안을 냈다.

"참으로 좋은 생각이십니다. 개울가에는 공터가 많으니 그 공터부터 논으로 만들도록 하겠습니다. 강원도청에 그렇게 보고를 올리겠습니다."

종욱 스님의 얼굴이 환하게 밝아졌다. 스님들을 징병에 끌려가지 않게 하는 묘안이라는 생각이 들어서였다. 이렇게 해서 월정사 산내에는 '근로보국대'가 만들어졌고, 스님들은 근로보국대의 일원이 되어 개울가의 공터를 논으로 만드는 울력에 동참했다. 불살생의 계율을 지키는 승려로 살아남기 위한 자구책이었다.

사월 초파일, 석가모니 부처님이 탄생하신 날이다. 나무들은 푸른 속잎을 화사하게 피어올리고 따스한 햇볕은 온 누리를 가득 채우고 있었다. 낙선재 뜰에도 봄기운이 완연해 자주색 모란이 꽃잎을 터트렸다. 옛 사람들은 모란이 향이 없다고 했지만 모란은 그 어떤 꽃보다도 더 진한 향기를 내뿜고 있었다.

"마님, 많이 피곤하시지요? 제가 더운 물을 떠올 테니 발을 좀 담그시지요."

대혜성 보살(궁녀 김씨는 한암 스님으로부터 대혜성 보살이라는 법명을 받았기 때문에 앞으로는 이렇게 부르기로 함)이 하얀 보선을 신고 있는 윤비의 발을 보며 말했다.

"아닐세. 오늘은 마음이 흡족해서 피곤한 줄을 모르겠네."

윤비가 대혜성 보살을 보며 미소를 지었다. 그런 윤비를 보며 대혜성 보살도 같이 미소를 지었다. 서로의 마음을 가장 잘 알고 있는 두 사람, 윤비는 오늘 대혜성 보살과 같이 대각사를 다녀왔다. 백용성 스님이 주석하시던 절이다. 백용성 스님은 만해 한용운 스님과 함께 불교계를 대표해서 3·1 독립 운동에 참여하였던 선각자시다. 그 후 독립 운동을 하는 사람들을 돕기 위해 만주에서 농장을 만들기도 하고, 불교를 현대화하기 위해 역경사업도 활발히 펼쳤던 스님이다. 윤비는 백용성 스님과 연(緣)이 닿아서 스님을 존경하며 불교의 가르침을 받았다. 그런데 애석하게도 스님은 2년 전에 열반에 드셨다. 그래서 오늘 부처님 탄생일을 맞아 스님의 영정이 모셔진 대각사를 다녀온 것이다.

"그럼 피곤하실 텐데 좀 쉬십시오. 저도 그만 가 보겠습니다."

대혜성 보살이 허리를 굽혀 예를 표하고 자리에서 일어섰다.

"고맙네. 자네 덕분에 오랜만에 절에 갔다 왔네. 그리고 이걸 방한암 대사님께 보내 드리게. 전쟁터에 끌려간 조선 젊은이들이 무사히 돌아오도록 부처님께 기도를 드리고 싶어서 기도비를 조금 넣었네."

윤비가 한지로 접은 봉투를 건네주며 말했다.

"네, 그렇게 하겠습니다."

대혜성 보살이 공손하게 봉투를 받아들었다.

"그리고 한 가지 부탁이 더 있는데, 내가 불교 경전을 보다가 모르는 게 있어서 몇 가지 적었네. 이것도 한암 대선사님께 보내 드렸으면 좋겠네."

윤비가 한지로 접은 다른 봉투를 건네주며 말했다.

"알겠습니다. 대사님께 같이 보내드리겠습니다."

대혜성 보살은 다시 공손하게 봉투를 받아들었다.

"그럼 가 보게. 오늘 고마웠네."

윤비가 대혜성 보살을 보며 미소를 지었다. 작별의 인사였다.

"네. 다시 뵈올 때까지 강령하십시오."

대혜성 보살은 공손하게 인사를 드리고 밖으로 나왔다. 훈풍에 실려 온 모란 향기가 얼굴을 감쌌다. 그 순간 표현할 수 없는 설렘이 가슴속을 가득 채웠다. 그러면서 가슴 한끝이 짜릿하게 아파왔다. 이게 뭐지? 왜 이렇지? 대혜성 보살은 자신을 향해 물었다. 처음 경험해 보는 감정이었다. 집으로 돌아온 대혜성 보살은 들고 온 봉투를 문갑 위에 올려놓고 옷을 벗었다. 옥색 숙고사 치마와 흰 저고리를 횃대에 걸어 놓은 대혜성 보살은 집에서 입던 평상복으로 갈아입으면서 문갑 위로 시선을 주었다. 그 순간 가슴 한끝이 다시 짜릿하게 아파왔다.

"한암 스님!"

대혜성 보살 입에서 한암 스님이란 호칭이 튀어져 나왔다. 그러자 숙제의 정답을 푼 것 같은 묘한 희열이 느껴졌다. 가슴속에서 일고 있는 설렘은 한암 스님을 향한 것이었다. 아니 한암 스님에게서 울려 퍼져서 온 물결 같은 것이었다. 대혜성 보살은 문갑 위에 놓여 있는 흰 봉투를 가만히 내려다보았다. 한암 스님과 나눴던 대화들이 가슴속에서 파릇파릇 살아났다.

'최고의 지혜는 어떤 것인가요?'

'그것은 자리행과 이타행을 걸림 없이 실행하는 것입니다. 자리행은 자신에게 이로운 행을 하는 것이니까 불지(佛智)에 이를 때까지 끊임없이 정진해 가는 것을 말합니다. 그리고 이타행은 남에게 이로움을 주는 행을 하는 거니까 다른 생명들이 성불해 가도록 끝없이 이끌어 주는 것을 말하지요.'

'그러니까 자리행이나 이타행은 결국 성불에 이르는 것을 말하는 것이군요.'

'그렇지요. 성불보다 더 이로운 것은 없으니까요.'

'자리행을 닦는 것은 지혜가 열리는 것을 말하니까 지혜가 열리면 열린 만큼 이타행을 잘하고 싶은 마음이 저절로 생길 거라는 생각이 듭니다. 그리고 이타행을 하면 할수록 자비심이 증장되기 때문에 청정한 지혜가 저절로 열리게 되리라는 생각이 듭니다. 그러니까 자리행은 자비심을 키우는 힘을 만들고, 이타행은 지혜를 키우는 힘을 만든다고 생각합니다.'

'보살의 요체를 정확히 알고 계십니다. 그렇게 알고 정진해 가는 것을 수행이라고 합니다.'

미소 지으며 쳐다보던 한암 스님의 얼굴이 떠올랐다. 마주 대면하고 있는 것 같은 선명한 얼굴이었다. 그 순간 가슴이 세차게 뛰면서 설렘 같은 감정이 느껴졌다. 그러면서 알 수 없는 그리움이 가슴속으로 확 밀려 왔다. 아! 대혜성 보살은 두 손을 모아 합장하고 합장한 손에 자신의 얼굴을 살며시 댔다. 가슴 한끝이 다시 짜릿하게 아파오면서 눈물이 핑 돌았다. 푸른 하늘과 맞닿은 높은 산, 그 산 위에 한암 스님이 서 계셨다. 너무 멀고 너무 아득해서 다가갈 수 없는 산, 그래서 멀리 바라볼 수밖에 없는 산. 하지만 이젠 거기에 산이 있음을 알게 됐다. 그리고 산 위에 푸른 하늘이 있음도 알게 됐다. 한 번도 쳐다보지 않았던, 쳐다보려는 마음까지도 내지 않았던 산을 이제 그녀는 우러러볼 수밖에 없게 되었다. 한암 스님이 서 계시기 때문이다.

대혜성 보살은 마루로 나와 앉으며 마당을 내다보았다. 꽃자주색 모란 꽃잎이 노란 꽃술을 감싸고 탐스럽게 피어 있었다. 자주색 꽃잎은 결이 고운 비단 같다. 사랑채와 안채로 나누어진 집은 사랑마당과 안마당을 따로 가지고 있다. 크지 않은 집이지만 정갈한 기품이 배어 있다. 집은 그 안에 사는 사람과 닮는다고 한다. 이 집도 그렇다. 반듯한 아버지의 성품과 꼭 닮은 집이다.

대혜성 보살이 마루에 앉아서 뜰에 핀 모란을 보고 있을 때 대원성 보살이 들어왔다. 까만 스커트에 흰 블라우스, 짧게 자른 파마머리가 이화여전을 나온 신식여성의 모습이다.

"절에서 돌아왔을 것 같아 왔더니 내가 시간을 잘 맞췄네."

주인이 있어서 다행이라는 듯 대원성 보살은 높은 톤으로 말하며 마당 안으로 들어섰다.

"어서 오세요, 형님. 그러잖아도 형님한테 가려고 했는데."

대혜성 보살이 자리에서 일어서며 손님을 맞았다.

"마마님도 잘 다녀가셨지?"

댓돌 위로 올라선 대원성 보살이 마루에 걸터앉으며 물었다.

"네. 제가 모셔다 드리고 왔어요. 형님, 안으로 들어오세요."

대혜성 보살이 먼저 안으로 들어가며 말했다.

"어둑한 방보다 밝은 마루가 더 좋네. 꽃도 볼 수 있고."

대원성 보살은 방으로 들어갈 생각이 없는 듯 마루에 주저앉으며 시선을 화단에 주었다. 화단에는 10여 그루의 모란이 자주색 꽃잎을 화사하게 피우고 있었다. 대혜성 보살의 어머니는 모란과 수국을 좋아해서 안마당에는 모란과 수국만 심었다. 대혜성 보살 아버지가 아내를 위해서 그렇게 한 것이다.

"저 파란 나무에서 어떻게 저렇게 고운 자주색 꽃잎이 나올 수 있지? 참 신기하다."

대원성 보살이 모란을 내려다보며 감탄했다. 정말 어떻게 나무에서 저렇게 고운 꽃잎이 나올 수 있을까? 향기까지 완벽하게 곁들여서.

"마마님한테 가면서 수정과를 좀 만들었어요. 목이 마르실 텐데 어서 드세요."

대혜성 보살이 들고 온 찻상을 놓으며 말했다. 앙증맞은 상 위에는 수정과 잔이 놓여 있었다.

"아! 시원하다. 목이 좀 말랐었는데."

대원성 보살은 단숨에 수정과를 다 마시고 빈 잔을 상 위에 내려놓았다.

"마마님이 한암 대사님께 전하라고 하시면서 기도비를 주셨어요. 불교경전을 공부하시다가 모르는 게 있다고 하시면서 질문 내용도 적어 주시고요."

대혜성 보살이 말했다.

"무슨 기도비?"

대원성 보살이 물었다.

"전쟁터에 끌려간 조선 청년들이 무사히 돌아오기를 비는 기도비예요. 남의 나라 전쟁에 끌려간 조선 청년들에 대해서 마마님이 죄책감을 느끼고 계신 것 같았어요."

대혜성 보살이 자신의 생각을 곁들여서 설명했다. 대혜성 보살의 말을 듣고 있던 대원성 보살은 잠시 생각에 잠겼다가 고개를 끄덕였다.

"그러시겠지."

나라를 지키지 못한 마지막 왕비의 회한이 가슴에 와 닿아서였다.

"이건 형님이 가지고 가세요. 그래야 대사님께 전해드리지요."

대혜성 보살이 윤비한테서 받은 봉투를 건네주며 말했다.

"대사님 뵈러 갈 때는 자네도 같이 갈 건데 자네가 가지고 있어."

대원성 보살은 손사래를 치며 이렇게 말했다.

"남편이나 자식을 전쟁터에 보낸 사람들이 우리 주위에도 많이 있으니까 그 사람들한테도 기도를 드리게 하면 어떨까? 한암스님은 도력을 갖추신 데다 신도들의 기도도 지극정성으로 들어주시잖아."

대원성 보살은 그러면 한암 스님이 절을 꾸려 가시는 데도 도움이 될 거라는 말을 하려다가 그 말은 생략하고 대혜성 보살을 쳐다봤다.

"좋은 생각이세요. 저도 주위에 있는 사람들한테 권장해 볼게요."

대혜성 보살이 미소를 지으며 찬성의 뜻을 밝혔다. 이심전심 같은 생각을 하고 있는 것 같았다.

"그래, 우리 노력해 보자. 모두에게 좋은 일이니까."

대원성 보살은 한 시간 정도 머물면서 이런저런 얘기를 하다가 돌아갔다. 견문도 넓고 발도 넓은 대원성 보살은 시국이 어떻게 돌아가는지를 가상 빨리 그리고 정확히 아는 사람이다. 그래서 대원성 보살이 한 번 다녀가면 대혜성 보살도 덩달아 견문도 넓어지고 현실에 대한 인식도 정확해지는 느낌이 들었다.

대원성 보살이 돌아가자 대혜성 보살은 윤비한테서 받은 봉투를 어디다 보관할까 하고 궁리하다가 반닫이 문을 열었다. 반닫이는 가장 소중한 물건들을 놓아두는 곳이기 때문이었다. 반닫이 문을 열자 한지에 몇몇이 싸둔 명주실과 비단이 나왔다. 대혜성 보살은 명주실과 비단을 조심조심 꺼내서 한 옆에 모아두고 윤비한테서 받은 봉투를 반닫이 깊숙이 넣었다. 그리고 그 위에 꺼낸 비단을 다시 넣다가 갈색 비단을 꺼내들었다. 한암 스님이 기도 때 입으셨던 가사와 색깔이 같아서였다. 대혜성 보살은 꺼낸 비단을 넓게 펴 보았다. 손을 대지 않은 모본단 한 필이 고스란히 보관돼 있었다.

"이걸로 가사를 해드리면 어떨까?"

대혜성 보살은 비단을 손에 들고 잠시 생각에 잠겼다. 그러던 그녀는 비단에 수를 놓아서 가사를 만들어야겠다는 결심을 굳혔다. 가사를 만들겠다는 생각을 굳히자 가슴이 두근거리면서 말로 설명할 수 없는 행복감이 느껴졌다. 대혜성 보살은 갈색 비단을 두 손에 받쳐 들고 스님이 계실 것 같은 동쪽을 향해 공손하게 절을 했다. 너무 멀고, 너무 아득해서 쳐다볼 수도 없게 느껴졌던 한암 스님과 자신 사이에 명주실 같은 가느다란 인연의 줄이 연결된 것 같아 가슴이 벅찼다.

제6장

혹한을 견뎌야 봄을 맞이할 수 있다

현재 처해 있는 현실을 제대로 인식하지 못하면 어리석은 자다.
현재 처해 있는 현실을 타파하려는 의지를 가지고 있지 못해도 어리석은 자다.

도량석을 도는 목탁소리가 들리자 스님들이 자리에서 일어났다. 숨 돌릴 사이 없이 빡빡하게 짜여진 일과 속에서 하루하루를 보내고 있는 스님들은 새벽 단잠을 떨쳐내기가 무엇보다 어렵다. 하지만 아무리 단잠의 유혹이 달콤하다 해도 목탁소리가 들리면 일어나야 한다. 그만큼 절에선 목탁소리가 위력을 지니고 있다. 상원사의 새벽하늘은 너무도 청량하다. 그래서 오대산을 청량산이라고 부르는지도 모른다. 까만 하늘에 떠 있는 푸른 별도, 어둑한 산을 감싸고 흐르는 공기도 청량하다. 해우소와 세면실을 다녀온 스님들은 가사장삼을 수하고 빠르게 법당으로 발길을 돌렸다. 일렬로 서서 법당으로 걸어가고 있는 스님들 한 분 한 분이 푸른 별처럼 청량하게 느껴진다.

　법당에 모인 스님들은 문수보살님께 간단히 예불을 올리고 바로 참선에 들어갔다. 스님들이 참선을 하는 동안 공양간에선 아침 준비가 한창이다. 선방이 지혜의 텃밭을 가꾸는 전쟁터라면 공양간은 한 끼의 식사를 장만하기 위한 전쟁터다. 100여 명이 먹어야 하는 한 끼 식사를 5명의 비구스님들이 담당하다 보니 숨소리조차 일사분란하지 않으면 그 많은 일을 해낼 수가 없다. 그래서 공양간은 그 어느 공간보다도 치열하다.

한 끼 공양에서 중심은 밥이다. 그래서 밥을 맡은 스님의 신경이 가장 예민해 있다. 요즈음과 달리 그 시절만 해도 쌀에는 돌이 한 주먹씩 들어 있었다. 그러니 백여 분의 밥을 해야 하는 스님 입장에선 그 긴장감이 어떻겠는가?

여름철은 그래도 났지만 겨울은 손까지 시리기 때문에 큼직한 대나무 조리로 쌀을 인다는 것은 여간 어려운 일이 아니다.

돌은 쌀보다 무겁기 때문에 밑바닥에 가라앉는다고 생각하지만, 쌀을 일어 본 사람은 쌀보다 가벼운 돌도 있다는 것을 안다. 그러기 때문에 아무리 잘 일어도 쌀에 돌이 섞일 때가 있다. 게다가 밑바닥에는 돌만 있는 것이 아니라 쌀도 같이 가라앉기 때문에 조리질을 한 후에는 이남박으로 다시 돌과 쌀을 분리해야 한다. 이남박으로 쌀을 이는 일은 고도의 훈련이 필요한데 20대 전후의 비구스님(어린 행자가 하는 경우도 허다함)이 한다는 것은, 그것도 100여 분이나 되는 많은 양의 쌀을 이남박질 한다는 것은 난제 중의 난제이다. 그러다 보니 공양 중에 여기저기서 돌 씹는 소리가 들리고 볼멘소리가 터져 나오기 일쑤였다.

"에이, 밥 먹다가 이빨 다 빠지겠네. 이거 밥이야? 돌이야?"

국을 끓이는 일도 전쟁을 치르기는 마찬가지다. 큰 가마솥에 된장을 한 바가지 수북이 풀고 각종 푸성귀를 넣어 된장국을 끓이는데 된장국에 들어가는 푸성귀를 장만하는 일이 보통이 아니다. 한 끼에 푸성귀를 한 지게쯤 넣어야 하니, 하루 세 끼 그것도 매일같이 그만큼의 양을 장만하는 일이 어찌 고역이 아니겠는가! 거기다 나물 반찬 한두 가지라도 더 만들다 보면 그야말로 손에 물마를 날이 없다. 하루하루가 전쟁의 연속이다.

아침 공양을 준비한 범진 스님이 한암 스님이 드실 공양상을 들고 조실로 들어갔다. 한암 스님은 늘 대중 방에서 대중스님들과 함께 발우공양을 드시지만 며칠 전에 발목을 다쳐서 대중스님들이 조실에서 공양을 드시도록 간청했기 때문이다.

"스님, 공양을 가져왔습니다."

범진 스님이 이렇게 말하며 문을 열자 탄허 스님이 급히 책을 들고 자리에서 일어서며 말했다.

"공양 시간이 됐나 봅니다. 그럼 스님이 해석해 주신 대로 강의를 하겠습니다."

"오늘은 《화엄경》을 처음 강의하는 날이니 내가 나가겠네."

한암 스님이 자리에서 일어서는 탄허 스님을 보며 말했다.

"《화엄경》은 며칠 후에 시작하시지요. 다리가 다 나으신 후에요."

탄허 스님이 간곡하게 청을 드리자

"오늘부터 하기로 했으면 오늘부터 해야지. 얼른 나가서 공양을 들게."

한암 스님이 공양상 앞으로 다가앉으며 말했다. 스님의 표정이 하도 단호해서 탄허 스님은 더 이상 말을 하지 못하고 밖으로 나갔다.

"자네는 처음 보는 것 같은데 어디서 왔는가?"

상 앞으로 다가 앉은 한암 스님이 물었다.

"유점사에서 왔습니다. 은사스님이 꼭 조실스님 문하에서 공부를 하라고 하셔서요."

범진 스님이 착수를 한 자세로 서서 말했다.

"은사가 누구신데?"

수저를 들려고 하던 한암 스님이 고개를 들며 물었다.

"만허 스님입니다. 스님은 늘 저희들한테 중노릇을 하려거든 더도 덜도 말고 방한암 스님만큼만 하라고 하셨습니다."

범진 스님이 보고를 드리듯 말하자 한암 스님이 안부를 물었다.

"만허 스님은 강령하신가?"

"네."

범진 스님이 허리를 굽히며 말했다.

"앞으로 밝은 세상이 오면 모든 사람들이 공부를 하게 되고, 그러면 중은 더 많은 공부를 해야만 하네. 명심하고 열심히 공부하게."

한암 스님은 이렇게 말하고 나서 수저를 들었다. 앞으로 밝은 세상이 온다고 하신 말이 머릿속을 맴돌아서 범진 스님은 그 뜻을 여쭤보려고 머뭇머뭇했다. 하지만 한암 스님이 이미 수저를 드셨기 때문에 범진 스님은 그냥 밖으로 나왔다.

아침공양이 끝나자 스님들이 법당에 모였다. 선방수좌들이 앞자리에 앉고 그 뒤로 수련소 스님들이 앉았다. 《화엄경》 강의가 처음 시작되는 날이라서 강의를 맡은 탄허 스님은 물론 강의를 들으러 온 스님들 얼굴에도 긴장감이 감돌았다. 중국에서 어렵게 구해 온 책으로 처음 강의를 시작하기 때문이다. 상원사에서는 이미 여러 차례에 걸쳐 《화엄경》 강의를 해 왔다. 하지만 책이 없었기 때문에 한암 스님이 경상에 책을 놓고 강의를 하면 다른 스님들은 그냥 듣는 것으로 공부를 했다. 그러던 것이 이번에 30권의 책이 스님들에게 배분되었으니 그 감격이 어떠했겠는가!

몇 년 전 중국 북경에 있는 모 출판사에서 발간한 도서 목록이 상원사 한암 스님 수중에 들어왔다. 도서 목록을 일별한 한암 스님이《화엄경합론》을 구하고 싶어 하자 제자인 몽성 스님이 할머니에게 부탁해 책 구입비를 받아왔다. 노보살님 한 분이 수십 명의 상원사 스님들에게《화엄경》을 공부할 수 있도록 길을 터 준 것이다. 돈이 준비되자 북경 출판사에 연락해 책을 보내달라고 했다. 그러나 출판사 측에선 북경에는 책이 없으니 남경에서 구해 보겠다고 해 남경에서 구해 온 것이다. 이렇게 어렵게 구해 온 책이다 보니 그 책으로 공부하는 스님들 마음도 자연 엄숙해질 수밖에 없었다. 강의가 시작되기 전 한암 스님은 왜《화엄경》을 공부해야 하는가?《화엄경》은 어떤 경전인가? 하는 기초적인 이야기를 한 후《화엄경》의 요체를 설명하는 다음과 같은 말을 했다.

"산은 높은 대로 바다는 깊은 대로 평등한 것이다. 오리의 다리는 짧은 대로 황새의 다리는 긴 대로 평등한 것이다. 산을 깎아 바다를 메우면 산은 산대로 바다는 바다대로 불평을 하게 된다. 오리의 다리가 짧다고 해서 황새의 다리를 잘라 붙일 수 있겠는가?"

이 세상에 존재하는 두두물물(頭頭物物)은 그 존재 자체로 이미 절대적인 존엄성을 지니고 있다. 그 하나하나의 존재가 절대적인 존엄성을 지니고 있기 때문에 서로에게 영향을 미치고 영향을 받게 된다. 하기 때문에 존재하는 모든 것은 평등하다. 오리의 다리가 짧다고 해서 열등하거나 황새의 다리가 길다고 해서 우월한 게 아니다. 짧은 오리 다리는 짧은 대로 평등하고 긴 황새 다리는 긴 대로 평등하다. 짧은 오리 다리에 긴 황새 다리를 잘라 붙이면 평등이 깨지고 만다. 평등이 깨진다는 말은 두두물물이 지닌 절대 존엄성이 깨진다는 말과도 같다.

《화엄경》에 대한 한암 스님의 설명이 끝나자 탄허 스님이 《화엄경》 강의를 시작했다. 전날 한암 스님과 탄허 스님이 함께 공부를 하고, 다음 날 그것을 학인 스님들에게 강의하는 형식을 취했다. 탄허 스님이 강의할 때는 한암 스님도 같이 참석해서 학인들과 함께 강의를 들었다. 그러다가 학인들 속에서 난해한 질문이 나오면 한암 스님이 그 내용을 명확하게 설명해 주었다. 그것은 다른 경전을 공부할 때도 마찬가지였다.

탄허 스님 강의가 한창 무르익어 갈 때 밖에서 구두 발자국 소리가 들렸다. 구두 밑바닥에 징을 박았기 때문에 걸음을 옮길 때마다 철거덕철거덕 하는 쇳소리가 들렸다. 일부러 돌을 밟아서 발자국 소리를 크게 내는 것 같았다. 그러자 학인들이 모두 고개를 돌리고 마당을 내다보았다. 그러던 학인들 얼굴이 굳어졌다. 강릉경찰서 서장이 부하 순사를 데리고 와 있었기 때문이다. 두 사람은 자신들의 신분을 십분 과시하려는 듯 정장에 긴 가죽장화를 신고 옆구리에 칼까지 차고 있었다.

탄허 스님이 강의를 계속해야 하나, 말아야 하나 하는 얼굴로 한암 스님을 쳐다봤다. 그러자 한암 스님이 책에 시선을 고정시키며 가볍게 기침을 했다. 강의를 계속하라는 신호였다. 탄허 스님은 강의를 계속하고 학인들은 스님 강의를 경청했다. 약간의 긴장감이 감돌긴 했지만 평소대로 강의가 진행되고 있었다. 자신들이 와 있음을 알면서도 아무도 나와서 맞아주지 않자 경찰서장은 몹시 불쾌한 듯 '캐액' 하고 가래침을 뱉었다. 그러자 순사가 급히 법당 층계를 뛰어 올라왔다. 순사가 법당 문 앞에 와 서자 탄허 스님이 강의를 중단하고 문 밖의 순사를 바라봤다. 학인들도 책에서 눈을 떼며 문 밖에 선 순사를 바라봤다.

"스님, 서장님이 와 계십니다."

순사가 법당 안을 들여다보며 말했다.

"무슨 용무로 오셨소?"

한암 스님이 물었다.

"중요한 용무가 있어서 오셨습니다."

순사가 불쾌감을 나타내며 말했다. 밖으로 나와서 반갑게 맞아 주지 않는 데 대한 불쾌감이었다.

"그러면 공부가 끝날 때까지 기다리라고 하시오."

한암 스님이 고개를 바로 하며 책을 들여다보자

"스님께 말씀드릴 급한 용무가 있어서 서장님이 직접 오셨습니다."

순사는 자신이 한 말을 혹시 한암 스님이 제대로 알아듣지 못한 게 아닌가 하는 얼굴로 조금 언성을 높여서 말했다.

"그러니까 기다리라고 하지 않았소?"

한암 스님은 다시 고개를 돌려 문 밖의 순사를 바라보며 말했다.

"네?"

순사가 어이없다는 얼굴로 반문하자

"용무가 있으면 용무가 있는 사람이 기다려야지. 나는 용무가 없으니 공부가 끝날 때까지 기다리시오."

한암 스님은 이렇게 말하고 나서 다시 책에 시선을 고정시켰다. 강의를 계속하라는 무언의 지시였다. 탄허 스님은 강의를 계속하고, 학인들은 스님 강의를 경청했다. 강의를 듣던 스님들이 가끔 질문을 하면 그 질문을 놓고 가벼운 토론이 벌어졌다. 그런 후면 한암 스님이 결론을 내려 주었다. 반시간 정도 계속되던 강의는 죽비소리와 함께 끝났다. 자리에서 일어서는 스님들 가슴속에선 묘한 승리감이 느껴졌다.

강의를 끝낸 한암 스님은 시자스님의 부축을 받으며 조실로 들어왔다. 삔 발목이 아직도 부어 있어서 혼자 걷기가 힘들어서였다. 조실로 들어온 한암 스님은 가사를 벗어서 횃대에 걸어 놓고 자리에 앉았다. 그리고 시자한테 밖에 있는 손님들을 모셔오

라고 시켰다. 잠시 후 시자의 안내를 받으며 서장과 순사가 들어
왔다.

"앉으시오."

한암 스님이 앞에 놓인 좌복을 가리키며 앉으라고 했다. 기다
리게 해서 미안해하는 표정은 어디에도 없었다.

"건강은 좋으십니까?"

서장이 자리에 앉으며 물었다.

"며칠 전에 발목을 삐서 고생을 좀 하고 있습니다. 손님들한테
대접할 게 있으면 가져오게."

한암 스님은 긴장한 얼굴로 서 있는 시자한테 시켰다.

"네."

서장 입에서 무슨 말이 나오려나 하는 얼굴로 서 있던 시자가
급히 몸을 돌렸다. 그리고 잠시 후 빨간 산딸기가 담긴 접시를 들
고 왔다.

"드십시오."

시자가 권하며 물러앉자 한암 스님도 권했다.

"산에서 나는 거밖에 대접할 게 없습니다. 드십시오."

"네."

서장은 딸기 하나를 집어서 입에 넣은 후

"미나미 총독을 대신해서 오오노로구이치로 정무총감께서 한

암 스님을 뵈러 오신다고 합니다. 정무총감이 오시는 것은 미나미 총독이 오시는 것과 같기 때문에 각별히 대접에 신경을 써 주시기를 바랍니다."

그가 아직 조선어가 익숙하지 않은 듯 일본어를 섞어서 하면 옆에 있는 순사가 정리해서 설명했다.

"이 산승(山僧)한테 무슨 용무가 있어서 먼 길을 오시려고 하는지 모르겠습니다만, 오시면 저희 식대로 대접을 하겠습니다."

한암 스님이 담담하게 말했다.

"대접을 하면 식사대접을 해야 합니까?"

시자스님이 걱정스러운 얼굴로 물었다.

"그렇습니다. 스님과 함께 절에서 점심을 드시고 가시겠다고 하십니다."

순사가 대답했다. 그는 총독을 대신해서 정무총감이 오는 것 자체가 황송한 듯 꼬박꼬박 존칭을 쓰며 말했다.

"……."

시자가 근심스러운 얼굴로 말을 잇지 못하자 순사가 뽐내듯 말했다.

"걱정하지 마십시오. 저희들이 음식을 장만하도록 생선과 고기를 올려 보내겠습니다."

"…네?"

시자가 놀라는 표정을 지며 쳐다보자 경찰서장이 말했다.

"음식을 할 수 있는 재료는 충분히 올려 보내겠습니다. 그 대신 환영 행사는 거창하게 해 주십시오. 상원사 스님들뿐 아니라 월정사 스님들도 나와서 환영을 해 주면 좋겠습니다."

그는 귀중한 물건을 줄 수 있는 힘과 명령을 내릴 수 있는 힘을 동시에 가지고 있다는 듯 거만한 표정을 지었다.

한암 스님은 그런 서장을 잠시 바라보다가 잘라 말했다.

"여기는 절이고, 절에는 절 방식이 있습니다."

순사는 서장을 대신해서 이것저것 몇 가지 더 지시를 하고 자리에서 일어났다. 하지만 한암 스님은 손님들을 따라 일어나지 않았다. 시자는 의아한 얼굴로 한암 스님을 바라봤다. 어떤 손님도 예컨대 아랫마을의 농부나 아이들이 와도 조실 앞 층계까지 내려가 잘 가라고 미소를 지으시던 스님이 아닌가! 강릉경찰서장과 순사는 안녕히 가라는 흔한 배웅 인사도 받지 못하고 돌아갔다.

가면서 그들이 어떤 생각을 했는지는 아무도 모른다. 그것은 그들의 생각이니까.

점심공양이 끝나자 스님들은 모두 곡괭이, 삽 등 연장을 들고 개울가로 내려갔다. 개울가 양 옆에 있는 밭을 논으로 개간하기 위해서였다. 개울가 양 옆에 있는 밭을 논으로 개간하는 것은 오대산 산내에 있는 스님들을 모아 근로보국대를 만들었기 때문이었다. 그것은 스님들을 전쟁터에 내보내지 않기 위해 짜낸 묘안이지만 한암 스님은 그 일에 전력을 다했다. 그래서 스님들은 점심시간이 지나면 모두 연장을 들고 개울가로 내려가 나무뿌리를 캐고 돌과 자갈을 주워 나르는 울력을 의무적으로 해 왔다.

그러던 어느 날 정암 스님이 들고 있던 곡괭이를 내던지고 한암 스님 앞으로 걸어왔다. 그러자 한암 스님이 정암 스님을 바라봤다.

"저 이 일 못 하겠습니다."

"……?"

"일본 군인들한테 식량 대 주는 일을 우리가 왜 해야 합니까?"

비슷한 생각을 하고 있던 스님들도 모두 일손을 멈추고 두 사람을 바라보았다.

"……."

한암 스님은 입을 굳게 다물고 한참동안 정암 스님을 쏘아 보았다. 한암 스님 얼굴이 그렇게 무섭게 변한 것을 본 것은 처음이었다. 스님들은 숨도 쉬지 못하고 서 있었다.

"자네 거기 있는 싸리나무를 꺾어 오게."

한암 스님이 한 스님에게 명을 내렸다. 그 스님은 머뭇머뭇 하다가 싸리나무 가지를 몇 개 꺾어서 한암 스님에게 드렸다.

한암 스님은 그중 하나를 골라서 손에 들더니 정암 스님한테 명을 내렸다.

"회초리 맞을 준비를 해라."

"……."

두 사람을 지켜보는 스님들의 얼굴이 일그러졌다. 정암 스님이 뭘 잘못했는지 알 수가 없었다.

정암 스님이 바짓가랑이를 걷어 올리자 한암 스님은 잠시 정암 스님을 쏘아 보더니 세차게 회초리를 내려쳤다. 하나, 둘, 셋…. 회초리를 맞은 정암 스님이 한암 스님 발밑에 주저앉더니 두 팔로 땅을 짚고 흐느껴 울었다.

"스님, 제 생각이 짧았습니다. 잠시나마 스님 마음을 아프게 해 드려서 죄송합니다."

정암 스님이 흐느끼며 이렇게 말했다. 그러자 다른 스님들도 눈시울을 붉히며 고개를 숙였다. 현재 처해 있는 현실을 제대로 인식하지 못하면 어리석은 자다. 현재 처해 있는 현실을 타파하려는 의지를 가지고 있지 못해도 어리석은 자다. 그러면 어떻게 해야 하는가? 스님들은 회초리를 맞는 정암 스님을 보며, 아니 회초리를 맞고 한암 스님 발밑에 엎드려서 우는 정암 스님을 보며 이런 생각을 떠올렸다. 한암 스님은 한 마디 말도 하지 않았는데 스님들은 같은 생각을 떠올리고 있었다. 현실을 인식하는 힘과,

현실을 타파하는 힘을 동시에 기르지 않으면 안 된다는 생각을.

그날 이후 스님들은 자신들이 하고 있는 울력에 최선을 다했다. 비록 자신들이 만든 논에서 나온 쌀이 일본군의 군량미로 들어간다 해도 그것은 총칼을 들고 무고한 생명을 죽이는 것보다 백배 나은 일이다. 그리고 그 일은 자신들이 살아남을 수 있는 유일한 길이기도 하다. 현실이 그렇다면 그럼 우리들은 어떻게 해야 하는가? 그것은 현실을 극복할 수 있는 힘을 기르는 것이다. 현실을 극복하는 힘은 어떻게 기르는가? 우리들은 중이니까 중으로서의 힘을 기르면 된다. 중으로서의 힘은 어떻게 기르는가? 그건 참선에 전념하고, 경전 공부를 열심히 하며, 염불을 간절히 하고, 의식집전을 막힘없이 하며, 가람을 잘 수호하는 일, 승가 오칙을 지키는 일이다. '아! 그렇구나.' 스님들은 비로소 한암 스님이 왜 승가 오칙을 강조했는가를 뼛속 깊이 이해하게 되었다.

태평양 전쟁은 개인 혹은 전체의 운명을 비극으로 몰아갔다. 탄광으로 끌려가고 군수공장으로 끌려가고 전쟁으로 끌려가 팔다리가 잘리거나 목숨을 잃는 일이 무더기로 일어났다. 그러나 그 무엇보다 가장 참혹한 비극은 어린 조선의 딸들이 정신대로 끌려가는 사건이었다.

어느 날 밤, 진부에 사는 농부가 13살 먹은 어린 딸의 손을 잡고 상원사로 올라왔다. 그는 한암 스님의 무릎을 잡고 부들부들

떨며 말했다.

"스님, 우리 딸을 좀 숨겨 주십시오. 제발 우리 딸을 어디다 좀 숨겨 주십시오."

그의 말에 의하면 지금 진부에서는 딸을 둔 가정에 순사들이 들이닥쳐서 딸들을 야전병원 간호사로 보낼 것을 강요하며 강제로 끌고 간다는 것이다. 처음에는 자신도 월급을 많이 줄 뿐 아니라 돌아오면 고등교육을 시켜준다는 말에 귀가 솔깃해 보낼까도 생각했는데 군청에 다니는 친척이 찾아와 군인들의 위안부로 보내는 거니 빨리 딸을 피신시키라는 말을 듣고 밤에 몰래 절에 찾아왔다고 했다.

농부의 말을 듣고 난 한암 스님의 얼굴이 분노로 굳어졌다. 잠시 굳어진 얼굴로 생각에 잠겨 있던 스님이 시자를 불렀다.

"이 아이를 지장암으로 데리고 가서 행자로 있게 해라."

"지금 말입니까?"

"그래. 지금 바로 가거라."

시자를 따라 어린 계집아이가 겁먹은 얼굴로 절을 떠나자 한암 스님이 농부를 보고 말했다.

"당분간 딸을 절에 있게 하게. 오래 가진 않을 걸세."

"네."

농부는 안도의 숨을 쉬었다. 농부가 돌아가자 한암 스님은 가부좌를 한 자세로 깊은 생각에 잠겨 있었다. 미동도 하지 않은 채 앉아 있는 스님의 모습은 슬픔으로 빚어 놓은 부조물 같았다. 그렇게 밤을 밝힌 스님은 이튿날 새벽예불이 끝난 후 2시간 정도 관음정근을 했다.

관세음보살! 관세음보살! 관세음보살!

도탄에 빠져 있는 이 박복한 중생들을 구해 주소서! 한암 스님은 관세음보살을 향해 이렇게 절규하는 것 같았다. 한암 스님의 관음정근은 그 다음 날도, 그 다음 날도 계속해서 이어졌다. 그리고 주위 스님들한테도 관음정근을 하도록 권유했다. 주위 스님들뿐 아니라 당신을 찾아오는 모든 사람들에게도 관음정근을 하도록 권유했다. 지게를 지고 산을 오르내리는 부목들한테도.

복(福)은 무엇인가? 그건 스스로 짓는 것이다. 만약 복이 우연히 오는 것이라든지 신이 임의로 주는 것이라면 그보다 더 불공평한 일이 어디 있겠는가. 불교에서는 복을 신이 준다고 생각지 않는다. 인과에 의해서 스스로 받고 스스로 짓는다고 생각한다. 그래서 작복(作福)이라는 말을 쓴다. 그러나 박복한 중생들은 복을 짓지 못한다. 복을 지을 힘이 없기 때문이다. 복을 지을 힘이 없기 때문에 도탄에 빠져 신음한다. 지금 세상이 바로 그런 세상이다.

지은 복도 없고 복을 지을 힘도 없는 이 도탄에 빠져 있는 중생들이 할 수 있는 일이 무엇일까? 그건 자비의 화신인 관세음보살에게 매달리는 길밖에 없다. 도탄에서 빠져 나오도록 구해달라고 매달려서 절규할 수밖에 없다. 도탄에서 빠져나와야 작복(作福)할 수 있는 힘도 스스로 기를 수 있지 않겠는가? 이처럼 도와달라고 절규하는 것이 기도다. 그 기도만은 자신이 해야 한다. 밥술을 떠서 입에 넣는 행위는 자신이 해야 하는 것과 같은 이치다. 이 이치를 한암 스님은 주위 스님들에게, 자신을 찾아오는 모든 사람들에게, 함께 살고 있는 대중들에게 알리고 있었다.

그런 한암 스님을 보면서 주위 사람들은 비슷한 생각들을 하고 있었다.

"한암 스님은 관세음보살님을 보고 계신가 봐. 스님 눈에는 관세음보살이 보이시나 봐."

한암 스님의 관음기도는 모든 사람들에게 그런 믿음을 심어 줄 만큼 간절할 뿐 아니라 확신에 차 있었다.

아침 강의가 끝나자 스님들이 댓돌로 내려왔다. 그때 관응 스님 일행이 절 마당으로 들어섰다. 관응 스님 옆에 선 사람은 일본인 가토 교수, 그리고 그 옆에 선 젊은 사람은 조명기로 훗날 불교계를 대표하는 학자의 한 사람이 되었고 동국대학교 총장을 지내기도 했다. 조명기 박사는 그때 소장학자로서 두 분 선배와 함께 동행했다.

"스님, 제가 가토 교수를 모시고 왔습니다. 스님을 꼭 한번 친견하고 싶어하셔서요."

관응 스님이 손님을 모시고 온 경위를 설명하며 방안으로 들어왔다.

"어서 오십시오."

한암 스님이 경상에 놓인 책에서 눈을 떼며 손님을 맞았다.

"인사드리겠습니다. 가토입니다."

가토 교수가 이렇게 말하며 인사를 하자 같이 온 관응 스님과 조명기도 함께 절을 했다.

"반갑습니다."

한암 스님도 예를 갖추며 합장으로 인사를 받았다. 인사가 끝나고 손님들이 자리를 잡고 앉자 한암 스님이 가토 교수와 조명기를 차례로 바라보았다. 번쩍하는 섬광 같은 강한 힘이 시선 속에서 쏘아졌다.

"많은 분들로부터 스님 명성을 듣고 꼭 한번 뵙고 싶었습니다."

한암 스님의 시선을 받은 가토 교수가 강한 힘에 압도당한 듯 고개를 숙이며 말했다.

"명성이랄 게 뭐 있습니까? 산속에 있는 중인데요."

한암 스님이 조용히 말했다.

"가토 교수는 불교학의 대가십니다. 경전 설립에 대해 많은 연구를 하고 계십니다."

한암 스님의 이해를 도우려는 듯 관응 스님이 이렇게 말했다.

"그러면 인도의 문자와 글에 대해서도 많은 연구를 하셨겠습니다."

한암 스님이 관심을 나타내며 물었다.

"많이 했다기보다는 열심히 하고 있습니다."

가토 교수는 경전이 처음 어떻게 성립되었는가에 대해 자세히 설명했다. 부처님이 열반에 드시자 제자들은 깊은 슬픔에 잠겼다. 그런 몇 달 후 제자들의 가슴 속에선 몇 가지 우려가 생겨나기 시작했다. 그것은 부처님의 가르침이 소멸되어 갈 것과, 부처님의 가르침이 잘못 전해질 것과, 부처님 가르침에 다른 이론이 끼어들어 진리를 훼손시킬 것에 대한 우려였다. 그래서 라자그라하 교외에 있는 칠엽굴에 제자 500명(이들은 모두 아라한과를 얻었다고 함)이 모여 부처님으로부터 들은 가르침을 떠올리며 함께 합송했다. 그것을 1차 결집이라 하는데 이 결집을 주도한 사람은 마하가섭이었고, 경장을 암송한 사람은 기억력이 뛰어날 뿐 아니라 부처님의 시자로 늘 부처님을 모시고 다녔던 아난다였으며, 율장을 암송한 사람은 우팔리였다.

아난다가 '나는 언제 어디서 부처님이 이렇게 말씀하신 것을

들었다.'고 대중한테 말한 후 자신이 들은 내용을 암송하면 함께
자리한 500명의 제자가 모두 '맞다.'라고 인정을 하는 형식을 취
했다. 그러면 다함께 그 내용을 암송하는 것으로 부처님 말씀을
정리해 갔다.

율장도 마찬가지였다. 선배 스님들이 부처님의 말씀을 암송하
면 후대 스님들은 그것을 받아서 암송함으로써 부처님 법을 이
어갔다. 포교도 그렇게 이루어졌다. 이런 방식은 3차 결집 때까지
그대로 이어졌다. 가토 교수는 3차 결집 때 지금의 대장경 형식
인 경(經)·율(律)·논(論)이 모두 갖추어졌음을 설명하고 3차 결
집을 주도한 아소카 왕에 대해 자세히 설명했다.

아소카 왕은 수많은 부족국가로 형성된 인도 대륙을 통합한
최초의 왕이다. 그런 그는 방대한 대제국을 형성한 후 석가모니
부처님의 가르침을 받아들여 독실한 불교신자가 되었다. 아소카
왕이 등장한 것은 기원전 3세기경, 그러니까 석가모니 부처님이
열반에 드신 지 3백여 년 후의 일이다. 수많은 생명을 살생해 전
쟁을 승리로 이끈 그는 대제국을 건설한 후 마음의 안정을 찾기
위해 부처님께 귀의했고, 부처님의 가르침을 현실 정치에 실현하
는 담마 정치를 폈다. 그는 전법승을 배출해 세계 8개 지역으로
보내 부처님 법을 전하게 했으며, 자신의 아들 마힌다 왕자와 상
카밋타 공주도 출가시켜 스리랑카에 불법을 전하게 했다.

가토 교수는 아소카 왕의 위대성을 설명하느라 열변을 토했다. 그가 없었으면 아시아 지역에 살고 있는 사람들이 불법을 만나기 어려웠을 것이라고 강조하며, 불교가 세계적인 종교가 된 것은 아소카 왕이 있었기 때문이라고 결론을 내렸다.

장시간 동안 아소카 왕의 위대성을 경청하던 한암 스님이 관응 스님에게 물었다.

"한역경전에 나오는 아육왕이 아소카 왕이오?"

"네, 그렇습니다."

관응 스님이 미소를 지으며 대답했다.

"……"

한암 스님도 새로운 사실을 알게 되어 기쁜 듯 미소를 지었다.

아소카 왕 이후에도 인도에서 불교가 꾸준히 발전하여 1000여 년에 걸쳐 대승불교라고 하는 화려한 꽃을 피우게 되었고, 8세기 때부터는 대승불교의 인도적 변용이라고 할 수 있는 밀교도 등장하게 되었다는 설명도 함께 했다. 대승불교라는 말이 나오자 방안은 다시 뜨거운 열기로 달아올랐다. 담론의 주인공은 가토 교수와 관응 스님, 두 사람은 소장 학자답게 자신들의 주장을 열변을 토하며 피력했다. 그들의 대화 속에선 반야부, 법화부, 화엄부, 보적부, 유식학의 경전들이 종횡무진으로 펼쳐졌다. 그러면서 용수, 마명, 세친 같은 인도 불교의 거장들 이름이 거명되었다.

두 스님의 열띤 담론을 듣고 있던 한암 스님이 슬며시 끼어들며 이렇게 말했다.

"우리나라에도 원효라고 하는 위대한 대승보살이 계셨습니다."

우리나라라는 한암 스님의 표현에 방안에는 잠시 긴장감이 감돌았다.

"원효 스님은 저도 존경하고 있습니다. 동양의 위대한 거봉(巨峰)이지요."

가토 교수가 유쾌하게 말했다.

"여기 조명기 학생이 원효 스님을 연구하고 있습니다. 일본 유학시절부터 신라불교, 그중에서도 원효에 관심을 가지고 꾸준히 연구해 오고 있습니다."

원효 얘기가 나오자 관응 스님이 옆에 앉아 있는 젊은 청년을 가리키며 말했다.

"반가운 일이네. 어떻게 일본에 가서 원효 스님을 연구하게 되었는가?"

한암 스님이 미소를 지으며 조명기한테 물었다.

"조선불교의 뿌리를 알고 싶어서 연구하게 되었습니다."

조명기가 자신의 생각을 말했다.

"일본에도 원효 스님을 연구할 수 있는 자료가 많이 있던가?"

한암 스님이 관심을 나타내며 다시 물었다.

"네. 제가 다니는 대학 도서관에도 자료가 많이 있었습니다."

조명기가 대답했다.

"이 사람은 일본 동양대 문학부를 마치고 돌아와 경성제대 법문학부 종교연구실에서 원효 스님을 꾸준히 연구해 오고 있습니다."

관응 스님이 보충 설명을 했다. 스님의 음성 속에는 자랑스러움이 배어 있었다.

"고맙네."

한암 스님이 짧게 자신의 심정을 밝혔다. 방안에 있는 사람들이 이어갈 화제를 찾지 못해 잠시 어색해할 때 가토 교수가 한암 스님에게 물었다.

"스님, 불법이란 무엇입니까?"

가토 교수의 질문이 떨어지자마자 한암 스님이 경상 위에 놓여 있던 안경집을 번쩍 쳐들었다.

"……"

"아, 네!"

가토 교수가 크게 머리를 조아리며 합장을 했다.

한암 스님을 친견한 일행이 돌아갈 때 한암 스님은 종각 앞까지 나와 배웅을 했다. 그리고 그들의 모습이 시야에서 사라질 때까지 서서 뒷모습을 바라보다 몸을 돌렸다. 그날 가토 교수는 월정사에서 다시 일박하면서 월정사 스님들에게 특별 강연을 했다.

"한암 스님 같은 훌륭한 선지식을 가까이 모시고 사는 여러분이 그저 부러울 뿐입니다. 나 같은 사람은 한암 스님이 보고 싶어도 달려올 수 없는 먼 거리에서 살고 있으니 말입니다."

가토 교수는 같은 말을 몇 번 반복해서 했고, 스님들은 그 말이 그의 폐부에서 우러나온 진심이었음을 믿고 있었다. 가토 교수가 방문한 날, 한암 스님과 관응 스님 그리고 조명기는 자신들의 뿌리에 대해 말했다. 가토 교수는 그 말을 경청했고, 가끔 원효 스님에 대한 화제에 끼어들어 자신도 신라의 위대한 고승 원효 스님을 존경하고 있음을 간접적으로 드러냈다. 그리고 돌아갈 때는 한암 스님에 대한 지극한 공경심을 표했다. 진실한 만남은 서로의 가슴에 행복한 여운을 남겨 주었다.

종욱 스님이 결재서류를 들고 상원사로 올라왔다. 조선불교 조계종의 종무총장 이종욱은 중요한 안건은 직접 들고 상원사로 와서 종정인 한암 스님에게 결재를 받았다. 결재를 받은 후 종욱 스님이 한암 스님의 안색을 살피며 말했다.

"무슨 일인데요?"

"천황을 대신해서 일본에서 대신이 나오는데 그 사람이 스님을 친견하겠다고 합니다. 그래서 말씀드리는데 꼭 한번 만나주십시오."

말을 마친 종욱 스님이 긴장한 얼굴로 쳐다봤다.

"만나자고 하면 만나지요."

한암 스님이 대수롭지 않게 대답했다. 일본 천황의 대신이라
는 말은 염두에 두고 있지 않은 것 같았다. 종욱 스님은 혹시 한
암 스님이 자신의 말을 잘못 알아들으신 게 아닌가 하는 생각이
들어 같은 말을 한 번 더 하려다가 입을 다물었다. 스님이 알아듣
고도 일부러 그러시는 것 같기도 해서였다.

"그럼 그때 가서 다시 연락을 드리겠습니다."

종욱 스님은 허리를 굽혀 절을 하고 자리에서 일어섰다. 한암
스님과 작별을 하고 월정사로 내려가는 종욱 스님의 가슴속에선
불안감이 일었다. 얼마 전에 경험했던 일이 생각나서였다. 총독
부 정무총감 오오노로구이치로가 미나미 총독을 대신해서 한암
스님을 뵈러 가겠다고 했다. 그래서 자신이 데리고 온 적이 있었
다. 그때 정무총감 오오노로구이치로가 한암 스님께 인사를 드리
고 나서 이렇게 질문했다.

"총독님이 여쭤보라고 해서 질문을 드립니다. 지금 일본은 미
국과 전쟁을 하고 있는데 어느 나라가 이길 것 같습니까?"

정무총감의 질문을 받은 한암 스님은 망설임 없이 대답했다.

"덕자승(德者勝)이지요."

덕(德) 있는 나라가 이긴다는 뜻이다. 스님의 답을 듣는 순간 정무총감의 얼굴이 핼쑥해졌다. 일본이 이긴다는 덕담을 듣고 가서 총독한테 보고를 해야 하는데 그럴 수 없어서였다. 그건 정무총감뿐 아니라 종욱 스님도 마찬가지였다. 종욱 스님도 한암 스님의 답을 듣는 순간 간담이 서늘해지면서 얼굴이 핼쑥해지지 않을 수 없었다. 한암 스님의 답은 정무총감이 듣고 싶어한 답과는 너무 거리가 멀다는 것을 알고 있었기 때문이었다.

　'이번 손님은 잘 치러야 하는데 걱정이구먼.'

　전날에 있었던 일을 떠올리던 종욱 스님은 이렇게 중얼거리며 산길을 내려갔다. 조선불교의 행정수반인 그로서는 일본 천황의 대신을 맞는 일이 여간 신경이 쓰이지 않았다.

　천황을 대신해서 일본에서 귀빈이 오자 총독부 간부들이 월정사로 내려왔다. 3일간 월정사에 머물면서 심전개발 운동을 하기 위해서였다. 그러자 강원도지사를 위시해 도내 군수 경찰서장들도 속속 모여들었다. 뿐만 아니라 주요 사찰의 스님들도 모여들었다. 눈도장을 찍을 수 있는 절호의 기회였기 때문이다.

　심전개발 운동을 시작하던 날 아침, 종욱 스님이 상원사로 가마를 보냈다. 한암 스님을 모셔오기 위해서였다. 가마를 멘 일꾼이 상원사 마당으로 들어서자 시자스님이 부지런히 가서 그 사실을 알렸다.

"스님, 가마가 올라왔습니다. 내려가실 차비를 하시지오."

시자스님의 보고를 받은 한암 스님이 잘라 말했다.

"나는 몸이 불편해서 가마를 탈 수 없다."

"네?"

시자스님이 당황해하며 되묻자

"내일 모레면 해제라 수좌들이 뿔뿔이 흩어질 테니 오늘부터 길 옆에 있는 풀을 베도록 하자. 수좌들한테 그렇게 일러라."

조를 짜서 풀베기를 시작하자는 것이었다. 상원사는 위로는 보궁까지, 아래로는 월정사 인근까지 풀을 베야 하므로 3일은 족히 걸린다. 일상생활은 그대로 하고 울력시간을 이용해서 풀을 베야 하기 때문이다. 해제를 하면 스님들이 뿔뿔이 흩어지므로 해제를 전후해서 경내의 풀을 베는 것은 상례로 되어 왔다. 하지만 하필이면 오늘, 이렇게 가마까지 보낸 날에 하자고 하시다니!

"아침공부가 끝나면 풀베기를 할 테니 대중들을 모아라."

대중은 선방 수좌들과 승려수련소 학인들을 두고 하는 말이다.

"네."

시자스님은 할 수 없이 돌아섰지만 불안한 마음을 떨쳐버릴 수가 없었다. 조실 밖을 나온 시자스님은 마당에 서 있는 일꾼한테로 갔다.

"조실스님이 몸이 불편해서 가마를 타실 수 없다고 하시니 그렇게 전해 주시오."

"…네."

일꾼들도 불안한 표정으로 눈을 끔뻑이더니 빈 가마를 메고 산길을 내려갔다. 승려수련소에선 평소대로 경전 강의가 진행됐다. 강의를 하는 사람은 탄허 스님이었고 한암 스님은 그 옆에 앉아서 탄허 스님이 하는 강의를 경청했다. 강의가 끝나자 큰방에 승려수련소 간부들과 선방 간부들이 모여들었다. 풀베기를 하려면 사전에 조를 짜서 풀을 벨 지역을 나누어야 하기 때문이다. 스님들이 풀 벨 지역을 나누고 있을 때 월정사 일꾼 셋이 지게에 음식물을 지고 올라왔다. 일꾼들은 지고 온 지게를 마당에 세워 놓고 조실로 올라왔다.

"주지스님께서 점심 차릴 음식을 보내셨습니다. 손님들이 여기에서 점심을 드신다고 합니다."

한 일꾼이 조실 앞에 서서 말했다. 일본 손님들이 상원사에서 조실스님과 함께 점심을 들고 싶어 한다는 얘기는 지난번 종욱 스님이 와서 했다. 하기 때문에 한암 스님은 그 사실을 이미 알고 있었다.

"알았네."

한암 스님은 이렇게 말하고 나서 자리에서 일어섰다.

"다들 맡은 장소에 가서 풀을 베도록 하게. 나는 보궁으로 갈 테니 보궁을 맡은 사람은 앞에 서게."

"스님, 공양을 차리려면 몇 사람 더 공양간으로 가야 할 것 같은데요."

한 스님이 걱정스러운 얼굴로 말했다. 어마어마한 손님들이 온다고 하니 공양 차릴 일이 걱정스러웠다.

"월정사에서 보낸 음식은 하나도 손을 대지 마라. 손님들은 우리가 평소 먹는 대로 대접하면 된다."

한암 스님은 자리에서 일어서며 말했다.

"네?"

말을 한 스님은 물론이고 다른 스님들도 모두 놀라는 얼굴로 쳐다봤다.

"……."

한암 스님은 더 이상 할 말이 없다는 얼굴로 문 밖으로 나갔다.

"콩깻묵밥을 해도 되겠습니까? 귀한 손님이 오신다는데요."

먼저 스님이 난감한 얼굴로 묻자

"우리가 콩깻묵밥에 시래깃국을 먹으니 손님들도 그렇게 대접을 하면 된다."

한암 스님은 문설주에 걸어 놓은 밀짚모자를 쓰고 밖으로 나갔다. 보궁으로 올라가기 위해서였다.

"자네는 여기 있다가 손님이 오면 알리게. 보궁에 있을 테니."

한암 스님은 시자한테 이렇게 이르고 뒷산 쪽으로 올라갔다.

"여기서 보궁까지가 얼만데 손님이 오는 걸 보고 알리라고 하세요?" 시자스님이 산길을 오르는 한암 스님의 뒷모습을 바라보며 답답하다는 표정을 지었다. 상원사 스님들이 각자 조를 짜서 자신들이 맡은 지역의 풀을 베고 있을 때 아래쪽에서 사람들이 올라오기 시작했다. 산판차들이 가끔씩 다니는 길은 말 그대로 산길이었다. 돌들도 울퉁불퉁 튀어져 나와 있고 풀들도 여기저기서 자라고 있었다. 그런 산길을 계속 올라오려니 사람들의 걸음이 자연 느릴 수밖에 없었다.

거의 20리쯤 되는 길을 쉬엄쉬엄 올라온 일행이 상원사 마당에 들어섰을 때 는 모두 지쳐 있었다. 종욱 스님은 행여나 조실스님이 마중을 나와 계시지 않나 하고 이리저리 경내를 살폈다. 가마를 보내도 오시지 않기에 손님들을 모시고 올라갈 테니 신선골까지 마중을 나와 달라고 기별을 해 놓았기 때문이었다. 그런데 소실스님은 신선골까지 마중을 나오지 않았음은 물론 경내에서도 모습이 보이지 않았다. 상황이 그렇다 보니 종욱 스님은 초조해지지 않을 수 없었다. 더구나 경내는 죽은 듯이 고요했다. 조실스님뿐 아니라 다른 스님들도 모습을 볼 수 없었다.

"스님, 오셨습니까?"

종욱 스님이 초조해하고 있을 때 시자스님이 쫓아와서 인사를 했다.

"조실스님은 어디 계신가?"

종욱 스님이 다급히 물었다.

"스님은 지금 보궁에 계십니다."

"보궁이라니? 왜 보궁에 계시는데?"

종욱 스님의 음성이 자신도 모르게 높아졌다.

"지금 거기서 모두 풀을 베고 있습니다. 그래서 조실스님도 보궁으로 올라가 셨습니다."

"하필 왜 오늘…. 조실스님은 손님이 오시는 걸 모르고 계시는가?"

"아닙니다. 손님들이 오시면 저한테 연락을 하라고 하셨습니다."

"여기서 보궁이 얼만데 손님들이 오신 후에 연락을 하라고 하셔. 할 수 없지. 빨리 가서 조실스님을 모시고 오게."

"네."

시자스님은 마음이 급한 듯 비탈길을 뛰어서 올라갔다.

시자스님이 올라가서 한암 스님을 모시고 왔을 때는 이미 두 시간 정도의 시간이 흐른 후였다. 절에 주인이 없다 보니 종욱 스님도 손님들을 모시고 방으로 들어갈 수가 없었다. 그래서 할 수 없이 손님들과 함께 마당에서 서성일 수밖에 없었다. 천황을 대신해서 일본에서 온 귀빈도, 총독부 간부들도, 그리고 강원도 내의 기관장들도, 동행한 스님들도 문전박대를 받은 격이 되고 말았다. 손님들을 모시고 온 종욱 스님은 미안한 마음을 금할 수 없으면서도 '역시 한암 스님이시구나!' 하는 감탄을 마음속으로 하지 않을 수 없었다. 누가 감히 이런 상황을 만들 수 있겠는가?

상원사로 내려온 한암 스님은 조실로 들어가서 가사장삼을 입고 자리에 앉았다. 그러자 종욱 스님의 안내를 받으며 손님들이 들어왔다. 방으로 들어온 손님들이 한암 스님께 예의를 갖추고 인사를 하자 한암 스님은 꼿꼿이 허리를 편 채 합장으로 인사를 받았다. 그런 모습은 평소와는 너무나 다른 모습이었다. 한암 스님은 누가 와서 인사를 하든지 스님이든 신도든, 여자든 남자든, 아이든 어른이든 상대방이 인사를 하면 같이 허리를 굽혀서 인사를 했다. 그런데 나라를 대표하는 사람들이 왔는데 꼿꼿이 허리를 세운 채 인사를 받으시다니! 옆에서 이런 광경을 지켜보던 시자스님이 눈을 크게 뜨고 한암 스님을 바라보았다. 그건 종욱 스님도 마찬가지였다. 자신이 언제 조실스님을 찾아와도 조실스님은 자신의 절을 그냥 앉아서 받은 적이 없었다. 자신뿐 아니라 누가 와도 마찬가지였다. 스님이 오든 신도가 오든, 심지어는 행자나 부목이 하는 절도 앉아서 받지 않았다. 그러던 스님이 왜 이러시는지 종욱 스님은 민망함과 당황함을 감추지 못하고 조실스님을 바라보았다.

인사가 끝나고 몇 마디 덕담이 오고갔을 때 일행 중 한 사람이 한암 스님께 질문을 했다.

"스님은 이번 대동아 전쟁을 어떻게 보십니까?"

손님의 질문을 받은 한암 스님은 바싹 마른 몸을 쪼그리고 앉더니 주먹으로 앞에 놓인 경상을 '꽝!' 하고 내려쳤다.

"눈에 보이는 것이 다 답인데 그것을 나에게 와서 묻다니?"

한암 스님은 노기 띤 눈으로 질문한 사람을 쏘아 보았다. 그러자 방안에는 숨소리도 들리지 않았다.

"대동아 전쟁이 천명(天命)을 따르는 것이라면, 천명을 따르는 일에 최선을 다하라는 말씀이십니다."

종욱 스님이 나서서 사태 수습을 했다. 사람들은 종욱 스님의 말이 사태 수습을 위한 임기응변이라는 것을 알고 있었다. 하지만 아무도 나서서 한암 스님의 말을 반박하지 못했다. 그만큼 한암 스님이 내뿜는 기가 좌중을 압도하고 있었기 때문이었다.

"스님, 제가 잘못했습니다."

질문을 한 사람이 허리를 굽히며 사과했다. 무엇을 잘못했다는 것인지, 말을 한 사람도 말을 듣는 사람도 이해가 되지 않았다. 하지만 잘못했다는 사과로 방안의 분위기는 긴장감에서 어느 정도 풀려났다.

　사람들의 대화는 불법(佛法)에 맞춰졌고, 사람들은 불법에 대해서 한암 스님께 질문을 했다. 불교의 가르침은 너무 방대해서 얼른 이해가 되지 않는데 불교를 한마디로 말한다면 어떤 종교라고 할 수 있는가?

　질문을 받은 한암 스님은 평소대로 온화한 표정을 짓고 불법에 대해 설명했다. 이 세상에 있는 두두물물(頭頭物物)은 화엄세계를 구축하는 절대적인 존재라는 것, 그래서 존재하는 모든 것에는 고하나 귀천이 있을 수 없다는 것, 이것을 아는 것이 불법이다. 따라서 불교는 궁극적으로 절대평등사상을 표방하는 종교라는 것을 역설했다.

　우리는 흔히 말 속에 뼈가 들어있으면 언중유골(言中有骨)이라고 한다. 한암 스님은 온화한 얼굴로 불법의 요체를 설명했지만 그 말 속에는 뼈가 들어 있었다. 특히 대동아 전쟁에 대해 질문했던 사람은 더욱 그렇게 느껴졌다. 한암 스님의 말씀이 대동아 전쟁에 대한 납변처럼 느껴졌기 때문이다.

　'이거 큰일 났구나.' 당황한 종욱 스님은 화제를 보궁으로 돌렸다. 마침 한암 스님도 보궁을 다녀온 직후라 보궁에 대해 설명했다. 그러자 누군가가 사리에 대해 자신의 견해를 밝혔고, 화제는 자연히 사리 쪽으로 옮겨져 방안에는 화기애애한 분위기마저 감돌았다. 그렇게 분위기가 화기애애해졌을 때 목탁소리가 들려왔다. 점심공양을 알리는 소리였다.

"공양을 드시러 가시지요."

한암 스님이 자리에서 일어서며 말했다.

"같이 가서서 공양을 드시지요."

종욱 스님도 따라서 일어서며 손님들을 향해 미소를 지었다. 공양은 잘 차리셨겠지. 전날에 쌀과 반찬을 미리 올려 보냈고, 아침에는 월정사에서 직접 특식을 만들어서 올려 보냈으니 당연히 잘 차렸을 거라는 생각을 속으로 하면서. 종욱 스님으로서는 온 손님을 칙사 대접해야 하기 때문에 걱정이 되지 않을 수 없었다.

점심공양은 대중방에 차려졌다. 손님을 안내해서 대중방으로 들어서던 종욱 스님의 얼굴이 순간적으로 굳어졌다. 시꺼먼 콩깻묵밥에 된장 시래깃국, 푹 절은 김치와 된장을 찍어 먹을 수 있는 풋고추 한 접시가 반찬의 전부였다. 종욱 스님이 어찌할 바를 몰라 하고 있을 때 한암 스님이 공양게를 울렸다. 종욱 스님은 이러지도 저러지도 못한 채 공양게를 따라서 했다.

공양게를 마친 한암 스님은 좌중을 둘러보며

"절에선 음식을 남기지 않는 것이 전통으로 이어져 오고 있습니다. 손님들도 음식을 남기지 않기를 바랍니다."

이렇게 말하고는 자신의 주발에 칠푼쯤 담기도록 콩깻묵밥을 뜨기 시작했다.

"……."

손님들도 할 수 없이 수저를 들고 자신들 앞에 놓인 밥을 먹기 시작했다. 일본 총독부는 조선 전역에 배급소를 차려 놓고 곡물을 배급했다. 그때도 일반 백성은 굶주림에서 벗어나지 못할 만큼 적은 식량을 배급받았지만, 소위 말하는 대동아 전쟁이라는 것을 일으킨 후부터는 식량 사정이 더욱 악화돼서 배급소에서는 중국에서 들여온 콩깻묵(콩으로 기름을 짜고 남은 찌꺼기)과 보리쌀을 배급으로 받았다. 그러니 자연히 시커먼 밥이 될 수밖에 없었다.

한암 스님이 월정사에서 올려 보낸 쌀과 반찬을 쓰지 말고 자신들이 평소 먹는 대로 손님 대접을 하게 한 것은 혹시 대동아 전쟁을 어떻게 생각하느냐는 물음에 대한 답을 미리 준비하신 것은 아닐까? 그런 추측은 지나친 과장일지 모르지만 최소한 한암 스님은 일본 대신들한테 조선 사람들이 사는 모습을 현실 그대로 보여주려 하신 것은 틀림없었던 것 같다. 아니 한암 스님은 일본 대신들을 대접하고 싶은 마음이 아예 없었을지도 모른다.

점심식사가 끝나자 한암 스님은 조실로 가서 가부좌를 한 자세로 앉아 있었다. 그러자 잠시 후 손님들이 들어왔다. 손님들은 한암 스님께 가겠다는 뜻으로 절을 했다. 한암 스님은 손님들이 처음 왔을 때처럼 꼿꼿이 앉은 자세로 합장을 하며 인사를 받았다. 그리고 손님이 방을 나갈 때도 앉은 채 배웅을 했다.

손님들이 산길을 내려갈 때 종욱 스님은 '이제 조선불교는 완전히 망했구나.'라는 생각을 속으로 했다. 자신이 계획했던 것과는 완전히 반대로 끝난 손님 접대였다. 수많은 일본인들을 상대해 왔던 그로서는 그런 불안감에 떨지 않을 수 없었다. 그런데 이게 웬일인가? 관대거리까지 내려간 일본인들이 서로 말을 주고받았다.

"그동안 조선의 훌륭한 승려들을 많이 만나봤지만 한암 스님 같은 분은 처음 봤다. 역시 최고의 고승이다."

"조그만 분이 앉아 있는데 오대산이 앉아 있는 것 같더라. 도인 스님이 틀림없다."

"우리나라(일본)에서도 많은 스님들을 만나봤지만 한암 스님처럼 사람을 압도하는 스님은 보지 못했다."

일본인들이 주고받는 대화를 뒤에서 듣고 있던 종욱 스님은 안도의 한숨을 쉬었다.

'조선불교가 무사하겠구나!'

제7장

새벽이 오기 전이 가장 어둡다

여명(黎明), 한 줄기 밝은 빛이 스며 있는 어둠을 여명이라고 한다.
깜깜한 어둠 속 어디에 한 줄기 밝은 빛이 스며 있다는 말인가?

여명(黎明), 한 줄기 밝은 빛이 스며 있는 어둠을 여명이라고 한다. 깜깜한 어둠 속 어디에 한 줄기 밝은 빛이 스며 있다는 말인가? 그건 입춘(立春)을 가리키는 말도 마찬가지다. 들판에 흰 눈이 쌓여 있고, 길은 꽁꽁 얼어 있는데 봄이 시작되었다고 한다. 이 혹한 어디에 봄이 와 있단 말인가? 한반도에 어둠을 밀어내는 여명이 밝아오고, 혹한을 밀어내는 봄기운이 스며들고 있지만 사람들은 그것을 느낄 수가 없었다. 어둠과 추위가 너무 가혹해서였다.

대혜성 보살은 등잔불 앞에 앉아서 마지막 바늘을 뽑아 올렸다. 바늘을 뽑아 올린 자리에 금실로 임금 왕(王) 자가 새겨져 있었다. 임금 왕, 스님을 가리켜 인천(人天)의 스승이라고 한다. 인간계와 천상계에 살고 있는 뭇 생명들의 스승, 그러므로 스님은 가장 높은 존재, 가장 고귀한 존재다. 그래서 스님들이 두르는 가사에는 임금 왕(王) 자를 새긴다. 그러나 대혜성 보살에게 있어 임금 왕 자는 뭔가 다른 의미를 지니고 있다. 어린 나이에 궁궐로 들어가 오로지 임금 한 분을 바라보며 살아야 하는 궁녀는 임금이 태양이다. 그래서 궁녀들은 해바라기꽃처럼 모두 임금을 향해 고개를 돌리며 산다. 태양을 따라 고개를 돌리는 운명의 꽃, 궁녀들은 그런 운명의 꽃이다.

궁녀들에게 임금은 자신들이 생명을 바쳐 공경해야 할 대상이다. 너무 높고 너무 신성해서 우러러볼 수밖에 없다. 그러면서도 자신의 운명을 바꿔 줄 수 있는 유일한 존재, 그것은 남성으로서의 임금일 때다. 하기 때문에 궁녀들에게 있어 임금은 무소불이의 절대적 존재인 동시에 이성으로서의 남성을 느낄 수 있는 유일한 존재다.

하지만 대혜성 보살이 모셨던 순종은 어렸을 때 성기능을 잃었기 때문에 궁녀들에게 이성으로서 시새움의 대상이 되지 못했다. 그리고 이미 기울어질 대로 기울어진 나라의 마지막 임금이었기 때문에 궁녀들의 운명을 바꿔 줄 만한 힘을 지니고 있지도 못했다. 그래서 조선왕조의 마지막 임금을 모셨던 궁녀들은 마음으로도 누군가를 향해 애틋한 이성의 감정을 느끼지 못하고 한 생을 살아왔다.

임금 왕 자까지 마지막으로 수를 놓은 대혜성 보살은 수틀을 빼고 가사를 넓게 폈다. 엷은 갈색 모본단 천에 붉은 수실로 바탕을 깔고 그 위에 흰색 수실로 송이송이 모란꽃을 수놓았다. 모란꽃은 부귀영화를 상징하는 꽃이기도 하지만 자기 집 앞뜰에 피어 있는 꽃이기도 해서 모란꽃을 택했다. 그리고 모란꽃 주위에 남색실로 구름, 봉황 같은 길상문양들을 수놓아서 모란꽃을 에워싸게 했다. 그랬더니 고우면서도 정갈한 가사가 완성되었다. 대혜성 보살은 완성된 가사를 접어서 한지로 싸고, 한지로 싼 가사를 다시 한지로 쌌다. 그렇게 세 번 한지로 싼 후 마지막으로 오방색 명주실타래를 둘러서 가사를 묶었다.

모든 마무리 작업이 끝나자 대혜성 보살은 가사를 한암 스님이 계신 동쪽에 놓고 세 번 큰절을 했다. 한 배 한 배 절을 할 때마다 가슴속이 뜨거워지면서 이상하게 온몸이 맑게 정화되는 느낌이 들었다. 잎새에 앉아 있는 먼지를 빗물이 씻어 내려간 후, 햇빛을 받고 서 있는 나무의 청량감 같은 것이라고 할까?

가사가 완성될 때까지 대혜성 보살이 뽑아 올린 바늘의 수는 몇 번이었을까? 백만 번이었을까? 천만 번이었을까? 대혜성 보살은 수를 놓을 때면 유기 양푼에 물을 가득 떠서 담고 손을 씻었다. 손을 씻는 유기 양푼은 어머니가 물려 주신 것으로 한 번도 쓰지 않은 새것이었다. 그리고 수를 놓을 때 손을 씻는 물도 일상용수로 쓰는 물과는 별도로 새 오지항아리에 따로 받아서 썼다.

대혜성 보살에게 있어 수를 놓는 작업은 한암 스님에게 올리는 기도이고 공양이었다. 말을 삼가고, 행동을 삼가고, 바깥출입을 삼가고, 먹는 음식물까지 삼가며 대혜성 보살은 한암 스님이 두를 가사에 한 땀 한 땀 수를 놓았다.

그 모든 것을 삼간다고 했지만 실은 따로 삼갈 것도 없었다. 늘 혼자서 살고 있는 대혜성 보살로서는 대원성 보살이 오거나 그녀 자신이 윤비가 사는 궁궐로 들어가기 전에는 특별히 누구와 말을 할 일도 바깥출입을 할 일도 없었다. 초막에서 혼자 정진하는 선승처럼 그녀 자신도 선정일여에 들어 오로지 수놓는 일에만 전념했다. 순일한 정진이었다.

설달 혹한이 뼛속을 파고들었다. 대혜성 보살은 잔뜩 어깨를 움츠리고 대원성 보살이 살고 있는 가회동 언덕을 오르고 있었다. 언제 오대산으로 갈 수 있는지 날짜를 잡고 싶어서였다. 이제 가사가 완성되었으니 그 가사를 가급적 세밑에 한암 스님에게 갖다드리고 싶었다. 그래서 그 가사를 설날 아침에 두르시고 대중들에게 새해 법문을 하시게 하고 싶었다.

한 해가 시작되는 설날 아침은 그 뜻이 각별하다. 묵은 것을 털어내고 모든 것을 새롭게 시작하는 날, 만일 설날이 없다면 묵은 것을 어떻게 털어 내고 새롭게 일을 시작한다는 마음을 낼 수 있겠는가? 그래서 사람들은 그믐날 저녁에 묵은 것을 털어내고 설날 아침에 새로운 한 해를 맞이하는 의식을 치른다. 사가(私家)도 그렇고, 절도 그렇고, 궁궐도 그렇다.

빙판 길을 조심조심 오르자 대원성 보살이 살고 있는 집이 나왔다. 가회동은 옛날부터 높은 벼슬을 하는 사람이나 부자들이 많이 살았다. 그래서 집도 솟을대문에 입 구(口) 자 기와집이 즐비하게 늘어서 있었다. 대원성 보살의 아버지는 당대 최고의 역관이었기 때문에 자신이 가지고 있는 부(富)를 바탕으로 해 가회동에서 최고로 웅장한 집을 구입해 살았다. 세브란스 의전을 나온 아들은 결혼과 동시에 분가를 했고, 아들과 같은 대학을 나와 의사로 있던 사위는 결혼 후 3년도 채 안 돼서 행방불명이 되었다. 그래서 대원성 보살 아버지는 딸을 친정으로 불러들여 함께 살았고, 그러다 보니 대원성 보살은 친정부모가 돌아가신 후에도 빈 집에서 혼자 살게 되었다.

대원성 보살 집 솟을대문 앞에 선 대혜성 보살은 대문 모서리에 있는 밧줄을 흔들었다. 대문 모서리에 있는 밧줄은 안과 연결돼 있기 때문에 대문 밖에서 밧줄을 흔들면 안방 대청마루 문설주에 매달려 있는 종이 댕그랑댕그랑 하고 밖에 손님이 왔음을 알려 주었다. 그러면 안에 있던 일하는 사람이 쫓아 나가 안으로 들일 사람인지 아닌지를 확인한 후에 문을 열어 주었다.

솟을대문 앞에 선 대혜성 보살이 어깨를 잔뜩 움츠리고 있을 때 대문 안쪽에서 심부름 하는 순진이 목소리가 들렸다.

"누구세요?"

"나다. 얼른 문 열어라."

"네, 마님."

하는 소리와 함께 대문이 열렸다. 마당 안으로 들어간 대혜성 보살은 어깨를 움츠리고 안채 쪽으로 발길을 돌렸다. 전에 같으면 옆에서 조잘조잘 떠들었을 순진이도 어깨를 움츠린 채 종종걸음으로 앞에서 걸어갔다. 집 안 전체에 드리운 무거운 기운, 흡사 검은 먹구름이 두껍게 지붕을 덮고 있는 것 같은 음울함이 온 집 안에서 느껴졌다.

"무슨 일이 있나?"

대혜성 보살이 불안감을 떨치지 못하고 안으로 들어가고 있을 때 행랑채 쪽에서 울음소리가 들려왔다. 정말 무슨 일이 있다고 생각한 대혜성 보살은 걸음을 빨리하며 안채가 있는 중문 안으로 들어갔다. 불안감이 자신도 모르게 걸음을 빨리 하게 했다. 앞에서 뛰어간 순진이가 대혜성 보살이 왔음을 알렸는지 대원성 보살이 안방에서 나왔다.

"얼른 와."

대원성 보살이 안방 마루로 나오며 빨리 오라고 손짓을 했다.

대원성 보살은 솜을 넣어서 누빈 검은 명주바지를 입고 있었다. 지식뿐 아니라 의식까지도 앞서 있는 대원성 보살은 입는 옷도 조선 여자들이 생각하지 못하는 특이한 옷을 맞춰 입고 다녔다. 남자 바지와 흡사한 바지를 여자가 입는다는 것은 그 시대 여성들로서는 생각도 할 수 없는 일이었다.

"얼른 와, 춥다. 날씨가 왜 이렇게 춥니."

대원성 보살은 추운 날씨가 원망스러운 듯 이렇게 말하고는 먼저 방안으로 몸을 돌렸다. 손님 맞을 차비를 차리는 것 같았다. 대혜성 보살도 댓돌 위에 신을 벗어 놓고 마루로 올라갔다.

"어서 들어와."

방으로 들어갔던 대원성 보살이 다시 나와서 대혜성 보살의 손을 잡아끌었다.

"날씨가 왜 이렇게 춥니? 정말 사람 잡겠다."

대원성 보살은 아랫목에 깔아 놓은 솜이불을 들치며 앉으라고 손짓을 했다.

"방안에 있으면서 날씨 추운 걸 어떻게 아세요?"

대혜성 보살이 목에 둘렀던 목도리를 풀며 묻자

"나도 지금 들어왔어. 뭐 좀 알아보느라고 나갔다가."

대원성 보살은 허둥대는 목소리로 말했다.

"무슨 일이 있어요? 형님 표정도 그렇고, 들어오다 보니 울음

소리도 들리는 것 같던데."

대혜성 보살이 조심스럽게 묻자

"우리 집은 지금 난리야. 어떻게 해야 좋을지 나도 모르겠어."

대원성 보살이 먼저 자리에 앉으며 말했다.

"무슨 일인데 그래요?"

"용현이, 용대가 죽었대. 어저께 전사 통보가 왔어."

대원성 보살은 바싹 마른 입술을 침으로 축이며 말했다.

"… 네?"

대혜성 보살은 말을 잇지 못하고 입을 다물었다. 가슴이 무너지는 것 같다더니 정말 순간적으로 가슴이 무너져 내리는 느낌이 들었다. 나도 이런데 형님은? 용현이 부모들 마음은? 대원성 보살 집에서 집사로 살아온 유씨는 아들 형제를 두었는데 그 아들이 용현과 용대였다. 젊은 시절 세브란스 의전에 다니는 주인 도련님이 하늘처럼 높게 보였던 유씨는 자신이 아들을 낳자 그 아들들을 어떻게 하든 세브란스 의전에 보내려는 꿈을 키워왔다. 그리고 그 꿈은 현실이 되어 두 아들은 나란히 세브란스 의전에 들어갔다.

결혼 후 자식을 낳아 보지도 못하고 혼자 살게 된 대원성 보살은 용현이와 용대를 친아들처럼 귀히 여기며 온갖 뒷바라지를 다해 주었다. 용현과 용대는 대원성 보살에게도 아들이나 진배없었다. 용현과 용대도 대원성 보살의 그런 마음을 알면서 자랐기 때문에 대원성 보살을 친어머니처럼 따랐다. 그런 용현과 용대가 학도병으로 끌려가 전사를 했다는 것이다.

"혹시 잘못된 것일 수도 있잖아요. 한 번 더 알아보시면 어때요?"

대혜성 보살이 조심스럽게 말하며 쳐다보자

"나도 그래서 나갔다 왔어. 혹시나 하는 생각에."

대원성 보살이 지친 얼굴로 대답했다.

"……."

대혜성 보살이 할 말을 찾지 못하고 가만히 있자 대원성 보살은 비탄에 젖은 목소리로 말했다.

"나라를 잃는다는 게 이런 거구나 하는 생각을 뼈저리게 했어. 조선의 젊은이들이, 생때같은 젊은이들이 개처럼 끌려가 꽥 소리도 내지 못하고 죽는 게 나라를 잃은 백성들이 당하는 억울함이구나 하는 생각을 말이야."

아! 얼마나 많은 조선의 어머니들이, 조선의 아내들이 이런 비탄에 젖어 있을까? 나라를 잃는다는 게 이런 것이구나 하는 탄식을 뼛속 깊이 새기면서 말이다.

대원성 보살과 대혜성 보살 그리고 용현의 부모가 상원사를 찾은 것은 섣달 그믐께였다. 겨울 내내 내린 눈도 거의 녹지 않았고, 세밑 추위도 매서웠기 때문에 상원사 가는 길은 참으로 어려웠다. 그야말로 만난(萬難)을 뚫고 갔다고 해야 할 것이다. 그들이 이렇게 힘들게 상원사를 찾은 것은 한암 스님을 뵙고자 하는 마음이 그만큼 절실했기 때문이었다. 대원성 보살과 용현의 부모는 저 세상으로 간 아들 형제의 명복을 해가 바뀌기 전에 빌고 싶어서, 대혜성 보살은 수천만 번 바늘을 뽑아 올려서 완성한 수(繡) 가사를 해가 바뀌기 전에 한암 스님에게 공양을 올리고 싶어서였다.

상원사 마당 안으로 들어선 대원성 보살은 걸음을 멈추고 서서 물끄러미 경내를 바라보았다. 그동안 전쟁에 끌려간 남편이나 아들들의 무사귀환을 빌기 위해, 또는 전쟁에서 목숨을 잃은 남편이나 아들들의 명복을 빌기 위해 맡긴 기도비를 한암 스님에게 전달하기 위해서 온 일은 몇 번 있었지만, 자신의 일로 이렇게 기도비를 들고 한암 스님을 찾게 될 줄은 몰랐다. 세브란스 의전에 다니던 용현과 용대는 학도병으로 끌려갔지만 야전병원에서 부상당한 장병들을 치료하는 의사 소임을 맡고 있었다. 이 때문에 그들 형제가 목숨을 잃으리라고는 생각지 않고 있었다.

아린 가슴으로 경내를 바라보던 대원성 보살은 법당 쪽으로 발길을 돌렸다. 부처님께 먼저 인사를 드리고 한암 스님을 뵙기 위해서였다. 그들 일행이 법당 쪽으로 걸음을 옮길 때 행자가 쫓아와서 반갑게 인사를 했다. 상원사의 최대 화주보살 중 하나인 대원성 보살은 상원사 식구들이면 누구나 다 알고 있었다.

"스님들이 정진 중이라서 법당엔 가시지 못합니다. 조실에 가서 기다리시지요."

행자는 조실스님을 찾아온 손님이니 조실로 안내하는 것이 당연하다는 얼굴로 말했다. 대원성 보살은 스님이 계시지 않은 빈 방에 들어가서 기다려도 괜찮을까 하는 생각을 잠시 하다가 행자 말을 따르기로 하고 법당 쪽을 향해 합장을 했다. 그러자 일행도 법당 쪽을 향해 합장을 했다.

"춥다. 어서 들어가자."

대원성 보살은 일행을 데리고 조실로 향해 걸음을 옮겼다. 그러자 행자가 앞에서 부지런히 걸어가더니 조실 문을 열어 주었다.

"끝날 시간이 다 됐습니다. 들어가셔서 잠시만 기다리십시오."

행자는 공손하게 합장을 하고 몸을 돌렸다. 일행은 방으로 들어가서 윗목에 자리를 잡고 앉았다. 냉기가 겨우 가신 방은 언 몸을 녹일 정도는 아니지만 화로 위에 놓여 있는 다관에서 뿜어져 나오는 마가목차 향이 방안의 분위기를 아늑하게 해 주었다. 일행은 입을 다물고 가만히 앉아 있었다. 슬픔이 너무 커서 말을 할 수도 뭔가를 식별할 수도 없었다. 대혜성 보살도 같이 입을 다물고 있다가 벽에 붙어 있는 글자를 천천히 읽었다. 한암 스님이 앉아 계시는 경상 뒤 벽에 붙어 있는 흰 종이에는 다음과 같이 쓰여 있었다.

戒箴

禪定宜以八法而得淸淨

一. 常居蘭若 宴寂思惟
二. 不共衆人 群聚雜說
三. 於外境界 無所貪着
四. 若身若心 捨諸榮好
五. 飮食少欲
六. 無攀緣處
七. 不樂修飾 音聲文字
八. 轉敎他人 令得聖樂

又

持戒以具足八法而得淸淨

一. 身行端直

二. 諸業淳淨

三. 心無瑕垢

四. 志尙堅貞

五. 正命自資

六. 頭陀知足

七. 離諸詐僞不實之行

八. 恒不忘失菩提之心

又

不放逸以八法而得淸淨

一. 不汚尸羅

二. 恒淨多聞

三. 具足神通

四. 修行般若

五. 成就諸定

六. 不自貢高

七. 滅諸爭論

八. 不退善法

諸佛境界 當求於一切衆生煩惱中 諸佛境界 無來無去 煩惱自性 亦無來無去 若佛境界自性, 異煩惱自性, 如來則非平等正覺矣.

"스님 오셨어."

대원성 보살이 자리에서 일어서며 나직이 속삭였다. 그러나 대혜성 보살은 경상 뒤에 붙어 있는 한지에 눈을 둔 채 꼼짝도 하지 않았다. 방으로 들어선 한암 스님을 향해 합장을 하던 대원성 보살은 민망함을 떨쳐내지 못하며 자리에 앉아 있는 대혜성 보살을 바라보았다. 저 사람이 왜 저러지?

한암 스님은 대원성 보살 일행을 향해 미소로 답하며 같이 합장을 했다.

"추운데 오시느라고 고생하셨습니다."

한암 스님의 목소리가 들려도 대혜성 보살은 꼼짝도 하지 않고 처음 자세 그대로 자리에 앉아 있었다.

"스님 오셨어."

대원성 보살이 민망함을 감추지 못하며 조금 큰 소리로 말했다. 그때 한암 스님이 경상 뒤로 걸어가 자리를 잡고 앉았다. 한암 스님의 모습이 시야에 들어오자 대혜성 보살이 어리둥절한 표정을 지으며 자리에서 일어섰다. 현실 감각을 잃고 있는 것 같았다.

"스님, 인사드리겠습니다."

대원성 보살이 이렇게 말하며 절을 하자 일행도 같이 따라서 절을 했다. 합장을 한 채 허리를 반 정도 굽혀서 답례를 하고 난 한암 스님은 대혜성 보살을 바라보았다. 그러던 한암 스님이 대혜성 보살에게 물었다.

"무엇을 보고 있었는가?"

한암 스님의 질문을 듣고 놀란 사람은 대원성 보살이었다. 그동안 몇 차례 대혜성 보살과 함께 한암 스님을 찾아왔지만 이렇게 남자 제자한테 말을 걸듯 '하게'라고 하시는 건 처음 보았기 때문이었다.

"모든 부처님의 경계는 마땅히 일체 중생의 번뇌 속에서 찾아야 한다. 모든 부처님의 경계는 옴도 없고 감도 없는 것이며, 중생의 번뇌자성도 또한 옴도 없고 감도 없는 것이다. 만일 부처님 경계의 자성이 중생의 번뇌자성과 다르다면 여래는 곧 평등정각이 아니라고 하셨는데 그렇다면 선정을 닦기 위해 실천할 8법 즉

　1. 항상 절에 거하면서 고요히 앉아 사유할 것

　2. 사람들과 휩쓸리지 않으며 무리지어 잡담하지 말 것

　3. 바깥 세계에 대해 탐착하지 말 것

4. 몸과 마음에 모든 영화로움과 호사함을 버릴 것

5. 음식에 대해 욕심내지 말 것

6. 밖으로 반연처를 두지 말 것

7. 음성과 문자를 꾸미지 말 것

8. 타인에게 부처님 가르침을 펴서 성락(聖樂)을 누리게 할 것

등은 무엇을 없애기 위한 노력입니까?

청천 하늘에 떠 있는 먹구름은 어디서 온 것입니까?

1. 몸과 행동을 단정하고 바르게 한다.

2. 모든 업을 깨끗이 한다.

3. 마음에 때가 묻지 않게 한다.

4. 뜻은 고상하게, 지조는 굳게 가진다.

5. 정명(正命)으로 스스로 바탕을 삼는다.

6. 두타행으로 자족한다.

7. 모든 거짓과 진실치 못한 행동에서 떠난다.

8. 항상 보리심을 잃지 않는다.

지계(持戒)는 여덟 가지 법을 구족하게 하여 청정함을 얻는다 하셨는데, 팔법을 지켜 청정함을 얻어야 하는 이 더러움은 어디서 온 것입니까?

1. 계율을 더럽히지 않는다.

2. 항상 깨끗이 하고 많이 듣는다.

3. 신통을 구족한다.

4. 반야 지혜를 수행한다.

5. 모든 선정을 성취한다.

6. 스스로 자신을 높이지 않는다.

7. 모든 쟁론을 일삼지 않는다.

8. 선법(善法)에서 물러서지 않는다.

부처님 경계의 자성이 중생의 번뇌 자성과 다르다면 여래는 곧 평등정각이 아니다 하셨는데, 청정에 들기 위해 방일하지 않고 팔법을 실천해야 하는 이유는 어디 있습니까?"

질문을 한 대혜성 보살은 입을 꼭 다물고 한암 스님을 쳐다보았다.

"묻고 있는 자네가 그 답일세."

한암 스님이 미소를 지으며 답했다.

"……."

대원성 보살은 놀란 눈으로 한암 스님과 대혜성 보살을 번갈아 바라보았다. 대혜성 보살을 가리켜 자네라는 표현을 쓰며 '하게'라고 하시는 한암 스님도 놀랍고, 벽에 붙어 있는 계잠(戒箴)을 쳐다보지도 않고 줄줄 외워서 질문을 하는 대혜성 보살도 놀라였다.

"이 추운 세밑에 어떻게 오시었소?"

잠시 침묵이 흐르자 한암 스님은 평상시의 표정을 지으며 손님들을 바라보았다. 평상시의 표정으로 돌아가긴 했지만 스님은 맛있는 음식을 먹고 난 사람처럼 흐뭇한 표정을 감추지 않고 있었다.

"우선 가사부터 내놓지."

대원성 보살이 귓속말로 했다.

"네."

대혜성 보살도 평상심으로 돌아온 듯 다소곳한 표정을 지으며 붉은 비단 보자기에 싼 가사를 한암 스님 앞으로 내놓았다. 그리고 공손하게 두 손으로 받쳐서 경상 위에 올려놓았다.

"스님 가삽니다. 동생이 수를 놓아서 준비한 홍가사입니다."

대원성 보살이 대신 설명했다.

"……."

한암 스님은 다소곳이 고개를 숙이고 있는 대혜성 보살을 잠시 바라보다가 경상 위에 놓인 비단 보자기를 풀었다. 한지로 겹겹이 싼 가사를 조심스럽게 푼 한암 스님은 그 안에 든 가사를 물끄러미 내려다보았다. 그때 대혜성 보살의 눈 속으로 펼친 가사가 들어왔다. 창호지 문을 통해 들어온 햇볕처럼 눈 속으로 빨려

들어온 가사는 선명하게 머릿속에 박혀졌다. 흡사 머릿속에 사진을 찍어 놓은 것 같았다.

대혜성 보살은 고개를 갸웃했다. 그러던 대혜성 보살은 벽에 붙어 있는 계잠과 그 밑에 쓰여 있는 글자들도 지금처럼 자신의 눈 속으로 빨려 들어와 머릿속에 박혔었다는 생각이 들었다. 자신이 벽에 있는 글자를 보지 않고도 스님께 질문을 할 수 있었던 것도 그래서였다는 것을 비로소 알았다.

대혜성 보살이 어리둥절하며 주위를 둘러보았다. 고개를 숙이고 있는 대원성 보살, 용현의 어머니, 용현의 아버지 모습이 그대로 머릿속에 박혀졌다. 그런데 이상한 것은 그들이 느끼고 있는 슬픔도 그대로 자신 속에 박혀지는 것이었다. 대혜성 보살은 비로소 그들이 느끼고 있는 슬픔의 무게가 어떤 것인지 이해되었다. 이분들이 느끼고 있는 슬픔이 이렇게 아리고 쓰린 것이었구나! 함께 슬퍼하고 함께 동행했지만 용현의 부모들이 느끼는 슬픔을 자신은 모르고 있었다는 것을 비로소 알았다.

"계잠(戒箴)을 가지고 수행하면 공부 재미를 알 수 있습니다. 무엇과도 바꿀 수 없는 재미지요."

한암 스님이 말했다. 대혜성 보살은 그 말이 자신에게 하는 말임을 알았다.

"노력하겠습니다."

대혜성 보살은 두 손을 모아 합장하며 공손히 머리를 숙였다. 한암 스님과 자신만이 교류되는 그 무엇이 있다는 것을 느꼈다.

"두 분은 처음 오신 것 같은데… 이 추운데 어떻게 오셨습니까?"

한암 스님이 용현의 아버지와 어머니를 바라보며 물었다. 한암 스님이 그들이 여기에 온 용무를 알면서 묻고 계신다는 것을 대혜성 보살은 알았다.

"저희 집에서 형제처럼 살고 있는 내외인데… 얼마 전에 아들의 전사통보를 받았습니다. 그래서 아들의 명복을 빌고 싶어서 왔습니다."

대원성 보살이 대신 설명했다.

"애석한 일입니다. 조용히 마음을 가라앉히고 기도에 전념하십시오. 그러면 두 아들이 부모님 가까이에 다시 오게 될 겁니다."

한암 스님이 나직이 말했다. 대혜성 보살은 아니, 대혜성 보살뿐 아니라 대원성 보살도 그 말이 환생을 의미한다는 것을 알았다.

"고맙습니다, 스님. 죽을힘을 다해 기도하겠습니다."

대원성 보살이 벅찬 기쁨을 참지 못하고 울먹이며 말했다. 용현과 용대를 다시 볼 수 있다면 무슨 일인들 못 하겠는가?

"우리가 지극정성으로 기도를 하면 용현이와 용대가 자네들 가까이 다시 온다네. 스님이 일러주시는 대로 죽을힘을 다해서 기도하세."

대원성 보살은 옆에 앉아 있는 용현의 아버지 손을 꼭 잡으며 말했다.

"네, 하겠습니다. 시키시는 대로 다 하겠습니다."

용현의 아버지도 들뜬 음성으로 화답했다. 대혜성 보살은 들떠 있는 세 사람을 보며 잠시 의문에 잠겼다.

'대원성 보살은 분명히 아들이라고 했는데, 스님은 두 아들이 부모님 가까이 오게 될 것이라고 하셨다. 어떻게 두 아들이 전사한 것을 아셨지?'

"기도비를 조금 준비해 왔습니다. 그리고 이건 다른 사람들이 저한테 맡긴 기도빕니다."

대원성 보살이 비단 보자기에 싼 돈을 내놓으며 말했다.

"그럼 요사채에 가서 잠시 쉬십시오. 자네가 방을 안내해 드리게."

한암 스님은 시자스님한테 시키고 나서 오른손에 들고 계시던 단주를 조용히 굴렸다. '달그닥달그닥' 굵직한 박달나무 알이 한암 스님의 손 안에서 굴려졌다. 중생들의 절박한 염원을 담고서.

설날 아침, 법당에는 산내에 있는 비구들이 운집해 있었다. 산내뿐 아니라 한암 스님에게 새해 세배를 드리기 위해서 찾아온 스님이나 상단법문을 들으려고 일부러 상원사를 찾아온 스님들도 있어서 법당은 스님들로 가득 차 있었다. 모두 조용히 기다리고 있을 때 한암 스님이 시자스님의 부축을 받으며 법상에 올랐다. 장삼 위에 대혜성 보살이 수놓은 홍가사를 두르고 있었다(이 홍가사는 한암 스님이 비구들에게 상단법문을 한 새해 첫날 단 한 번 입으셨다고 한다).

법상에 오른 한암 스님은 좌중을 한 번 둘러본 후 다음과 같은 사자후를 여셨다.

오늘은 비구에 대해 말하려 하오.

비구는 범어(梵語)로, 이 말을 번역하자면

깨끗하게 계행을 지킨다.

번뇌를 파해 없앤다.

능히 마군을 두렵게 한다.

또는 능히 여섯 감각기관의 도적을 쳐부순다의 뜻이 되고

또는 다툼을 없앤다는 뜻도 되오.

다툼을 없애기 때문에 화합이요, 화합하기 때문에 승보가 되고 인천의 복전이 되나니, 자성(自性)을 깨달아 닦으면 중생들을 제도하

며, 국가를 복되게 하고, 세상을 도우며, 불법을 도와 중생들을 교화할 수 있기 때문이오.

이것이 반대로 되면 불법광명을 드날리지 못하며, 국복(國福)을 유지하지 못하며, 중생을 제도하지 못하며, 자성을 깨닫지 못하며, 인천의 복전이 되지 못하며, 승보도 아니어서 필경에는 자기 하나도 구제하지 못하니 어찌 통탄하고 애석하지 않겠는가.

그러므로 우리 비구들은 삼가고 부지런히 닦아 옳고 그름과, 나다 너다 하는 견해를 영원히 끊고 다시는 저 성냄과 자만심을 일으키지 않아야 하오.

또한 항상 모름지기 선열(禪悅)에 만족하며, 겸손하여 스스로를 길러 자비와 인욕을 키우며 지혜의 몸을 성취하여 영원히 물러섬이 없게 한다면 어찌 위대하고 통쾌한 것이 아니겠소.

비록 그러하나 자, 한번 말해 보시오. 이것이 지혜의 몸을 성취함인가, 성취하지 못함인가? 성취하고 성취하지 못함은 접어두고 어떤 것이 지혜의 몸인가?

만고의 푸른 못 허공의 달을
몇 번씩이나 건져줘 봐야 비로소 알 것인가?

한암 스님은 엄숙한 표정으로 좌중을 둘러보다가 들고 있던

주장자로 법상을 '쾅 쾅 쾅'하고 세 번 쳤다. 좌중은 자리에서 일어나 한암 스님을 향해 3배를 올렸다. 비구가 비구에게 올리는 지극한 공경심, 한암 스님은 제자들의 공경심을 한몸에 받을 만큼 비구로서의 인생을 잘 영위해 왔다. 이처럼 비구로서의 인생을 잘 영위하기 위해 사투를 벌인 것이 한암 스님의 인생이었는지도 모른다. 그럼에 있어 지금 이 자리에서 무엇이 두렵겠는가?

제8장

해방, 그 공간 안의 불교

1945년 8월 15일 아침 해가 떴다.
모든 어둠을 몰아내고 떠오른 아침 해,
항복을 알리는 일본 천황의 목소리가 라디오 전파를 타고 흘러나오자
세상은 삽시간에 흥분의 도가니로 바뀌었다.

1945년 8월 15일 아침 해가 떴다. 모든 어둠을 몰아내고 떠오른 아침 해, 항복을 알리는 일본 천황의 목소리가 라디오 전파를 타고 흘러나오자 세상은 삽시간에 흥분의 도가니로 바뀌었다. 서로 부둥켜안고 울고 웃으며 거리로 뛰쳐나온 군중이 태극기를 흔들며 '대한독립 만세'를 목이 터져라 외쳤다. 남녀노소가 어우러져 거리를 행진하고 방방곡곡은 흥분한 인파로 넘쳐났다. 그러나 환희의 소용돌이도 잠시, 해방된 공간 한반도는 돌이킬 수 없는 파국으로 치달아 가고 있었다. 그것은 민족의 분단, 국토의 분단이었다.

　　역사에서 가정은 무의미한 것이지만, 이 무렵 남북으로 분단되지 않을 수 있는 방안은 세 가지 정도가 있었다.
　　첫째, 중경에서 김구가 이끌었던 임시정부의 광복군이 연합군에 편제되어 본토 수복에 참여하는 것이다. 그랬다면 우리는 연합국의 일원으로서 광복 이후의 패전국 문제를 논의하는 자리에 당당하게 참여할 수 있게 된다. 임시정부에서 양성한 광복군이 연합군과 특수훈련을 마치고 일주일 뒤 본토 참전을 앞둔 상황에서 해방이 되었다. 김구는 이 소식을 듣고 땅을 치며 통곡했다. 천재일우의 기회를 놓친 때문이었다.

둘째, 임시정부가 국제사회의 공인을 받는 것이다. 그랬다면 임시정부는 국내로 들어와서 총선거를 주관할 수 있는 권한을 가지게 된다. 임시정부가 총선거를 관장하였다면 남북 분단 상황은 도래하지 않았을 것이다. 왜냐하면 임시정부가 망명정부 자격으로 귀국하여 총선거를 주관한 후, 새로 수립한 정부에 정권을 이양할 수 있기 때문이다. 그러나 임시정부는 국제사회에서 승인을 받지 못하고 요인들은 개인 자격으로 귀국하였다.

셋째, 해방 공간에서 좌익과 우익이 신탁통치 찬성과 반대로 나뉘어 격렬한 대립이 진행될 때 중간파가 집권하는 것이었다. 여운영과 김규식 같은 중간파가 집권을 하였다면 좌우익을 통합할 수 있었기 때문에 남북 분단은 일어나지 않았을 것이다. 그러나 중간파는 결국 정권을 잡을 수 없었다. 이성적이고 합리적인 중도세력은 항상 목소리를 크게 내지 않기 때문이다.

그럼 광복 후 불교계는 어떠하였을까?

1945년 8월 19일, 범어사의 김법린은 몇 명의 승려들을 대동하고 태고사(현 조계사)를 방문하여 당시 종무총장이었던 이종욱과 조선불교 조계종 간부들로부터 종권을 인수하였다. 김법린은 조계종의 종지를 모으기 위해서 '조선불교혁신위원회'를 구성하고 전국승려대회 개최를 준비하였다. 조선불교혁신위원회는 위원장에 김법린, 총무위원 유엽, 오시권, 정두석, 박윤진, 참획부 위원장 김적음, 고문 송만공, 송만암, 설석우, 김구하, 김경산, 백경하, 장석상, 강도봉, 김상월 등이었다.

그들은 사전에 전국 31본사 가운데 27개 본사에서 79명을 선정하고 사람을 파견하여 승려대회 개최에 대표를 파견해 줄 것을 요청하였다. 그 가운데 황해도와 평안남도의 본사가 불참하였다. 이미 38도선이 그어졌기 때문에 왕래가 자유롭지 못해서였다. 불교혁신위원회는 승려대회에서 심의할 안건을 준비하는 참획위원 24명을 선발하여 교정 전반에 관한 검토를 진행하였다.

9월 22일, 태고사(현 조계사) 대웅전에서 79명 가운데 60명이 참석하여 승려대회가 개최되었다. 승려대회의 사회는 유엽이 보았는데 이날 의장에 박영희가 선출되었다. 이날 심의한 안건은 다음과 같다.

첫째, 조계종명의 폐지로, 1941년 성립된 조계종은 일본총독부의 사찰령에 의해 설립되었으므로 폐지하고 '조선불교'로 하기로 결정하였다.

둘째, 일제가 제정한 사찰령을 폐지하고, 조선불교총본산태고사법과 31본말사법도 폐지하였다. 서울에는 집행부로 중앙총무원을 두어 불교계를 총괄하게 하고, 지방은 13개의 교구로 나누고 각 교구에 교무원을 두어 해당 지역의 사찰을 관할하게 하였다. 입법부로는 교구 대의원으로 구성된 중앙교무회를 두고 감찰부로는 중앙감찰원을 두었다. 이날 회의에서 지금의 종정에 해당하는 교정에 박한영, 중앙총무원장에 김법린, 감찰원장에 박영희가 선출되었다.

셋째, 혜화전문학교와 전국 불교재산 통합 건, 모범총림 창설 건, 광복사업 협조 건, 교헌기초 건 등을 토의하였다. 이러한 사안들은 대부분 남한에서 일어난 사안들이고 북한에서는 '북조선불교총무원'이라는 단체가 성립되었지만 당국의 정치 노선에 적극 협조하겠다는 조건 하에 주요 사찰의 토지를 일부 반환받아 겨우 명맥을 유지하는 정도였다. 그리고 이 회의에서 일제 말기 종무총장을 지냈던 이종욱에게 승권 정지 3년이라는 징계를 내렸다. 부일협력자로 지목되었기 때문이었다. 중앙총무원은 혜화전문학교 재단인 조계학원을 인수하고 1945년 11월 30일에 허영호를 교장으로 하여 개교하였다. 그 후 조계학원에 대한 증자가 결정되었고, 1946년 9월 20일에는 동국대학교로 승격되었다.

전국승려대회에서 결정한 안건 중 주목할 만한 것은 대처 중심으로 운영되었던 교단조직을 비구 중심으로 바꾸려고 시도하였다는 것이다. 즉 이날 토의된 내용을 보면, 산세가 수려한 사찰을 정하여 모든 조직을 비구 중심으로 하고 그 관리도 비구 중심으로 한다는 내용이 포함되어 있었다. 훗날 대처 중심의 교단조직을 비구 중심의 교단조직으로 전환하기 위해 불교계가 치른 홍역은 참으로 엄청난 것이었고, 그 출발점은 1945년 9월 태고사(현 조계사) 대웅전에서 치러진 전국승려대회였음을 알 수 있다.

우리나라는 해방 직후 자주 독립적인 나라를 건설하지 못하고 3년간 미군의 통치를 받았다. 이 시기를 미군정기라고 한다. 미국은 영국에서 건너간 청교도들이 세운 나라이기 때문에 기독교 국가이다. 따라서 미군정기 때 우리나라의 근간은 기독교 우대로 짜일 수밖에 없었다. 미군정은 한국을 통치하기 위해 영어를 잘하는 한국 사람을 기용하게 되는데, 이 시기 영어를 잘하는 사람은 미국 선교사들에 의해 미국에 가서 교육을 받고 온 기독교인이 대부분이었다. 미군정의 하지 중장은 노기남 주교에게 사람을 보내 한국의 지도급 인사 명단을 작성해 줄 것을 부탁했다. 그때 노기남 주교는 60명의 지도급 인사 명단을 작성해 주었는데, 이에 기반하여 과도입법의원 90명 가운데 개신교인이 21명이나 선발되었다.

미군정의 종교정책은 '공인교정책'이었다. '공인교정책'이란 국가에서 공식적으로 인정하는 종교에 대해서만 각종 혜택을 부여하는 정책이다. 미군정이 공식적으로 인정하는 종교는 기독교와 천주교였고, 이에 의해서 기독교와 천주교는 한국 내에서 명실상부한 기득권을 획득할 수 있었다. 크리스마스가 공휴일로 제정된 것도 이에 의해서였다.

1945년 12월부터 형목제도가 실시되었는데 전국 18개 형무소 교도과장직에 목사가 임명되었다. 이들은 공무원 월급을 받고 자신들의 종교를 선교하는 특권을 독점적으로 누려오다가 제2공화국이 들어서면서부터 타 종교의 반발로 무보수 촉탁신분으로 교도소 선교를 계속했다. 1947년 3월부터 기독교인들은 공영방송이던 서울방송을 통해 일요일마다 기독교 교리를 전파할 수 있는 특권을 누리게 되었다. 그런 그들은 제1공화국을 탄생시키는 선거일이 1948년 5월 9일로 정해지자 주일에 선거를 할 수 없다고 강력히 반발해 선거일을 5월 10일로 변경하게 했다.

미군정은 일본인들이 남기고 간 적산재산 처리 과정에서도 기독교인들이 유리하도록 힘을 실어 주었다. 일본 기독교인들이 남기고 간 재산은 한국 기독교인들에게, 일본 불교인들이 남기고 간 재산은 한국 불교인들에게 불하한다는 원칙을 세우고 있었지만 실제 운용에 있어서는 그렇지 않았다. 서울 지역만 하더라도 불교계의 40여 개 적산가옥 가운데 불교계가 사용한 것은 11개에 지나지 않았다. 미국 유학을 다녀온 한경직, 송창근, 김재준 목사 등이 천리교의 적산을 양도받아 오늘날 개신교의 발전 토대를 마련한 것이 그 대표적인 예다. 광복 이후 기독교 우대정책은 미군정을 거쳐 이승만 정부 때도 지속적으로 이어져 왔다.

1948년 4월 8일, 내장사에 주석하던 박한영 교정이 입적하였다. 박한영 스님은 중앙불전 교장을 역임한 강백으로 광복과 더불어 1945년 9월 22일에 전국승려대회에서 교정으로 추대되었다. 일제 잔재를 청산한다는 취지에서 치러진 전국승려대회는 기존 집행부를 해체하고 새로운 집행부를 탄생시켰다. 그 과정에서 교정도 방한암 스님에서 박한영 스님으로 교체되었다. 박한영 스님이 입적하자 그해 6월 집행부는 다시 방한암 스님을 교정으로 추대하였다. 이로써 한암 스님은 네 번째로 교정에 추대되었다. 한 스님의 생애에서 네 번에 걸쳐 종정에 추대된 것은 전무한 일이다. 아마도 이런 일은 앞으로도 있기가 어려울 것이다.

그렇다면 가장 암울했던 시기에 우리 불교계는 왜 한암이라고 하는 한 분의 스님을 그토록 필요로 했던가? 이 물음에 대한 답을 찾아보는 일은 불교라고 하는 한 종교를 이해하는 데도 도움이 될 것 같아 미흡하나마 그 답을 찾아보려고 한다.

한암 스님은 1876년 강원도 화천에서 태어났다. 1876년은 고종황제가 아버지인 대원군의 섭정에서 벗어나 스스로 군주로서의 집권을 장악했던 시기다. 그러니까 한암 스님은 조선의 마지막 왕조인 고종황제 때 태어나서, 한일합방이라는 치욕의 역사를 목격하였고, 일제강압시대를 거쳐, 대한민국의 탄생을 맞았다. 그리고 동족상잔의 전쟁이 치러지는 현실도 직접 목도하였다. 참으로 난세 속에서 한 생을 살다 가셨다. 난세란 말 그대로 험난한 세상이다. 세상이 험난하면 그 속에 살고 있는 모든 사람들의 삶도 험난할 수밖에 없다. 물론 불교도 예외일 수 없다. 이런 난세 때는 탁월한 지도자를 필요로 한다. 불교계도 탁월한 지도자를 필요로 했고, 그 탁월한 지도자로 방한암 스님을 선택했던 것이다.

한암 스님은 50세 되던 해에 '내 차라리 천고(千古)에 자취를 감춘 학이 될지언정 춘삼월(春三月)에 말 잘하는 앵무새의 재주는 배우지 않겠노라.'는 말을 남기고 오대산 상원사로 들어가서 열반에 드실 때까지 산문 밖을 나오시지 않은 분이다. 스스로 자취를 감춘 학이 되기로 결심하고 은둔의 길을 택하신 것이다. 그런 스님을 왜 불교계는 네 번에 걸쳐서 교정으로 모신 것일까? 교정은 지금의 종정을 말한다. 종정은 종단의 최고 상징적 존재이다.

세상에 나오지도 않았고, 스스로 종정이 되고자 뜻을 세운 바도 없는 스님을 불교계가 굳이 상징적 존재로 모시고자 했던 이유가 무엇이었을까?

한암 스님은 선사로 호칭된다. 스님의 본모습은 선사이다. 한암 스님은 오대산 상원사로 들어오시기 이전, 참선수행을 통해 네 번에 걸쳐 깨침을 얻으셨다고 한다. 하지만 스님은 선만을 주창하시지 않았다. 당신 자신이 항상 경전을 탐구했고, 후학들에게도 경전을 탐구하도록 가르쳤다. 오대산 상원사는 국내 최고의 선도량이지만 그 안에서는 늘 경전강독이 이어졌다. 수좌들이 선방에서 왜 경전을 가르치느냐고 강력히 반발했지만 스님은 당신의 뜻을 굽히지 않았다. 선(禪)은 부처님의 마음이고, 교(敎)는 부처님의 말이라고 한다. 말은 마음에 이르게 하는 이정표와 같으므로 오대산 상원사에서는 수좌들에게 선뿐 아니라 교도 함께 수학하게 했다. 선(禪)과 교(敎), 정(定)과 혜(慧)를 함께 닦아가는 수행법을 실천에 옮기며 살았다.

한암 스님은 계율을 청정히 지킨 율사였다. 말과 행동이 계율에 어긋나지 않게 된 때가 언제부터였는지는 모르지만 한암 스님은 계율을 지키기 위해 따로 노력하지 않았다. 몸에 잘 맞는 옷처럼 계율은 스님의 삶과 잘 어우러져 스님을 늘 편안하게 했다. 계율이 스님을 구속한 것이 아니라 편안하게 한 것이다. 불교에서는 삼학(三學)이라 해서 계(戒)·정(定)·혜(慧)를 꼽는다. 계·정·혜를 고루 갖추신 스님, 삼학을 균등히 누리고 계신 한암 스님은 당연히 존경을 받을 수밖에 없었을 것이다.

스님이 오대산으로 들어오신 후 산중스님들에게 가장 강조하신 것이 승가 오칙이었다. 승려라면 반드시 참선 공부와 경전 공부를 해야 하고, 염불과 의식 집전을 할 수 있어야 하며, 자신이 몸담고 있는 가람을 수호해야 한다는 것이다. 이 승가 오칙은 말하자면 중이 됐으면 중답게 살아야 한다는 당신의 철학을 표방한 것이라고 할 수 있다. 그러면서 스님은 인과를 알면 중노릇을 잘못하라고 시켜도 잘못할 수 없게 된다고 했다. 승려가 됐으면 승려답게 살아야 세인의 존경을 받을 수 있다. 그것은 승려 스스로를 존엄하게 지키는 길이며, 일본인들로부터 조선불교를 존엄하게 지키는 길이다. 스님은 이러한 사실을 너무도 잘 알고 있었기 때문에 같은 산중에서 살고 있는 스님들만이라도 승가 오칙을 지키도록 독려했던 것이다.

그리고 또 한 가지 한암 스님을 말함에 있어 꼭 짚고 넘어가야 할 것은 스님이 사리에 밝았다는 것이다. 사리에 밝다는 것은 현실을 인식함에 있어서나 그것을 처리함에 있어 투철한 안목을 지니고 있었다는 것이다. 한암 스님은 오대산 산중에 칩거하고 있었지만 세상 돌아가는 일에 어둡지 않았다. 늘 세상의 중심에 선 듯한 자세로 세상과 소통하고 있었다. 이런 경우는 다른 고승들에게선 찾아보기 어렵다.

우리는 흔히 세상과 담을 쌓고 유유자적하게 사는 분을 고승이라고 칭송하는 경우가 있다. 세상과 담을 쌓고 유유자적하게 사는 분도 고승일 수는 있지만, 그러나 그렇게 사는 분은 우리하고는 아무 상관이 없다. 세상과 상관없이 사는 고승이 우리에게 무슨 의미가 있으며, 그런 고승을 끌어안고 있는 종교가 우리와 무슨 관계가 있겠는가? 조선불교가 조선불교답기 위해 몸부림칠 때마다 한암 스님을 찾은 것은 이런 연유 때문일 것이다.

한암 스님은 산중에 칩거하고 있었지만 당신을 필요로 하면 외면하지 않고 손을 잡아 주었다. 당신이 선 자리가 세상의 중심이기 때문에 스님은 세상을 떠나지 않고 살고 계셨다. 흔히 한암 스님을 가리켜 세상을 등진 선사로 평가하는데 이는 한암 스님을 제대로 이해하지 못한 소치라고 본다.

한암 스님은 봉은사 조실 자리를 놓고 서울을 떠날 때 개성 선죽교를 찾아 나라 잃은 백성의 슬픔을 탄식했고, 불교계가 자신을 필요로 하면 거절하지 않고 소임을 맡았다. 그러면서 조선불교를 조선불교답게 지키기 위해 최선의 노력을 다하셨다. 이런 스님이 어떻게 세상을 등진 채 은둔한 선사이기만 하다는 것인가?

한암 선사의 선사상

한암 선사(漢岩禪師)의 선사상(한암선漢岩禪)은 화두를 참구하는 간화선이다. 그가 참구했던 화두는 무자화두이다. 한암 스님은 무자화두를 참구하는 방법에 대하여 "화두를 들 때는 급하지도 느슨하지도 않게 하는 것이 가장 중요하다. 너무 애를 쓰면 집착이 되고 그렇다고 망각하면 화두가 참구되지 않는 무명(無明)에 빠지게 된다. 갖가지 의문을 한 의문으로 만들어서, 고양이가 쥐를 잡듯이, 암탉이 알을 품듯이, 그리고 배고플 때 음식을 생각하듯이, 목마를 때 물 생각하듯이 일심으로 참구하라. 사량 분별심과 지해(知解, 알음알이)를 모두 놓아 버리고, 한 치의 번뇌 망상도, 하나의 티끌도 일어나지 못하게 해야 한다. 다만 모든 분별심(情識)을 다 끊고, 또 화두에 대하여 특별히 성스럽다는 생각도 내지 말고, 성성역력(惺惺歷歷)하게 하고, 밀밀면면(密密綿綿)하게 하여야 한다."라고 '화두를 드는 방법(擧話方便)'에서 말하고 있다.

이와 같이 한암 선사의 수행법은 간화선이지만, 선사상적으로 본다면 간화선 이전의 조사선에 가깝다고 할 수 있다.

이것은 한암 선사가 여러 선승들과 나눈 선문답에서 볼 수 있다. 그가 선문답에서 사용하고 있는 선어를 보면 '아시송뇨(屙屎

送尿)', '적과후장궁(賊過後張弓)', '끽요삼십방(喫了三十棒)', '적양
화 적양화(摘楊花 摘楊花)', '석인목계(石人木雞)', '노봉달도인(路逢
達道人)'등으로, 주로 당말오대 조사선 흥성기에 사용되었던 선어
라는 것이다. 특히 그 가운데 아시송뇨(屙屎送尿), 착의끽반(著衣喫
飯)은 조사선을 대표하는 말이기 때문이다.

한암 선사는 선승이었지만 선(禪)에 치우치지 않은 선승이다.
그는 항상 수행자들에게 계정혜 삼학(三學)을 같이 닦을 것을 강
조했고, 정혜쌍수(定慧雙修)를 강조했다. 그 이유는 선정(定), 즉 좌
선만 하면 지혜(慧)가 부족해서 정견(正見, 바른 견해, 안목)을 갖출
수 없고, 지혜만 갖추면 선정(禪定), 실천(定)이 부족하기 때문이
다. 또 아무리 지혜와 선정력이 뛰어나다고 해도 계율을 지키지
않으면 사상누각(砂上樓閣)이 될 수밖에 없기 때문이다. 계율(戒)
과 좌선수행(定), 그리고 반야지혜(慧), 이 세 가지(三學)를 함께 갖
추었을 때, 비로소 인격을 갖춘 붓다가 될 수 있다.

한암 선사가 강조한 정혜쌍수(定慧雙修)는 육조 혜능 선사의
《육조단경(六祖壇經)》과 고려 보조 국사 지눌(普照知訥, 1158-1210)
의 《보조법어(普照法語)》로 전수해 오는 선의 정통이라고 할 수 있
다. 이것이 한암 선사가 여타 선승들과는 확연하게 다른 점이라
고 할 수 있다.

제9장

부촉, 이별의 준비

"나뭇잎이 낙엽이 되어 스스로 몸을 떨어뜨리려 하는 것은
새잎을 맞이하기 위한 준비의 과정일 뿐, 서러워할 일도 아쉬워할 일도 아니지요."

사시예불을 드린 후면 한암 스님은 잠시 법당에 남아서 나라의 융성을 비는 기도를 드렸다. 기도 시간은 10분 정도, 바싹 마른 74세의 노(老)스님이 하루도 빠지지 않고 나라의 융성을 위해 기도드리는 모습은 처연한 숭고함 같은 걸 느끼게 했다. 나라는 집과 같아서 집이 비바람을 막아주지 못하면 그 안에 사는 백성들이 고달플 수밖에 없다. 그것은 긴 세월동안 경험을 통해서 누구나 익히 알고 있는 사실이다.

해방 전에는 관음정근을 하면서 백성들의 작복(作福)을 빌었다. 복 없는 백성들이 모여 있으면 모두가 힘들다. 복을 지어야 개인도 전체도 숨을 돌리고 살 수 있다. 광복 전에는 당신 자신도 관음정근을 하면서 백성들의 작복을 빌었지만 만나는 사람들에게도 그렇게 하도록 권했다. 스님이든, 재가자든, 어른이든, 아이든, 누구를 막론하고 그렇게 권했다. 작복도 복이 있어야 한다. 작복할 복도 없으면 기도를 통해 불보살님께 매달릴 수밖에 없다. 그래서 모두에게 관세음보살한테 매달리라고 권했던 것이다.

한암 스님이 관음정근을 권하면 수좌들은 대개 반감을 나타냈다. 일도양단의 정진력으로 화두를 타파해야 할 수좌들한테 관음정근으로 작복을 빌라니! 있는 복도 버려야 할 수좌들한테 작복을 위해 관음정근을 하라는 한암 스님의 당부는 얼토당토않게 들렸을지도 모른다.

그러나 복이 없어 당하는 고통을 안다면 누가 감히 복을 가벼이 말할 수 있겠는가? 그 사실을 알면서도 복을 가벼이 말할 수 있다면 그 사람 가슴은 자비의 종자가 뿌리 내릴 수 없는 동토의 땅일 것이다. 생명을 살려 낼 수 없는 동토의 땅, 그런 가슴을 가지고도 깨침을 얻을 수 있다면, 그 깨침은 세상 사람들하고는 상관없는 일이 되고 말 것이다. 아니 어쩌면 깨침을 얻겠다는 생각 자체가 언어도단일 수밖에 없는 것일지도 모른다. 깨침은 지혜와 자비가 균등할 때 이르게 되는 것이므로, 그리고 그러할 때 생명력을 가질 수 있는 것이므로.

10월 10일, 총무원 직원 박성도가 9월 29일에 총무원에서 일어난 불상사에 대해 교정스님께 보고를 하기 위해 상원사를 찾았다. 조실에서 인사를 마친 박성도는 다음과 같은 보고를 한암 스님에게 드렸다.

"지난달 29일에 유엽, 한보순, 장도환, 이덕진 등이 자신들을 지지하는 40여 명의 종도들을 이끌고 종단사무소를 진입하여 총무원장(박원찬)을 감금하고 사표를 내도록 협박하면서 종단사무소에 있던 현금을 접수하였습니다."

유엽, 한보순, 장도환, 이덕진 등은 광복 직후 종단의 간부들이었는데 종권을 상실하자 이에 불만을 품고 집행부를 퇴진시키려 했던 것이다.

보고를 받은 한암 스님이 입을 굳게 다물고 말이 없으시자

"그들이 종단사무소를 습격한 것은 종단사무소 안에 사회주의자가 있는데 총무원장이 그 사실을 알면서도 방임했다는 것입니다."

보고를 마친 박성도는 고개를 떨어뜨리고 앉아 있었다. 그런 보고를 드려야 하는 자기 자신이 불경스럽게 느껴지는 것 같았다.

"……."

한암 스님은 입을 굳게 다문 자세 그대로 앉아 계셨다. 이제 광복이 되었는데, 불교를 바로 세우기 위해 할 일이 태산 같은데, 벌써부터 종권을 놓고 난동을 부리다니…. 참으로 안타까웠다. 박성도로부터 총무원 난동사건의 보고를 받은 한암 스님은 다음과

같은 교시를 내렸다.

"청정한 자비심으로 여법(如法)하게, 공의(公儀)로 문제를 해결하여, 교단에 오점을 남기지 않도록 하라."

한암 스님의 교시를 받은 종도들은 다음과 같이 말했다.
"특명서 문구는 매우 간단하나 요즘같이 혼란 무질서한 때에 우리의 흥분되고 착란한 머리를 시켜주시는 일대 청량제임을 다시금 음미하게 된다."

그 당시 종도들이 말한 것처럼 한암 스님이 내린 교시는 매우 간단하다. 그리고 내용도 누구나 할 수 있는 일상적인 것이다. 그런데 종도들은 그 교시를 흥분되고 착란한 자신들의 머리를 식혀주는 청량제로 받아들이고 있다. 왜일까? 그것은 말한 사람의 삶이 진실하기 때문일 것이다. 말을 한 사람이 자신이 한 말과 여일하게 살 때 비로소 그 말에는 무게가 실린다. 이렇게 무게가 실린 말만이 사람을 바꾸고 세상을 바꿀 수 있다.

석양을 받은 창호지문이 환하게 밝아 있다. 스산한 바깥 날씨와는 달리 방안은 따뜻하고 아늑하다. 한암 스님과 제자 탄허 스님은 마주 앉아서 서로 담소를 나누고 있었다. 두 분 앞에는《화엄경》이 놓여 있다.

"세계(우주)의 선정, 세계(우주)의 자비와 일체하는 것이 화엄의 체험이라는 말씀입니까?"

탄허 스님이 물었다.

"그러네."

"그 말씀은 무아의 경지에 들어서야 된다는 말씀 아닙니까?"

탄허 스님이 다시 물었다.

"그렇지. 무아가 되면 세계(우주)와 합일되지. 이 체험이 바로 화엄세계로 들어가는 문일세."

한암 스님이 대답했다.

"우물 안 개구리가 우물 밖으로 나와 바다로 들어가는 것과 같은 대전환을 말하는 것이군요."

탄허 스님이 자신이 이해한 내용을 말하자

"그것과 아주 흡사해. 세상 사람들은 다 우물 안에 갇혀서 그게 세상의 다라고 생각하지. 그리고 그 안에서 사는 이치를 세상의 이치라고 생각하고 있어. 그건 개인뿐 아니라 집단도 그렇고, 국가도 그렇고, 종교도 그래. 그러나 전체를 보는 사람의 눈에는 그건 그냥 작은 우물일 뿐이야. 부처님은《화엄경》을 통해 그 사실을 우리들한테 알려 주신 걸세."

한암 스님이 미소를 지으며 탄허 스님을 바라봤다.

"부처님은 우물 밖 세계가 있다는 것을 알려 주신 것뿐 아니라, 그 세계를 이해하도록 알려 주신 것이 아닙니까?"

탄허 스님도 미소를 지으며 한암 스님을 바라봤다.

"이해하도록 알려 주신 것뿐만 아니라 그것을 실천하도록 알려 주신 것이지. 다시 말하면 《화엄경》은 세계(우주)가 세계(우주)를 이해하도록 할 뿐 아니라, 실천을 통해서 세계(우주)의 실상을 구현하도록 한 것일세."

한암 스님의 말이 끝나자 탄허 스님은 잠시 침묵하고 있다가 이렇게 물었다.

"세계(우주)의 실상을 알고, 그 실상을 구현하기 위해선 대선정에 드는 일이 우선 되어야 하지 않겠습니까?"

"그렇지. 대선정에 들지 않으면 세계(우주)의 실상을 알 수도 그것을 구현할 수도 없으니까."

한암 스님이 만족스러운 표정을 지으며 머리를 끄덕였다.

"성도(成道) 직후 부처님이 하신 말씀이 이해가 됩니다. 내가 깨달은 진리는 매우 깊어서 이해하기 어렵다. 적정(寂靜) 미묘하여서 분별의 세계를 초월하고 있다. 그런데 세상 사람들은 분별을 좋아하고 분별하는 일을 즐기고 있다. 그런 사람들에게 있어서는 연기(緣起)의 도리가 이해되지 않는다. 번뇌가 소멸한 열반

의 세계도 이해되지 않는다. 비록 내가 설법한대도 나는 오직 지쳐버릴 뿐일 것이다.(律藏 大品)

화엄의 세계를 이해하고, 그 실상을 구현하는 일은 우물 안에 있는 개구리가 우물 밖에 있는 바다를 이해하고 바닷속을 마음껏 헤엄쳐 다니는 것과 같아서 불가능하다는 생각이 듭니다. 부처님이 성도 직후 왜 그런 탄식을 하셨는지 이해가 됩니다.”

탄허 스님이 말했다.

“이해가 되지. 자아(自我)라는 우물 안에 갇혀서 옴짝달싹하지 않는 사람들에게 화엄의 실상을 이해시키고 그것을 구현하게 한다는 것은, 우물 안에 있는 개구리한테 바다로 나가 자유자재로 헤엄쳐 다니라는 주문과 같으니까.”

한암 스님은 이렇게 말하며 웃었다. 한암 스님이 웃자 탄허 스님도 따라 웃었다. 말에 대한 이해의 합일, 두 스님은 그 재미를 함께 누리고 있었다. 그때 보경 스님과 동성 스님이 방으로 들어왔다. 방으로 들어온 두 스님은 한암 스님을 향해 절을 하고 자리에 앉았다.

“스님이 부르신다고 해서 왔습니다.”

보성 스님이 온 용무를 말했다.

“아침에 말한 대로 내가 남쪽으로 가려하니, 자네들이 먼저 남쪽으로 가서 거처할 곳을 마련해 보게.”

탄허 스님이《화엄경》에서 눈을 떼며 말했다.

"남쪽으로 가신다면 어느 쪽으로 가시려는지요?"

동성 스님이 물었다.

"통도사로 가야지. 통도사는 고향 같은 절이니…."

한암 스님이 대답했다.

"……?"

한암 스님의 대답을 들은 탄허 스님, 보경 스님, 동성 스님이 어리둥절한 얼굴로 서로 쳐다봤다. 통도사에 가서 주석하실 건가? 그럼 상원사는? 한암 스님이 통도사에 가서 계시면 상원사는 어떻게 하나?

세 스님은 이런 생각을 동시에 하고 있었다. 한암 스님이 상원사로 오신 지는 햇수로 26년째다. 26년 동안 산문 밖 출입을 하지 않고 상원사 도량을 지켜 오셨는데 상원사를 비워두고 통도사로 가신다니 얼른 이해가 되지 않았다.

"선방수좌들은 오늘(정월 보름, 해제날) 다 남쪽으로 내려갔으니 희찬이, 희섭이만 남겨 놓고 자네들도 남쪽으로 내려가도록 하게. 나는 자네들이 자리를 잡았다고 연락하면 가겠네."

한암 스님이 좀 더 구체적으로 안을 냈다.

"네, 그렇게 하겠습니다."

남쪽으로 가는 일은 피할 수 없는 일같이 받아들여져서 세 스님은 한암 스님의 분부를 따르겠다고 했다.

"탄허 자네는《화엄경》을 번역해서 많은 사람들이 읽을 수 있게 길을 열어 주게. 새 세상이 오면 사람들이 연기(緣起)의 이치를 이해하게 되고, 두두물물이 연기 속에서 존재한다는 것을 알게 되어 불교의 평등사상을 받아들이게 될 걸세. 그렇게 되면 비로소 이 세상에 평화가 구축되네."

한암 스님의 부촉을 받는 순간 탄허 스님은 가슴속이 울컥해지면서 눈물이 핑 돌았다. 마지막 당부를 듣고 있는 것 같아서였다. 그동안에도 몇 번 비슷한 말로《화엄경》을 번역하도록 부촉하셨지만 이런 느낌을 받은 것은 처음이었다.

봄이 여름으로 바뀌어 감에 따라 산은 무성한 녹음으로 가득 찼다. 그러자 공비들이 산속에 있는 절을 은신처로 삼고 자신들의 활동 영역을 넓혀가려 했다. 남쪽에 있는 공산당원들이 지하 조직을 만들어 대한민국 정부를 전복하려 했던 것이다. 그러다 보니 절이 국군들과 공비들의 교전지역이 되기가 일쑤였다. 고요한 수도 도량인 절 안에 총성이 들리고 때로는 죽어 나가는 사람도 생겨나게 되었다. 절은 더 이상 수도 도량으로 남아 있을 수 없게 되었다. 그럴 무렵 사시예불을 드리고 스님들이 법당에서 나올 때 중대에 있던 부목이 급히 절 마당으로 들어왔다. 그는 허둥지둥 합장으로 인사를 하고 말했다.

"스님, 큰일 났습니다. 보궁에 공비가 숨어 있다가 경찰한테 사살됐습니다."

"……."

부목의 보고를 받은 스님들은 망연자실한 얼굴로 서로 쳐다봤다. 보궁에서 사람이 죽다니! 너무 충격적인 말이었다.

"토굴 안인가?"

탄허 스님이 물었다.

"네."

부목이 그렇다고 대답했다. 부목의 보고에 의하면, 총성이 들린 후 경찰들이 내려오기 때문에 무슨 일이 있었나 하고 보궁에 올라가 보니 토굴 바닥에 머리에 총을 맞은 공비가 죽어 있더라는 것이다. 그래서 스님들한테 보고하려고 내려왔다는 것이다. 보고를 받은 스님들은 상원사 부목을 데리고 보궁으로 올라갔다. 부목의 보고대로 토굴 안에는 피투성이가 된 죽은 시신이 누워 있었고, 그가 흘린 피가 마룻바닥에 흥건히 고여 있었다. 참혹한 광경이었다.

"시신은 저희들이 치우겠습니다. 스님들은……."

상원사 부목이 팔을 걷어 부치며 말했다. 시신은 자신들이 치울 테니 스님들은 스님들이 할 역할을 하라는 말이었다.

"원한 같은 것은 갖지 말고 잘 가게. 자네가 알고 있는 것은 미혹한 것이니 절대로 거기에 집착해서는 안 되네. 어리석은 망념은 버리고 눈 똑바로 뜨고 다시 태어날 좋은 인연처를 찾게."

탄허 스님이 시신을 내려다보며 말했다. 분노에 사로잡혀 이성을 잃고 날뛰는 젊은이를 잘 타이르고 있는 것 같았다.

"스님, 이 시신을 향하여 나무아미타불을 열 번만 염송해 주면 어떻겠습니까?"

탄허 스님의 상좌 희태(보경) 스님이 제안했다.

"그렇게 하세."

탄허 스님을 비롯하여 상좌 희태 스님, 그리고 도원 스님은 합장을 하고 죽은 시신을 내려다보며 큰 소리로 '나무아미타불'을 염송했다.

'미혹에서 깨어나 편안히 죽음을 받아들이게. 그래야 마음이 고요해지고, 마음이 고요해져야 다음 생을 준비할 수 있네. 부디 우리 당부를 잘 받아들이도록 하게. 아미타 부처님이시여, 이 불쌍한 영혼을 잘 인도해 주십시오.'

보궁에서 내려온 스님들은 탄허 스님 방으로 들어갔다. 보궁에서 내려오는 한 시간여 동안 스님들은 아무도 말을 하지 않았다. 입을 열 수 없을 만큼 마음이 무거웠기 때문이다. 방으로 들어간 세 스님은 자리를 잡고 앉았다.

"아무래도 조실스님 말씀을 따라야 할 것 같습니다."

탄허 스님이 먼저 말을 꺼냈다.

"……."

그러자 다른 두 스님도 입을 다문 채 머리를 끄덕였다.

"그럼 내일이라도 길을 떠납시다. 통도사까지 가려면 아무래도 날짜가 꽤 걸릴 거 같은데요. 빨리 통도사에 가서 거처를 마련해 놓고 조실스님을 모시러 옵시다. 여기는 위험해서 더 이상 있을 수 없을 것 같습니다."

탄허 스님이 생각을 정리해서 말했다.

"통도사는 스님 혼자서 다녀오십시오. 저희들은 여기 남아서 조실스님을 모시겠습니다."

보경 스님이 자신의 생각을 말했다.

"그게 좋을 것 같습니다."

도원 스님도 찬성했다. 이 살벌한 산에 한암 스님만 남겨 놓는 것이 마음이 놓이지 않아서였다.

"그렇게 합시다. 그럼 조실에 가서 우리가 결정한 내용을 보고 드립시다."

탄허 스님이 마음이 급한 듯 먼저 자리에서 일어났다. 그러자 다른 두 스님도 따라서 일어났다.

경내는 고요했다. 다른 때 같으면 해제철이라도 절에 남아서 참선을 계속하는 수좌들이 많이 있었다. 하지만 금년은 한암 스님이 모두 하산해서 남쪽으로 내려가라고 했기 때문에 선방스님들은 다 떠나고 없었다.

한암 스님은 조실 문을 열어 놓고 앉아서 경내를 내려다보고 있었다. 참선을 하시는 것 같기도 하고 무심히 망중한을 즐기시는 것 같기도 했다. 그때 두런두런 말소리가 들리더니 김현기 대위와 대원성 보살, 대혜성 보살이 마당 안으로 들어섰다.

"아니, 서울 보살님들이 어떻게 오셨습니까? 김 대위님 하고 같이요?"

희찬 스님이 쫓아와서 합장을 하며 놀라는 표정을 지었다. 시국이 이렇게 어수선한데 보살님들이 서울에서 여기까지 오시다니, 그것도 김 대위님하고 같이…….

"월정사에 들렀더니 보살님들이 상원사로 가신다고 하더군요. 그래서 모시고 왔습니다."

김 대위가 대신 설명을 했다.

"조실스님이 아까부터 문을 열어 놓고 계시더니 보살님들을 기다리고 계셨나 봅니다."

희찬 스님이 자기 나름대로의 해석을 하며 환하게 웃었다.

"그러실 수도 있겠지요."

김현기 대위가 옛날에 들은 얘기를 떠올리며 씩 웃었다.

어느 날, 희태 스님이 먹을 갈고 있는데 옆에 앉아 계시던 한암 스님이 '허허' 하고 소리를 내며 웃었다. 그러자 희태 스님이 왜 웃으시냐고 물었다.

"허허, 별놈이 다 있구나."

"별놈이라면 누구를 말씀하시는 겁니까?"

"저 아랫동네에서 오늘 송아지 한 마리를 낳았는데 그 집주인이 송아지 이마를 보고, 오대산 방한암 대가리 같다고 하는구나. 허허."

한암 스님의 말을 듣고 난 희태 스님은 궁금증이 발동해 견딜 수가 없었다. 그래서 구실을 만들어 가지고 아랫마을로 내려가서, 이 동네에서 송아지를 낳은 집이 어디 있느냐고 수소문했다. 그러자 어떤 사람이 "저 집의 소가 오늘 송아지를 낳았다."며 한 집을 가리켰다. 희태 스님은 그 집으로 들어가서 낳은 송아지를 확인한 후 주인한테 물었다.

"거사님이 저 송아지 이마를 보고 오대산 방한암 대가리 같다고 하셨소?"

그러자 거사가 파랗게 질려서 되물었다.

"그걸 스님이 어떻게 아셨습니까?"

이 이야기는 송아지 주인의 입을 통해서 퍼졌고, 김현기 대위도 전해서 듣고 있었다. 아랫마을에서 일어난 일도 훤히 알고 계시는데 서울에서 온 보살들이 산길을 올라오고 있는 것을 모르실 리가 있나 하는 것이 김 대위의 생각이었다.

세 사람은 조실로 들어가서 한암 스님께 인사를 하고 자리에 앉았다. 그때 대혜성 보살이 소매 속에 넣어 두었던 손수건을 꺼내 눈물을 훔쳤다. 그러자 옆에 앉았던 대원성 보살이 어리둥절해하는 얼굴로 쳐다봤다.

"나뭇잎이 낙엽이 되어 스스로 몸을 떨어뜨리려 하는 것은 새잎을 맞이하기 위한 준비의 과정일 뿐, 서러워할 일도 아쉬워할 일도 아니지요."

한암 스님이 앞에 앉은 손님들을 바라보며 이상한 말씀을 했다. 대원성 보살과 김 대위는 어리둥절한 표정을 지으며 한암 스님을 바라보았다. 갑자기 낙엽 얘기는 왜 꺼내시지? 지금은 가을도 아닌데.

"스님, 한 가지 여쭤보고 싶은 게 있는데 시국이 아무래도 수상합니다. 앞으로 우리나라가 어떻게 될까요?"

김현기 대위가 진지한 표정으로 물었다.

"큰 난리가 있을 걸세. 그러고 나면 밝은 세상이 올 걸세. 지금은 헌집을 뜯어내고 새집을 짓기 위해 터를 닦는 형국과 같으니 모두가 노숙생활을 할 수밖에 없을 걸세."

한암 스님이 질문에 답했다.

"그럼 난리가 난다는 말씀이십니까?"

김현기 대위가 긴장하며 다시 물었다.

"곧 날 걸세. 그러니 각자 살 준비를 해야 하네."

한암 스님이 분명하게 대답했다.

"전쟁이 난다니 그게 무슨 말씀이신가요?"

대원성 보살이 놀란 얼굴로 물었다.

"큰 전쟁이 나게 될 겁니다. 보살님들도 지금 바로 서울로 가십시오. 지체할 시간이 없습니다."

한암 스님이 두 보살을 보며 말했다.

"지체할 시간이 없다니요. 그렇게 급박한 일인가요?"

대원성 보살이 다시 물었다.

"그렇습니다. 급히 서울로 가서 주위 분들한테도 남쪽으로 내려갈 준비를 서두르라고 하십시오."

한암 스님이 간곡히 말했다.

"서울로 가는대로 마마님한테 그렇게 전하겠습니다."

다소곳이 머리를 숙이고 있던 대혜성 보살이 한암 스님을 바라보며 말했다. 한암 스님이 자신에게 그런 당부를 하고 계신다고 생각되었기 때문이다.

"그럼……."

모두 어찌 할 바를 몰라 하고 있을 때 밖에서 인기척이 들리더니 아랫마을에 사는 한 거사가 댓돌 위로 올라왔다.

　"오늘이 단오라서 수리취떡을 좀 했기에 스님께 드리려고 가져왔습니다."

　댓돌 위에 선 거사는 안에 손님이 있는 것을 보고 어떻게 떡을 전해야 할지 모르는 얼굴로 떠듬떠듬 말했다.

　"왔으면 들어오게."

　"네."

　한암 스님이 들어오라고 하자 거사가 안으로 들어왔다.

　"가져온 떡을 내놓게. 손님들한테 대접하게 돼서 다행이네."

　한암 스님이 미소를 지었다. 스님이 미소를 짓자 사람들 마음도 따라서 조금 편안해졌다.

　"자네가 가지고 온 약식도 내놓게. 동생이 스님을 친견하러 가자고 하도 보채기에 왔더니 안 왔으면 스님을 한동안 뵙지 못할 뻔했습니다."

　대원성 보살이 다행이라는 표정으로 말했다.

　"……."

　대원성 보살은 한동안 뵙지 못할 뻔했다고 말했지만, 한암 스님과 대혜성 보살은 오늘의 만남이 금생의 마지막 만남이라는 것을 알고 있었다.

"약식을 좀 가져왔습니다. 꼭 드셔 주십시오."

대혜성 보살이 간절하게 말했다. '꼭 드시고 법체를 보존해 주십시오.'하는 염원을 담고서.

"서울 약식과 강원도 수리취떡이 한자리에서 만난 것도 인연입니다. 모두들 나누어 드십시오."

한암 스님은 분위기를 가볍게 하시려는 듯 농담조로 말했다. 스님은 농담조로 말했지만 그 말을 듣고 있는 대혜성 보살은 가슴이 메어지는 듯 다시 손수건을 들고 눈가로 흐르는 눈물을 닦았다. 지금 이 순간이 스님을 뵈올 수 있는 마지막이라니! 서울 보살들은 그날로 발길을 돌렸다. 한걸음이라도 빨리 서울로 가라고 한암 스님이 재촉을 하셨기 때문이었다.

한암 스님이 조만간 전쟁이 날 것이라는 말을 하셨다는 소식을 전해들은 산내 사람들은 불안감에 떨었다. 전쟁이 나기 전에 빨리 조실스님을 모시고 산을 내려가야 할 텐데 그 일을 주선할 탄허 스님이 오지 않아서였다. 산내에 있는 스님들은 통도사로 간 탄허 스님이 빨리 돌아오기를 학수고대하고 있었다. 그럴 때 탄허 스님이 돌아왔다.

경봉 스님을 만나고 돌아온 탄허 스님은 경봉 스님의 말을 전했다.

"한암 스님이 오신다면 대환영이오. 스님이 오시면 백련암을 드리겠소. 아무 염려 마시고 빨리 오시라고 전해 주오."

그러자 대중들은 한암 스님에게 남쪽으로 가자고 애원했다. "전쟁이 난다고 하지 않으셨습니까? 지금도 이렇게 살벌한데 전쟁이 나면 어떻게 합니까? 빨리 서둘러서 남쪽으로 내려가시지요. 그래야 저희들도 여기를 떠날 수 있지 않습니까?"

스님들은 온갖 말로 애원했지만 정작 남쪽으로 내려가신다던 한암 스님은 요지부동이었다.

"나는 안 갈란다. 너희들만 빨리 가거라. 80을 바라보는 나이에 무슨 피난이냐."

몇 날 며칠을 설득해도 한암 스님의 태도가 바뀌지 않자 스님들은 다시 모여 토의를 했다. 거기서 얻어진 결론은, 한암 스님이 남쪽으로 내려가신다고 한 것은 우리들을 남쪽으로 내려 보내기 위해서였다. 전쟁이 난다고 하니 여기 이렇게 있을 수는 없고 각자 살길을 찾아 길을 떠나도록 하자.

그렇게 해서 상원사에는 평소 한암 스님을 극진히 모시면서 수행을 했던 공양주보살 평등심과 희찬 스님, 희섭 스님만 남고 모두 상원사를 떠났다. 이미 노쇠해질 대로 노쇠해진 한암 스님을 산중에 남겨두고 떠나는 스님들의 발길은 천근 돌을 발목에 매단 것처럼 무거웠다. 살아남아서 노스님을 다시 친견할 수 있을까?

제10장

숭고한 작별

불교가 바로 서는 일이라면, 불교를 바로 세우는 일이라면
스님은 그 일을 마다하지 않고 항상 그 중심에 섰다.
마지막 목숨을 바쳐 상원사를 지키셨던 것은 그렇게 살아 온 당신의 생을
묵시적으로 보여 주신 것은 아니었는지!

1950년 6월 25일, 마침내 전쟁이 발발했다. 북한이 남한을 공격해 전쟁을 일으킨 것이다. 이 전쟁으로 해서 불교계는 수많은 사찰과 문화재가 소실되었으며, 많은 승려들이 납북되거나 피살되는 비운을 겪었다.

　　1950년 6월 25일에 남침을 시작한 북한군은 6월 28일 서대문 형무소를 점령하고 장상봉, 김용담, 곽서순 등 좌익계열 승려들을 석방하였다. 1948년 김구와 함께 남북협상에 참가하기 위해 평양으로 갔다가 내려오지 않은 '불교청년당'의 김해진은 인민군과 함께 남하해 좌익계열의 승려들을 규합해 지금의 조계사인 태고사를 접수했다. 이들은 '남조선불교도연맹'이라는 단체를 조직하고 김용담이 위원장을 맡았다. 남조선불교도연맹은 강령과 규약을 정하고, 7월 4일자로 남조선임시인민위원회에 등록을 마쳤다. 강령은 대중불교 실현과 민족통일 완수, 그리고 균등사회 건설이었다. 이들이 내건 당면 주장은 교도제 실시와 사찰정화, 사설 포교당 숙청, 일제 잔재 청산, 친일파와 교단 반역자 타도 등 10여 개 조항이었다.

남조선불교도연맹은 북에서 내려온 불교도들과 함께 신도들을 대상으로 사상과 교양 강좌를 여는 한편 전쟁지원 활동을 개시했다. 이들은 독보회(讀報會)를 조직하여 매일 밤 태고사에서 공산주의 사상과 불교도들의 역할에 대해 토론을 전개하였다. 뿐만 아니라 공산주의와 북한을 찬양하는 노래를 가르치는 등 선전활동에도 총력을 기울였다. 전쟁지원 활동으로는 인근 민가에서 재봉틀을 강탈해 와 종무소에서 전선으로 보낼 인민군복을 만들었다. 그러자 태고사는 종교의 기능을 상실하고 군수품을 만드는 생산 공장으로 변질되어 연일 산더미 같은 인민군복을 만들어 냈다.

1950년 9월, 유엔군의 인천 상륙작전이 시작됨에 따라 전세는 역전되어 북한군이 쫓기게 되었다. 서울을 탈환하는 과정에서 생긴 유엔군과 국군의 부상자가 속출하게 되자 중동중학교가 야전병원이 되었다. 그러자 넘쳐나는 부상자를 다 수용하지 못한 군 당국은 태고사에도 부상자를 보내, 태고사 대웅전과 요사채 등 모든 건물에도 부상당한 국군들이 넘쳐나게 되었다. 이렇게 해서 태고사는 인민군과 국군의 양 기지로 사용되어 상반된 두 개의 역할을 해낼 수밖에 없었다. 전쟁이 만들어 낸 비극이었다.

유엔군의 인천상륙작전 때 북으로 퇴각하지 못한 인민군들은 지리산으로 숨어들어 빨치산 활동을 계속했다. 그러자 인근 사찰과 스님들은 큰 고통을 당하게 되었다. 한편 부산으로 피난 간 중앙총무원은 대각사에 임시 거처를 마련했다가 나중에 경남 교무원으로 거처를 옮겨 종무행정을 보았다.

오대산도 전쟁의 소용돌이에 휩싸였다. 전쟁이 날 것을 미리 예견한 한암 스님은 산내에 있던 대부분의 스님들을 피신시켰지만 정작 당신은 상원사를 떠나지 않았다. 제자들은 온갖 말로 피신하실 것을 종용했지만 한암 스님은 큰 바위처럼 꿈적도 하지 않았다. 그래서 상원사에는 희찬 스님, 희섭 스님, 범룡 스님, 평등심 보살이 남아 한암 스님을 시봉했다. 범룡 스님은 처음 피난을 갔다가 다시 돌아와 한암 스님을 시봉했다. 목숨을 부지하기 위해 피난을 가는 것보다는 도인스님을 지켜드리는 일이 더 값지다고 판단했기 때문이었다.

떠난 스님들도 모두 같은 생각을 하고 있었지만 한암 스님이 받아들이지 않았다. 특히 탄허 스님은 한암 스님을 산에 남겨두고 혼자 떠난다는 것은 상상도 할 수 없었다. 그래서 일단 오대산을 떠나 강릉 칠성암에 가서 머물렀다. 강릉 칠성암은 오대산에서 가깝기 때문에 한암 스님에게 무슨 일이 있으면 쉽게 달려올 수 있기 때문이었다.

산세가 높고 숲이 우거진 절은 여전히 공비들의 은신처가 되었다. 그래서 전쟁이 발발하자 군인들은 공비들의 은신처를 없앤다는 명목으로 산에 있는 절들을 불태웠다. 그 와중에 오대산 월정사도 불태워졌다. 월정사를 태우는 불길이 치솟자 거기에서 뿜어져 나오는 연기가 상원사까지 올라왔다.

한암 스님은 월정사가 타는 전 과정을 상원사에 앉아서 지켜보았다. 숱한 우여곡절을 거쳐서 해방이 되었는데, 조국은 남과 북으로 갈라져 전쟁을 치르고 있었다. 그리고 그 과정에서 부처님을 모신 집이 불타고 있었다. 그것이 인간들의 사는 모습이었다. 한암 스님은 눈을 감고 앉아서 깊은 생각에 잠겨 있었다. 중으로 살면서 내가 한 역할은 과연 무엇이었던가?

며칠 후, 군인들 대여섯 명이 상원사로 올라왔다. 그중 소대장이 한암 스님께 인사를 드린 후 이렇게 말했다.

"스님, 여기는 위험하니 피신을 하십시오. 저희들이 안전한 곳으로 모시겠습니다."

"나는 여기를 떠나지 않는다. 나를 상관하지 말고 하고 싶은 일을 해라."

한암 스님이 단호하게 거절했다.

"여기를 떠나셔야 합니다. 저희들이 가마를 보낼 테니 타고 내려오십시오."

한암 스님을 모시고 내려갈 수 없음을 안 소대장은 이렇게 말한 후 상원사를 떠났다. 그런 다음 날에 정말 가마가 올라왔다.

한암 스님은 조실에 앉은 채 꼼짝도 하지 않았다. 그러자 할 수 없이 빈 가마가 내려갔다. 그 다음 날 다시 가마가 올라왔다. 이번에도 한암 스님은 꼼짝도 하지 않고 조실에 앉아 있었다. 그러자 할 수 없이 빈 가마가 다시 내려갔다. 그 다음 날 다시 가마가 올라왔다. 이번에도 한암 스님은 꼼짝도 하지 않고 조실에 앉아 있었다. 그러자 가마는 다시 빈 채로 내려갔다.

그런 다음 날, 소대장이 군인들 몇 명을 데리고 상원사로 올라왔다.

"스님, 이러시면 안 됩니다. 저희 작전에 협력하셔야 됩니다. 빨리 산을 내려가 주십시오."

화가 난 소대장은 명령조로 말했다.

"나한테 7일 간 말미를 주게. 그리고 7일 후 다시 와서 자네들이 하고 싶은 일을 하게."

한암 스님이 안을 냈다. 전시 중에 7일은 긴 시간이었지만 소대장은 그렇게 하겠다고 받아들였다.

군인들이 돌아간 후 한암 스님은 산내에 남아 있는 희찬 스님,

희섭 스님, 희태 스님, 범룡 스님, 평등심 보살을 불렀다. 모두 한 자리에 모이자 한암 스님이 말했다.

"아무래도 안 되겠다. 너희들은 모두 산을 내려가거라. 산을 내려가서 각자 살길을 찾아라."

"……."

한암 스님의 말을 듣고 난 네 사람은 모두 고개를 숙이고 있었다. '스님이 내려가시지 않는데 저희들이 어떻게 내려갑니까? 그렇게는 못 합니다.'라는 말을 입속에 담고서.

"내가 한 말을 실천하도록 해라."

한암 스님은 한 번 더 부탁하고 입을 다물었다. 그날 범룡 스님은 한암 스님에게 꿀물 한 대접을 타 드렸다. 그것이 한암 스님에게 올린 마지막 공양이었다. 꿀물 한 대접을 마신 후 한암 스님은 일체의 곡기를 입에 넣지 않았다. 곡기를 끊은 76세의 노스님은 하루가 다르게 기력을 잃어 갔다. 그렇게 7일이 지나자 군인들이 다시 상원사로 올라왔다. 이번에도 고집을 부리시면 강제로 끌고 내려가야겠다고 작심하고서.

군인들이 올라올 시간에 맞춰 한암 스님은 가사장삼을 수하고 법당으로 나갔다. 부처님께 예를 올린 한암 스님은 부처님 앞에 가부좌를 하고 앉았다. 곡기를 끊어 기력은 많이 쇠했지만 가부좌를 하고 앉은 스님의 모습은 당당했다.

"스님, 더 이상 지체할 수 없습니다. 지금 상원사에도 불을 놔야 합니다. 빨리 법당을 나오십시오."

소대장이 법당 안을 들여다보며 소리를 질렀다.

"불을 놔라. 너희는 상부의 명을 따라 불을 놓고, 나는 부처님 제자로 법당을 지키면 된다. 각자 할 바를 하는 것이니 문제될 게 없다."

한암 스님이 가부좌를 한 채로 말했다. 미동도 하지 않는 당당한 모습, 그 모습에는 어떤 공포감도 없었다. 잠시 한암 스님을 바라보던 소대장이 마당에 있는 소대원들을 향해 명령을 내렸다.

"문짝을 뜯어서 모아 놓고 태워라. 가능한 많이 뜯어서 연기가 높이 나도록 하라."

명령을 받은 소대원들은 여기저기서 문짝을 뜯어냈다. 120여 개의 문짝이 한데 모아졌다.

"불을 놔라."

쌓인 문짝에 순식간에 불이 붙었다. 그러자 연기가 치솟았다.

"상원사는 불탔다. 내려가자."

소대장이 앞장서서 내려갔다. 그러자 소대원들도 뒤를 따라 내려갔다. 상원사는 불탔다는 이 한마디에 상원사는 지켜졌다. 한암 스님과 소대장이 만들어 낸 전쟁 속의 장엄한 드라마였다.

1951년 3월 22일(음력으로 2월 15일) 아침.

아침 햇살이 상원사 경내를 환하게 비추고 있었다. 한암 스님은 조실 문을 비추고 있는 아침 햇살을 잠시 바라보시다가 손제자이자 시자인 희찬 스님에게 심부름을 시켰다.

"내가 몸이 안 좋으니 아랫마을에 가서 약을 지어오너라."

"네."

희찬 스님은 그러겠노라 하고 조실을 나왔다. 그리고 진부로 향해 발길을 돌렸다. 발길을 돌리긴 했지만 이 난리통에 약국이 문을 열었을까 하는 의구심이 들었다. 하지만 조실스님의 말씀이니 가 보긴 해야겠다고 생각하고 산길을 내려갔다.

희찬 스님을 내려 보낸 한암 스님은 희섭 스님에게

"목욕을 해야겠다. 물을 좀 데워오너라."

"네."

희섭 스님은 얼른 밖으로 나와 가마솥에 물을 붓고 장작을 땠다. 물이 덥혀지자 양동이에 담아가지고 조실로 갔다. 그리고 스님이 목욕을 하시던 함지에 더운 물을 붓고 한암 스님에게 말했다.

"스님, 목욕물이 준비됐습니다."

희섭 스님은 평소하던 대로 한암 스님의 옷을 벗겨드린 후 수건으로 몸을 닦아드렸다. 머리, 얼굴, 가슴, 팔, 허리, 다리 이렇게 차례로 몸을 닦아드린 후 새 법복을 꺼내 갈아 입혀드렸다. 목욕을 하신 후에는 새 법복으로 갈아입으시기 때문에 그것도 평소대로 했다.

"됐다. 너는 나가서 볼일을 봐라."

한암 스님은 희섭 스님도 내보냈다. 그때 평등심 보살이 걸레를 들고 조실로 들어왔다. 새 법복을 갈아입으신 한암 스님은 가부좌를 하신 자세로 좌복에 앉아 계셨다. 평등심 보살은 참선 자세로 눈을 감고 앉아 계시는 한암 스님을 향해 합장으로 인사를 드리고 걸레질을 하기 시작했다. 그것 역시 평소대로의 일이었다.

"오늘이 2월 보름이 맞느냐?"

한암 스님이 눈을 감으신 채로 물었다.

"네, 맞습니다."

평등심 보살이 걸레질을 하던 손을 멈추고 한암 스님을 돌아다보며 대답했다.

"나를 벽 쪽으로 붙여라."

한암 스님이 말했다.

"네."

평등심 보살은 벽에 기대시려나 보다고 생각하며 좌복을 벽쪽으로 조금 끌었다. 그러자 한암 스님도 자연스럽게 벽 가까이

가셨다. 좌복을 벽 쪽으로 밀어드린 평등심 보살은 하던 걸레질을 마저 하고 자리에서 일어섰다. 그러면서 한암 스님을 돌아다보았다. 벽 쪽으로 끌어달라고 하셨지만 한암 스님은 벽에 기대지 않고 꼿꼿이 그대로 앉아 계셨다. 벽에 기대시면 허리가 좀 덜 아프실 텐데, 평등심 보살은 안타까운 눈으로 한암 스님을 바라보다가 방을 나왔다.

"여여(如如)라."

문을 닫고 나오려는 평등심 보살 귀에 한암 스님이 하신 말이 들렸다. 전쟁통이지만 모든 게 다 여여(如如)하다는 말씀인가? 평등심 보살은 자기 나름대로 이렇게 해석하며 댓돌에 놓인 신을 신으려다가 아무래도 이상해서 다시 방문을 열어 보았다. 그때 '딸각'하는 소리가 들렸다. 평등심 보살은 한암 스님에게로 달려갔다. 그리고 손을 코 가까이에 대 보았다. 숨기운이 없었다.

평등심 보살은 떨리는 몸을 억지로 진정시키며 밖으로 나왔다. 그리고 희섭 스님을 불렀다. 급히 방으로 들어간 희섭 스님은 한암 스님이 열반하셨음을 알았다. 희섭 스님 역시 떨리는 몸을 억지로 진정하고 밖으로 나왔다. 그리고 허겁지겁 산등성이까지 올라가 중대를 향해 울며 소리쳤다.

"스님, 노스님이 열반하셨습니다."

몇 번 그렇게 소리치자 화답하는 범룡 스님의 목소리가 들렸다.

"알았소."

잠시 후 범룡 스님이 중대에서 내려왔다. 조실로 들어간 범룡 스님은 좌복에 평상시처럼 꼿꼿이 앉아 계신 한암 스님에게 삼배를 드린 후 횃대에 걸어 놓은 장삼을 내려서 입혀드렸다. 장삼을 입혀드리자 한암 스님의 머리가 뒤로 조금 젖혀졌다. 우리들을 피난시키려고 서둘러 떠나셨구나! 머리를 숙이고 앉아 있는 범룡 스님의 머릿속에서 이런 생각이 스치고 지나갔다. 범룡 스님, 희섭 스님, 평등심 보살이 나란히 앉아서 뜨거운 눈물을 흘리고 있을 때 진부에 갔던 희찬 스님이 김현기 대위와 함께 조실로 들어왔다. 한암 스님이 편찮으시다는 말을 듣고 김현기 대위가 동행한 것이다.

좌탈입망(坐脫立亡).

선사(禪師)이신 한암 스님은 선사답게 참선하는 자세 그대로 최후를 맞았다. 한암 스님의 그런 모습은 정훈장교인 김현기 대위의 카메라에 담겨져 후대에 전해졌다. 그리고 후대 사람들은 말로 전해져 내려오는 좌탈입망의 모습을 한암 스님의 열반을 통해 보게 되었다. 수덕사에서 한때 승려 생활을 했던 김현기 대위가 한암 스님의 열반 모습을 카메라에 담은 것도 우연만은 아닐 것이다.

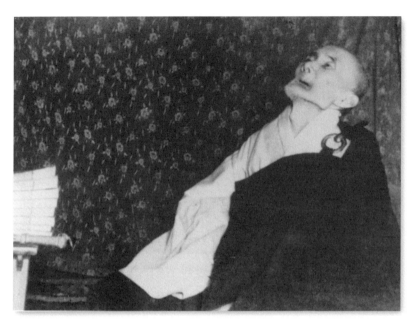

한암 선사의 좌탈입망(坐脫立亡) 모습(1951년 음력 2월 15일 : 한암 스님은 가사장삼을 수하시고 깊은 선정에 든 것 같은 모습으로 떠나셨다

　가장 어려운 시기에 이 땅에 오셔서 불교의 참모습을 지켜 주고 가신 한암 스님, 불교가 무너지고 부서져 제 모습을 잃게 되면 한암 스님 같은 분이 오시는 것인가? 평상시처럼 좌복에 앉으신 채 깊은 선정에 들어계신 것 같은 한암 스님 앞에서 오열하고 있던 스님들은 스스로 마음을 가다듬고 어떻게 뒷수습을 할 것인가를 의논했다.

　"산내에는 우리밖에 없으니 우리가 다비 준비를 해야 할 것 같소.”

범룡 스님이 먼저 입을 열었다. 범룡 스님 말처럼 오대산 산내에는 이제 아무도 없었다. 월정사는 전쟁 중에 군인들에 의해 전소되었기 때문에 스님들뿐 아니라 일반인들도 기거할 수 없게 되었고, 다른 암자에 있던 스님들도 모두 피난을 갔기 때문에 오대산은 말 그대로 공산(空山), 텅 비어 있었다.

“다비 준비를 한다면 어떻게 해야 합니까?”

희찬 스님이 눈물을 닦으며 쳐다봤다.

“관대거리 앞에 있는 연화대에서 해야지요. 다비를 하기 전에 관에 모셔야 할 텐데 전쟁통이라서요.”

범룡 스님이 생각에 잠긴 얼굴로 말끝을 흐렸다. 한암 스님은 좌탈입망을 하셨기 때문에 일반 관으로는 모실 수가 없다. 혹시 아랫마을에서 관을 구한다 해도 그 관으로는 스님을 모실 수가 없다. 그렇다면 어떻게 해야 하나? 생각에 잠겨 있던 범룡 스님이 좌중을 둘러보며 말했다.

“그냥 모십시다. 가사장삼을 수하신 지금 모습 그대로 다비를 모십시다.”

범룡 스님의 제안을 들은 희찬 스님, 희섭 스님, 평등심 보살, 그리고 김현기 대위는 할 말을 찾지 못하고 고개를 떨어뜨렸다. 조실스님을 이렇게 보내드려야 하다니, 모두 가슴이 찢어지는 것 같았다.

"다비를 하려면 상당량의 나무가 필요할 텐데 산에 올라갈 수도 없고…."

희찬 스님이 걱정스러운 얼굴로 말했다. 산에는 군 허락 없이는 들어갈 수가 없었다.

"제가 내일 아침 군인들을 데리고 오겠습니다. 군인들을 데리고 와서 모자라는 나무를 해 오게 하겠습니다."

김현기 대위가 말했다.

"그렇게만 해 주신다면 고맙지요."

모두 김현기 대위를 쳐다보며 고마움을 표했다.

"저는 얼른 가서 제사 준비를 할게요. 간단하게 우리들끼리라도 제사를 모셔야지요."

평등심 보살이 이렇게 말하며 자리에서 일어섰다.

"저도 내려가 보겠습니다. 가능하면 저녁때라도 군인들을 데려오겠습니다."

김현기 대위도 따라 일어났다.

"……."

지금 우리가 맞고 있는 이 상황이 현실이 맞는가? 김 대위가 나가자 멍하니 앉아 있던 희찬 스님도 따라 일어났다.

"제사를 모실 상을 준비해 오겠소."

희찬 스님도 자리에서 일어나 밖으로 나갔다. 이제 방안에는 희섭 스님만 남았다. 혼자 남은 희섭 스님은 한참동안 한암 스님을 우러러보다가 살며시 한암 스님 앞으로 다가가 앉았다. 그리고는 무릎 위에 두 손을 포개고 있는 한암 스님 손에 자신의 뺨을 살며시 댔다.

'스님! 노스님! 조실스님!'

한암 스님 손 위에 방울방울 눈물이 떨어졌다. 한암 스님 품에 안기듯 허리를 구부리고 스님 손에 얼굴을 대고 있던 희섭 스님이 자리에서 일어났다. 그리고는 다시 한암 스님을 우러러보다가 한암 스님이 두르고 계신 가사를 바로 잡아드렸다. 범룡 스님이 급하게 가사를 입혀드렸기 때문에 가사 한끝이 너무 올라가 목이 답답할 것 같아서였다. 그때 희찬 스님이 상을 들고 와서 한암 스님 앞에 폈다. 그리고는 상 위에 흰 광목보자기를 덮고 그 위에 향로와 촛대를 놓았다.

"내가 향을 꽂을 테니 스님은 촛불을 켜시오."

희찬 스님은 이렇게 말하며 초를 건네주었다.

"……."

희섭 스님은 말없이 초를 받아서 촛대에 꽂고 불을 붙였다. 그러자 희찬 스님이 촛불에 향을 태워서 향로에 꽂았다.

"스님께 3배를 올립시다."

희찬 스님이 이렇게 말하며 절을 했다. 희섭 스님도 말없이 절을 했다. 향과 초를 켰으니 제사상이 차려진 것이다.

"스님은 여기 계시오."

빈소가 차려졌으니 빈소를 비우지 말라는 뜻 같았다.

"네."

희섭 스님이 그렇게 하겠노라고 대답했다. 밖으로 나온 희찬 스님은 범룡 스님을 만나기 위해 급히 요사채 쪽으로 걸음을 옮겼다. 그때 '어머나!'하는 평등심 보살의 비명소리가 들렸다. 깜짝 놀란 희찬 스님은 소리나는 쪽으로 급히 걸음을 옮겼다. 그러던 희찬 스님도 놀란 얼굴로 걸음을 멈춰 섰다. 평등심 보살 앞에 인민군복을 입은 어린 병사가 기진맥진한 모습으로 총을 들고 서 있었다.

"무슨 일이오?"

마음을 가다듬은 희찬 스님이 앞으로 나서며 묻자 평등심 보살이 설명했다.

"낙오병인 것 같은데 밥을 달라고 하네요."

"밥을 주시오. 며칠 동안 굶은 것 같은데."

희찬 스님은 평등심 보살한테 이렇게 말하고 나서

"내가 옷을 줄 테니 옷부터 갈아입고 밥을 먹게. 곧 군인들이 올지도 모르니까."

희찬 스님은 어린 병사를 향해 부드럽게 말했다. 희찬 스님이 인민군 병사한테 부드럽게 말할 수 있었던 것은 얼마 전에 경험했던 일 때문이었다. 전쟁 중에 희찬 스님은 인민군한테 붙들린 적이 있었다. 짐꾼으로 이용하기 위해 스님을 데려가려 했던 것이다. 인민군한테 붙들린 희찬 스님은 할 수 없이 인민군들 짐을 지고 오대산 북대 뒷산을 넘을 수밖에 없었다. 그러다가 산 중턱에서 잠시 쉴 때 희찬 스님이 걱정스러운 얼굴로 산 아래를 내려다보며 말했다.

"절에 어르신이 계신데 편찮으셔서 시봉을 들어야 하오. 내가 없으면 누가 어르신 시봉을 들지 그게 걱정이오."

"어르신이 누구요?"

옆에 있던 장교가 물었다.

"한암 스님입니다."

"한암 스님이라면 방한암 스님이라는 말이오?"

장교가 다시 물었다.

"네. 방한암 스님입니다."

희찬 스님이 반기며 대답하자

"그렇다면 내려가서 스님을 모시도록 하오. 나도 북에서 한암 스님 얘기를 들어서 한암 스님이 어떤 분인지 알고 있소."

이렇게 해서 희찬 스님은 인민군 손에서 풀려나 절로 돌아올 수 있었다. 죽을 고비를 넘긴 것이다. 이 일을 계기로 해서 희찬 스님은 자신을 살려 준 인민군 장교한테 고마운 감정을 갖게 되었고, 그 마음이 오늘 어린 병사를 구해 주고 싶은 마음을 내게 한 것이다. 그날 어린 병사는 부목 옷으로 갈아입고 절에서 자게 되었다. 그리고 이튿날 군인들이 해 온 나무를 날라서 연화대를 쌓는 일을 도왔다. 한암 스님의 다비 의식에 참여한 것이다.

한암 스님은 여름에 덮으시던 흰 광목홑이불로 몸을 감싸고, 임시로 만든 가마에 실려 연화대로 내려오셨다. 관대거리 아래에 있는 개울가에 마련된 연화대는 아늑했다. 봄이라고는 하지만 산은 아직 찬 기운이 그대로 남아 있는데 연화대는 이상하리만치 아늑하고 포근했다.

한암 스님의 유체가 가부좌를 하신 모습 그대로 연화대에 앉자 그 위에 나뭇가지가 얼기설기 걸쳐지고 다비장이 차려졌다. 관 속이 아닌, 살아 있는 모습 그대로의 스님 몸에 불을 붙인다는 것이 너무나 가슴이 아파 스님들은 차마 볼 수가 없었다.

"스님, 불 들어갑니다. 부처님이 계신 연화세계로 얼른 가십시오."

범룡 스님이 울며 불이 붙은 솜방망이를 던지자 희찬 스님, 희섭 스님, 김현기 대위도 울며 나무아미타불을 불렀다.

"나무아미타불, 나무아미타불, 나무아미타불……."

한암 스님의 다비는 일찍 끝났다. 햇살이 온 산에 가득 퍼지는 이른 아침에 시작한 다비는 해지기 전에 끝이 났다. 한암 스님은 평소 이렇게 말씀을 하셨다.

"내가 죽으면 사리를 수습한다고 부산을 떨지 말고 뼛조각 하나만 보관해 놔라. 그러면 나중에 쓸 데가 있을 게다."

그래서 다비가 끝났을 때 희섭 스님은 얼른 뼈 한 조각을 꺼내서 한지에 쌌다. 한암 스님의 유골이 회색 재속에 모아지자 쇄골작업이 시작되었다. 얼마 후 쇄골작업이 끝났을 때 희찬 스님이 준비해 둔 채에 쇄골을 쓸어 담고 가볍게 흔들었다. 사리는 무거울 것이기 때문에 채를 흔들면 재는 밑으로 빠지고 사리만 남을 거라고 생각해서였다. 희찬 스님이 채를 흔들고 있을 때 평등심 보살이 급히 달려오며 소리쳤다.

"스님, 물가에서 채질을 하면 사리가 물로 들어가서 안 돼요."

평등심 보살 말을 듣고 채질을 멈춘 희찬 스님은 채 속을 들여다보았다. 채 속에는 아무것도 남아 있는 것이 없었다. 한암 스님은 사리를 수습하지 말라고 하셨지만 희찬 스님은 스님의 부탁을 어기고 채를 준비해 왔다. 너무도 허전해서 사리라도 수습해서 모시고 싶어서였다. 하지만 채 속에는 사리가 들어있지 않았다. 그래서 희찬 스님은 허전한 마음을 억지로 누르고 빈손으로 다비장을 떠났다.

　그날 밤, 월정거리에 진을 치고 있던 군인들이 깜짝 놀라서 상
원사로 올라왔다. 산불을 끄기 위해서였다. 그런데 이상한 것은
막상 상원사에 올라와 보니 산불이 난 흔적은 어디에도 없었다.
그래서 군인들은 고개를 갸웃거리며 산을 내려갔다. 똑같은 일이
그 다음 날 밤, 또 그 다음 날 밤, 이렇게 3일간 계속되더니 다시
는 그런 일이 일어나지 않았다. 한암 스님은 당신이 주석했던 오
대산 상원사를 떠나시면서 마지막 작별인사를 하신 것인가? 당
신을 끝까지 지켜 주었던 희찬 스님, 희섭 스님, 범룡 스님, 평등
심 보살, 그리고 김현기 대위에게.

　방광(放光)으로!

　한암 스님이 열반에 드신 49일 후, 전쟁 중이었지만 부산 묘심
사에서 '고 교정 방한암 대종사 봉도법회'가 성대히 열렸다. 49재
를 겸한 의식이었다. 이 의식의 주관은 총무원이었고, 의식의 주
관자는 총무원장인 김구하 스님이었다. 그날 봉도식에는 부산에
피난 온 각 사찰의 스님들과 신도들, 그리고 정부의 삼부요인들
이 대거 참석했다.

　봉도식에서 문교부 장관이었던 백낙준 박사가 정부를 대신해
서 한암 스님의 열반을 애도하는 조사를 했다. 그리고 지암당 이

종욱 스님이 조사에서 한암 스님을 산중에 홀로 남겨두고 자신들만 살겠다고 피난 온 허물을 자책하며 목놓아 울자, 장내가 온통 눈물바다가 되었다. 모두가 다 비슷한 심정이었겠지만 특히 오대산 문중의 스님들은 더욱 그러했을 것이다. 그날 봉도식에는 서울에서 피난 온 대원성 보살, 대혜성 보살, 수정월도 참석했으리라고 짐작된다. 어쩌면 윤비(尹妃)까지도.

1959년, 스님이 입적하신 8년 후 문도들이 상원사에 한암 스님의 부도와 비를 세웠다. 비문은 한암 스님이 가장 아꼈던 제자 탄허 스님이 지었다.

대한 성인은 3천 년 주기로, 천 년 주기로, 5백 년 주기로, 백 년 주기로 세상에 오신다고 한다. 훼손된 진리를 복원하고 도탄에 빠진 중생을 구제하기 위해서다. 방한암 스님도 그렇게 오신 성인임에 틀림없다. 조선조 5백 년과 일제강점기를 거치는 동안 피폐해질 대로 피폐해진 우리 불교계에 방한암 스님 같은 분이 오셔서 진리의 등불을 비춰주지 않으셨다면 우리 불교는 훨씬 더 깊은 수렁 속을 헤맸을 것이다.

산중에 칩거하면서도 홀로 독야청청하지 않으셨고, 세상과 소통하면서도 세속에 물들지 않으셨던 한암 스님, 한암 스님은 선

승으로 살면서도 선만을 고집하지 않으셨다. 그래서 가장 암울했던 시대에 불교계는 한암 스님을 필요로 했던 것이다. 방한암 스님은 자신의 생을 조선불교를 지키는 데 바쳤다고 해도 과언이 아닐 것이다. 불교가 바로 서는 일이라면, 불교를 바로 세우는 일이라면 스님은 그 일을 마다하지 않고 항상 그 중심에 섰다. 그리고 그런 마음으로 상원사 선방을 지키셨다. 마지막 목숨을 바쳐 상원사를 지키셨던 것은 그렇게 살아 온 당신의 생을 묵시적으로 보여 주신 것은 아니었는지!

처음 오대산으로 들어오시던 날 보궁참배를 마치고 중대 앞을 지나시다 마당에 꽂아 놓은 석장(지팡이)에서는 가지가 돋아나고 잎이 피어나 아름드리나무로 그 위용을 드러냈다. 근대 오대산 적멸보궁을 참배한 불자라면 누구나 그 나무를 보았을 것이다. 여기에서 한암 스님이 잠시 이 땅을 다녀가신 뜻을 헤아려 볼 수 있지 않을까?

　무릎을 꿇고 지극한 공겸심을 담아 삼배를 올리고 싶은 스님, 그 존영(尊影)이 너무도 그립다.

내가, 내 얘기를 쓴다면 그 얘기는 나와 일치할까?

그 얘기를, 나를 아는 사람들이 본다면 나와 일치하다고 말할까?

그런데 하물며 방한암 선사의 이야기일진대는…….

한 분의 생애를 그린다는 일이, 더욱이 성스럽게 살다 가신 선사(禪師)의 생애를 그린다는 일이 얼마나 두려운 일인가를 나는 한암 스님 생애를 쓰면서 뼈저리게 느꼈다.

무릎을 꿇고 머리 숙여 용서를 구하고 싶은 심정이다.

한 시대를 대표하는 선사의 모습을 형상화하는 일은 너무도 지난했다. 오대산 문중스님들한테서 받은 책들을 통해서 한암 스님의 생애를 더듬어 보았고, 김순석 박사의 저《백년 동안 한국불교에 어떤 일이 있었을까?》를 인용 참고하면서 스님이 사셨던 시대적 배경, 특히 불교계의 동향을 추적해 보았다.

한암 스님과 관련된 저서를 남기신 김광식 교수님 외 몇 분의 교수님들께 머리 숙여 감사드리고, 특히《백년 동안 한국불교에 어떤 일이 있었을까?》의 본문 중 많은 부분을 인용하도록 허락해 주신 김순석 박사님께 진심에서 감사의 마음 전한다.

　방한암 스님의 생애를 그리도록 기회를 주신 정념 스님과 오대산 문중스님들 그리고 흔쾌히 출판을 맡아 주신 민족사 윤창화 대표님께도 감사의 합장 올린다.

　가장 암울했던 일제 강점기 때 이 땅에 오셔서 온몸으로 우리 불교를 지켜 주셨던 방한암 스님을 많은 독자들이 조우(遭遇)하기를 빈다.

2016년 봄

남 지 심 합장

한암 선사 연보

강원도 화천에서 태어나다. 속성은 방씨(方氏), 본관(本貫)은 온양 (溫陽)이다. 부친은 기순(箕淳)이요 모친은 선산 길씨(善山吉氏)이 며, 삼형제 중 장남(長男)으로 아명(兒名)은 중원(重遠), 법호(法號) 는 한암(漢岩)이다.

1897년(22세)

금강산 장안사에서 행름(行凜) 화상을 은사로 출가하여 득도하 고, 신계사 보운강회(普雲講會)에서 경전을 공부하다. 어느 날 우 연히 보조 국사의 《수심결(修心訣)》을 읽다가 느낀 바가 있어 교 학을 그만두고 참선을 하다.

1899년(24세)

청암사 수도암에서 경허 스님의 《금강경》 법문에 마음이 열리다. 수도암에서 하룻밤을 묵고 다음 날 경허 화상과 함께 해인사 선 원으로 가는 도중에 많은 법담(法談)을 나누다. 이때 스승 경허 화 상으로부터 '무(無)'자 화두를 받다. 해인사 퇴설선원에서 동안거 를 맞이하여 정진하는 도중에 오도송을 지어 스승에게 바치다. 이것이 한암 선사의 첫 오도송(悟道頌)이다(제1차 깨달음).

1900년(25세)

봄, 해인사에서 동안거를 마치고 해제 중에 병에 걸려 거의 죽다 살아나다. 그해 여름 해인사에서 하안거를 마치고 통도사 백운암에서 정진 중 입선(入禪)을 알리는 죽비소리를 듣고 또다시 깨닫다(제2차 깨달음).

1903년(28세)

가을, 해인사 선원에서 하안거 해제 후 《전등록(傳燈錄)》을 보다가 약산 화상과 석두 화상의 대화 가운데 '한 물건도 작위하지 않는다(一物不爲).'고 하는 대목에 이르러 또다시 깨닫다(제3차 깨달음). 스승 경허 스님과 헤어지다. 경허 화상은 해인사를 떠나 범어사, 송광사, 월정사 등지를 거쳐 삼수갑산(三水甲山)으로 잠적하다.

1904년(29세)

통도사 내원선원의 조실로 추대되어 선참대중(禪參大衆)을 지도하다. 이후 6년 동안 통도사에 머무르다.

1910년(35세)

봄, 묘향산 내원암에서 하안거를 맞이하다. 가을에 묘향산 금선대로 가서 다음 해 여름까지 정진하다.

1911년(36세)

평안북도 맹산군 애전면 우두암(牛頭庵)에서 동안거를 보내다.

1912년(37세)

초봄 이느 날 우두암 부엌에서 혼자 불을 붙이다가 홀연히 깨닫다(제4차 깨달음). 이것이 한암 선사의 최종적 깨달음이다.

1921년(46세)

금강산 장안사 지장암에 머무르다. 건봉사 조실로 추대되어 동안거 7일 가행정진(加行精進) 중 소참법문(小參法門)인 '거화방편(擧話方便)'을 설하다.

1925년(50세)

서울 봉은사 조실로 추대되어 2년간 머물다가 "천고에 자취를 감춘 학이 될지언정 춘삼월에 말 잘하는 앵무새의 재주는 배우지 않겠노라."는 말을 남기고 오대산 상원사에 들어온 후 입적할 때까지 27년간 산문을 나오지 않았다.

1926년(51세)

오대산 상원사에서 '승가 오칙(僧伽五則)'을 제정하여 선포하다. 이 승가 오칙은 현재 문건이 남아 있지는 않고 구전으로 문도들 사이에서 전해 오고 있다.

1928년(53세)

경봉 선사와 서신(書信)으로 문답하며 도심(道心)을 교류, 총 24편의 서간을 왕래하다.

1929년(54세)

조선불교선교양종 승려대회에서 원로기관인 7인 교정(敎正, 종정)에 추대되다.

1930년(55세)

《불교》제70호에 종조론(宗祖論) 〈해동초조(海東初祖)에 대하여〉를 발표하여 조계종의 종조(宗祖) 확립을 주장하다.

1931년(56세)

만공 스님의 소청에 의하여 〈선사 경허화상 행장〉을 찬술하다. 《선원(禪苑)》 창간호에 법어 〈일진화(一塵話)〉를 발표하다.

1932년(57세)

음력 9월경 제자 탄허(呑虛)에게 첫 답서를 보내다(당시 탄허는 입산하기 2년 전이었다). 이후 20여 편의 서간을 왕래하다.

1934년(59세)

〈오대산 상원사 헌답약기〉와 〈설악산 오세암 헌답약기〉를 찬술하다. 재단법인 조선불교 선리참구원 선학원 부이사장에 당선되다.

1935년(60세)

선학원에서 개최된 조선불교 수좌대회에서 혜월 스님, 만공 스님과 함께 조선불교선교양종의 종정으로 추대되다(두 번째 종정 추대).

1936년(61세)

상원사에 삼본사(유점사 · 건봉사 · 월정사) 승려 수련소를 설치하고, 매년 각사(各寺)에서 수좌 10명씩 30명을 수련생으로 모집하여 《범망경(梵網經)》, 《화엄경(華嚴經)》, 《금강경(金剛經)》 등을 강설하며 인재양성에 주력하다.

1937년(62세)

《보조법어》를 편집하여 현토 간행하고 〈고려국 보조선사어록 찬집중간 서(高麗國普照禪師語錄纂集重刊序)〉를 찬술하였으며, 《금강경 오가해(金剛經五家解)》를 편집하여 현토 간행하고, 그 서문인 〈금강반야바라밀경 중간연기 서〉를 찬술하다.

1941년(66세)

6월 4일, 조선불교 조계종의 초대 종정에 추대되어 종단의 구심점이 되다(세 번째 종정 추대). 총본사 태고사(현 조계사) 주지를 겸직하다.

1947년(72세)

정월, 동안거 해제 후 상원사가 전소되었으나 그해 늦가을에 중건하다.

1948년(73세)

조선불교 조계종 제2대 교정(종정)으로 추대되다(네 번째 종정 추대).

1950년(75세)

6·25 전쟁 중에도 피난가지 않고 상원사를 온몸으로 지켜내다.

1951년(76세)

양력 3월 22일(음력 2월 15일) 좌선하는 자세로 열반에 들다(坐脫立亡). 세수 76세, 법랍 54세. 49재를 맞아 음력 4월 3일 부산 토성동 묘심사에서 '고 교정 방한암 대종사 봉도법회(故敎正方漢岩大宗師奉悼法會)'가 봉행되다.

1959년(입적 후 8년)

수제자 탄허 스님 등 문도들이 상원사에 부도와 비를 세우다. 탄허 스님이 비문을 짓고 쓰다.

평전소설
한암

초판 1쇄 인쇄 | 2016년 4월 25일
초판 1쇄 발행 | 2016년 4월 30일

지은이 | 남지심
펴낸이 | 윤재승
펴낸곳 | 민족사

주간 | 사기순
기획편집팀 | 사기순. 최윤영
영업관리팀 | 공진희
디자인 | 양은정

출판등록 | 1980년 5월 9일 제1–149호
주소 | 서울 종로구 삼봉로 81 두산위브파빌리온 1131호
전화 | 02)732–2403, 2404 **팩스** | 02)739–7565
홈페이지 | www.minjoksa.org
페이스북 | www.facebook.com/minjoksa
이메일 | minjoksabook@naver.com

ⓒ남지심, 2016

ISBN 978–89–98742–63–8 (03810)